꿈에도
생각 못한
이 결혼

지은이 | 판피린제이
펴낸이 | 권순남
펴낸곳 | (주)마야 · 마루출판사

1판1쇄 인쇄일 | 2019년 3월 22일
1판1쇄 발행일 | 2019년 3월 28일

등록일자 | 2008년 1월 7일
등록번호 | 제310-2008-00001호

주소 | 서울시 노원구 상계 1동 1049-25 신영산업 BD 602호
대표전화 | 02-2091-0291
팩스 | 02-2091-0290
이메일 | marubooks@hanmail.net

978-89-280-9645-9(04810)
978-89-280-9644-2(set)

값 9,000원

• 저자와 협의하여 인지를 붙이지 않습니다.
• 잘못된 책은 교환하여 드립니다.

「이 도서의 국립중앙도서관 출판시도서목록(CIP)은 서지정보유통지원시스템 홈페이지(http://seoji.nl.go.kr)와 국가자료공동목록시스템(http://www.nl.go.kr/kolisnet)에서 이용하실 수 있습니다.」
(CIP제어번호:CIP2019009962)

1

# 꿈에도 생각못한 이결혼

**판피린제이 지음**

# 목차

1. 이렇게 마주칠 줄이야 ...007
2. 설마, 아니겠죠? 네? ...042
3. 기억나지 않는 약속 ...073
4. 결혼해야겠습니다 ...099
5. 네버엔딩 청혼 ...142
6. 조건이 있어요 ...170
7. 전투적 결혼 준비 ...228
8. 너에게로 닿다 ...273
9. 신경 쓰이고 걱정되는 사이 ...316
10. 케렌시아 ...349
11. 만에 하나 그렇게 되면 ...377

# 꿈에도 생각못한 이결혼

# 1.

## 이렇게 마주칠 줄이야

"페퍼민트 1.8그램, 포트 물 150그램, 90도씨……."
'go on' 카페 주방에서 페퍼민트 잎을 우릴 준비를 하고 있었다.
'오늘도 7시에 오셨네.'
7시에 오픈하는 카페에 오픈 시간을 꼭 맞춰 들르는 진상 손님 때문에 벌써 세 달째 알바 시간을 공으로 30분이나 앞당겨 일하는 중이었다.
우연히 30분 일찍 오픈했다가 7시가 땡 하자마자 들이닥친 손님을 맞이한 그날 이후 쭉.
찻값 7천 원을 계산한다는 것이 7만 원을 긁어 버려 당황했던 그날의 기억은 지금 생각해도 아찔한 일이었다.

'어머! 죄송합니다, 손님. 카드 다시 주시면 환불하고 재결합해 드릴게요.'

'재결합이 아니라 재결제겠죠. 됐습니다.'

 이런, 요 며칠 재결합한 에쵸티 이야기에 열을 올리며 카페에 그 노래만 주야장천 틀어 대는 사장님 때문에 나도 모르게 엉뚱한 단어까지 남발하지 않았던가.
 아무튼, 무려 6만 3천 원을 아무렇지 않게 투척하고 간 덕분에 그거 채우느라 혼자 카페 브런치 세트를 배 터지도록 먹었었다.
 이 남자는 그날 이후 매일같이 카페에 들렀다. 처음에는 6만 3천 원어치를 채우려는 건가 싶었는데, 그건 아니었다. 음료 주문 후에는 포스 앞에서 아무렇지 않은 얼굴로 매번 결제를 요청했으니까.
 어쨌든 7만 원을 긁은 게 미안해 괜스레 더욱 오픈을 서둘렀다. 오로지 그 사람만을 위해 말이다. 속사정도 모르는 카페 사장님의 칭찬을 들으며.


'호호, 우리 지우, 요즘 너무 열심인데? 이렇게 오너 마인드로 뭐든지 하면 어디 가서든 예쁨 받지.'


 그렇게 예쁘면 시급을 올립시다! 눈빛으로 말해도 돌아오는 건 허공에 흩어지는 영양가 없는 말뿐이었다.

그래도 뭐, 시급은 계약 내용을 철저히 준수하시지만 그 외의 것에는 배려심이 넘치는 마음 좋은 사장님이니까. 덕분에 알바생 중 장기 근속 기록을 세우지 않았나.

"주문하신 페퍼민트 차 나왔습니다."

남자가 앉은 테이블 위에 티포트와 찻잔을 가지런히 놓았다.

잔뜩 구겨져 있는 얼굴로 티포트 뚜껑을 조심스럽게 잡고 차를 내리는 그.

차를 한 모금 홀짝 마시며 두 눈을 사르르 감는다. 그제야 구겨진 미간 사이가 환하게 펴졌다.

처음부터 저 모습을 보질 말았어야 했어!

하지만 코딱지만 한 카페에서 이른 아침 첫 손님인 그에게 자꾸 눈길이 가는 건 어쩔 수가 없었다.

그나저나 페퍼민트 차 한잔에 구겨진 인상을 펴는 저 남자 때문에 카페 오픈을 강제로 당겨 버린 것이 좀 억울했다. 알바생 주제에 말이다.

후… 가뜩이나 고단한 일상에 스스로 점점을 찍는다.

그래도, 괴로워 보이는 그 얼굴이 평온해지는 걸 봐야 나도 마음이 편한 걸 어쩌겠는가.

게다가, 딱 떨어지는 슈트 차림에 아직 밝지 않은 이른 아침에 광채를 내뿜는 저 아우라. 그는 혼자 두고 보는 게 아까

울 정도로 수려한 외모를 자랑하는 남자였다.

차를 내주고 제자리로 돌아와 슬쩍 그 남자를 쳐다보았다. 오래된 시쳇말이지만 안구 정화란 딱 이럴 때 쓰라고 있는 말임이 틀림없었다.

오픈 시간을 앞당기게 한 진상 손님이지만 그래도 이렇게 돌아오는 것이 있으니 뭐 나름 위안을 삼아 보는 수밖에.

시계를 보니 7시 29분.

아마 1분 후에 그가 자리에서 일어나 카운터로 올 것이다. 매일 그랬듯이.

7시 30분 땡!

"얼마죠?"

"7천 원입니다."

매일 똑같은 페퍼민트 차를 석 달째 마시면서 매번 가격을 묻는 남자. 아무래도 기억력이 안 좋은 건지, 신경 쓰지 않는 일에는 완전 무심한 건지.

그나저나 침착하게 결제를 해 보자. 그날처럼 차 값을 열 배 이상 받는 실수는 말아야지.

"7.0.0.0. 결제. 확인!"

후- 됐다.

"정확하게 칠.천.원 결제되셨습니다. 여기 영수증 받으세요."

안전하게 그리고 정확하게 결제를 마친 영수증을 색연필

로 표시까지 하며 남자에게 전해 주었다. 서비스의 9할은 친절이니 환한 미소와 함께.

"버려 주세요."

별 시답잖은 일이라는 듯 냉소적으로 건네는 말, 미소가 민망해질 만큼 시크한 리액션이다. 그래도 난 굴하지 않는다. 세상 친절한 서비스 정신을 발휘하는 알바생으로 할 도리는 다해야지.

"네! 버려 드리겠습니다."

콧소리까지는 아니더라도 밝은 목소리로 대답을 건넸다.

물론 그는 내 대답이 완전한 문장으로 끝맺어지기 전에 카페 문을 열고 유유히 사라졌다.

자리를 옮겨 청소를 시작해 보려는데, 포스 아래 잠자코 있는 카드 한 장이 눈에 띄었다.

아뿔싸. 어떡해! 카드를 안 돌려줬잖아!

영수증에 찍힌 '0'자만 신경 쓰고 확인해 보라는 듯이 전해주는 바람에 카드를 돌려주는 것을 잊은 모양이었다.

이 허당!

오늘은 잘 넘어가나 했다. 신경을 쏜다고 쏜 것이 또 이렇게 되어 버렸다.

머리를 꽁 쥐어박으며 착잡해진 마음을 달래 보려 했지만 마음이 영 찝찝했다.

나도 참 어이없는 실수를 했지만, 그 남자도 참 정신없네.

카드를 받아 갈 생각을 못 했다니.

어휴. 어차피 내일 또 오겠지, 뭐. 잘 가지고 있다가 돌려 드리자.

카드를 안전한 곳에 보관하기 위해 그것을 집어 들었다.

무심코 카드 뒷장을 보니 흘려 쓴 서명이 보였다.

"차…혜성?"

낯설지만 어딘지 모르게 익숙한 느낌의 이름……. 그 남자의 이름을 물끄러미 바라보고 있는데 주머니에서 부르르 진동이 느껴졌다.

**[내일 H푸드 사옥 건물 새벽 계단 청소 가능?]**

가끔 일용직 알바를 소개해 주는 용역회사 직원 언니의 메시지였다.

내일이라…….

헐, 내일은 오전에 H푸드 면접이 있는 날이었다.

타이밍 한번 기가 막히네! 새벽에 청소 알바 뛰고, 옷 갈아입고 바로 면접 보면 되겠다! 잘됐네! 일복은 타고났다, 났어.

그날 면접 때문에 카페 알바도 쉬게 생겼는데, 비는 시간에 다른 알바꺼리가 생기다니. 이건 대운이었다.

**[완전 가능!! 고마워요, 언니^^]**

서둘러 답장을 보내고 씩 웃었다.

3년 전만 해도 이런 치열한 인생은 티브이 드라마에서나

보는 건 줄 알았다.

아버지 회사의 갑작스러운 부도.

삶이 송두리째 바뀐다는 것이 어떤 것인지 어린 나이에 경험하게 된 그날로부터 벌써 많은 시간이 흘러 버렸다. 이제는 뼈저리게 안다. 죽도록 일해야 먹고살 수 있음을.

어슴푸레한 새벽 미명에 꿈에 그리던 H푸드에 입성했다. 오늘 이곳에서 볼일이 많았다. 새벽엔 계단 청소. 그리고 오전엔 대망의 입사 면접.

늘 그렇듯 숙면을 취하지 못해 게슴츠레한 눈을 돌려 미화원 휴게실을 찾았다.

건물 지하에 있는 그곳에 들어서니 아주머니 몇 분이 종이컵을 들고 이야기를 나누고 있었다. 인사를 하고 나서 주변을 둘러보니 비치돼 있는 믹스 커피가 눈에 띄었다. 하나를 집어 들고 뚝 딴 다음 종이컵에 붓고 뜨거운 물을 조금 받아 그것을 녹인 다음 차가운 물을 잔뜩 넣었다.

캬~ 이 맛이지!

종이컵에 담긴 미지근한 커피를 후루룩 마신 다음 입꼬리를 올려 보았다.

그럼, 첫 번째 미션부터 클리어해 볼까?

"H푸드 본관 비상계단 50층을 두 분이 나눠서 청소하시면 됩니다. 되도록 직원들 출근 시간 전에 끝날 수 있게 신경 써 주시고요."

막 도착한 미화부장님께 오늘 청소 구역을 배정받은 나는 아주머니 한 분과 함께 청소할 곳을 찾아갔다.

후…….

본관 계단 앞에 서서 호흡을 가다듬었다. 기필코 이곳의 계단을 반짝반짝 빛내 주리라 각오를 다지는 중이었다. 왜냐하면 이곳은 H푸드니까. 내가 오래도록 발을 딛길 원했던 꿈의 기업.

일단은 청소부로 온 몸이지만, 내 반드시 이곳에 출근하게 되는 그날이 오리라! 아자! 아자!

"건물이 오래된 건 알았지만, 계단에 신주까지 붙어 있는 줄 몰랐네. 어휴, 징글징글한 신주."

함께 계단 청소를 하게 된 아주머님 말씀에 혼자 부풀었던 가슴이 피식 꺾였다. 아주머니는 H푸드 비상용 계단 끝마다 붙어 있는 미끄럼 방지 금속인 신주를 보더니 혀를 찼다.

사실, 신주 청소가 어렵기 때문에 계단 청소에서 이것을 만나는 건 최악의 상황을 마주한 것이나 다름없었다. 계단 청소를 몇 번 해 봐서 아는 사실이었지만 크게 개의치 않았다. 조금 더 애쓰면 되니까.

"아주머니, 제가 21층부터 50층까지 맡을게요."

50층을 둘로 나누면 25층이지만, 아무래도 조금이라도 젊은 내가 더 하는 게 마음이 편할 것 같았다.

"아이고, 아가씨. 그래도 되겠어? 마음씨도 곱지."

"네. 그럼요. 괜찮아요. 겨우 다섯 층 더 하는 건데요, 뭘. 마음 쓰지 마세요."

빙그레 미소를 지어 보이고는 청소 도구를 챙겨 계단과 연결된 화물용 엘리베이터를 타고 50층으로 올라갔다.

현재 시각 새벽 4시 30분

오전 10시 면접에 늦지 않으려면 서둘러 청소를 마쳐야 했다.

"후- 이제 한 층만 더 하면 되겠다."

무릎이 닳도록 애쓰며 세 시간 넘게 진득하게 작업을 하다 보니 계단 청소가 어느 정도 마무리가 되었다. 다시 계단을 오르내리며 혹시 미흡한 곳이 있나 둘러보려고 21층에서 다시 50층까지 올라가고 있었다.

으음, 이 정도면 훌륭하네!

반짝이는 계단을 기분 좋게 바라보며 한 층 한 층 올라갔다.

어라? 이런, 여길 놓쳤었네.

50층에서 옥상으로 향하는 계단 하나가 더 있었던 것을 못 봤던 것이다.

남은 세정제를 탈탈 털어 넉넉히 계단에 부어 주고 때가 불기를 잠시 기다리며 아래쪽 계단에 쭈그려 앉아 모의 면접 자료를 보고 있었다.

끼이익-

계단과 건물 실내 사이에 경계한 큰 철문이 열렸다 닫혔다. 그 문 사이로 나온 한 남자. 그는 다급히 옥상으로 올라가기 위해 몸을 틀었다. 그리고 세정제가 잔뜩 뿌려져 있는 계단에 발을 디뎠다. 지금 이 계단의 상태는 조심조심 걸어도 넘어질 수 있을 만큼 미끄러웠다. 그런데 그렇게 뛰다니요! 안 돼!

"아악… 안 돼! 저기욧!"

큰 소리로 외치며 계단을 오르려는 남자를 향해 몸을 날렸다. 그의 허리춤이라도 잡아 걸음을 멈추려는 생각이었다.

"으아아아아악!"

하지만 불행히도 외침은 한발 늦어 버렸다. 그 남자는 미끄러운 신주를 밟고 아래로 넘어졌으며 심지어 걸레를 수십 번 빨아 댄 양동이와 부딪혔다.

그리고 우월한 기럭지와 슈트에 완전히 티 나는 딱 보기 좋은 근육질 몸으로 짓눌렀다. 가까스로 그 남자가 넘어지려는 걸 막아 보려고 다가온 나를.

"악! 흡!"

육중한 몸이 위에서 누르자 숨이 턱 막혀 와 입으로 내뱉은 건 짧은 신음이었다.

"이거… 뭡니까."

그가 여전히 내 몸에 포개진 채 고개를 들고 무서운 눈빛으로 물었다.

뭐긴요……. 뭐라고 해야 할까요? 사람? 여자 사람? 계단 청소부?

사실, 오늘 H푸드에서 면접 보고 입사해 핑크빛 미래를 그리고 있는 납니다. 그런데 애꿎게도 그 회사 건물 비상용 계단에서 압사 위기를 겪고 있네요.

그나저나 얼굴이 자…알생겼네? 응? 어디서 본 얼굴인데? 헐. 이 남자, 매일 7시면 나타나는 진상 손님. 그다!

오늘은 면접 때문에 카페 알바를 쉬는 탓에 얼굴을 못 보나 했는데, 이렇게 또 보게 되는구나.

초근접 샷으로 그의 얼굴을 바라보는 찰나의 순간에 수십 가지 생각이 머리를 스쳐 갔다.

"그, 그…게 계단 청……. 근데, 괜찮으세요? 헉… 여기 피……."

그의 질문에 대한 대답 대신 그의 안부를 물었다. 넘어지면서 어디에 부딪혔는지 매끈한 이마에 그어진 스크래치에서 새어 나오는 피 때문이었다.

피가 난다는 말에 그는 한껏 더 인상을 썼다. 소매 춤을 당겨 그의 이마에 새어 나온 피를 닦으려 했다. 지금 닦지 않으면 금방 뚝뚝 떨어질 것 같았다.

"됐어요."

그가 눈빛에 힘을 주고 나의 팔목을 잡아 저지했다. 내 몸에 손도 하나 까딱하지 말라는 듯이 차갑게. 그리고 이내 두 팔로 바닥을 짚고 일어났다,

"으아아아!"

나 역시 몸을 세워 일어나려는데 바닥에 흥건한 물 때문에 몸이 휘청거렸다.

"헙!"

먼저 일어나 옷에 묻은 오물을 털어 내던 그가 빠르고 강한 팔로 내 허리를 잡아 자신 쪽으로 당겼다. 카페에서 매일 감상만 하던 그의 얼굴이 자꾸 코앞에 와 닿는 중이었다.

모공 하나 없이 매끈하고 잡티 하나 없이 말끔한 얼굴. 이목구비가 뚜렷하다 못해 너무나 입체적인 얼굴.

아아- 사람이니 조각이니?

이렇게 가까이서 보니 훨씬 더 매력이 넘치는 그였다.

"보아하니 그쪽이 다친 것 같지는 않으니까 피차 험한 꼴 보는 건 여기까지만 합시다. 청소는… 되도록 직원들 출근 전에 끝내시는 것이 좋겠군요."

또다시 넘어지는 참사는 피했지만, 이미 대단히 험한 꼴이었다. 아까 이 남자한테 짓눌리는 바람에 이미 머리부터 발끝까지 축축하게 젖었고, 몸에서는 퀴퀴한 냄새까지 났다. 엉덩이도 욱신거렸고.

내가 밑에 깔리는 바람에 나보다는 덜하지만 그도 마찬가지.

 그는 자기 할 말만 하고 옥상으로 올라가려던 걸음을 돌려 방금 들어왔던 철문의 문고리를 잡았다.

"저기요!"

 다급히 그를 불렀다.

"…뭡니까."

 그가 멈칫하고 뒤를 돌았다. 다행이었다. 싸늘한 눈빛을 보낼지언정 무시는 안 해서.

 그냥 문 열고 가 버리면 어쩌나 했어요. 지금 몹시 급한 용무가 있거든요.

"호… 혹시 여기 사우나 있나요?"

 사실 구면이지만, 나를 기억하지는 못하는 것 같은데, 초면이라고 치고 이런 거 물어봐서 미안해요. 하지만 나도 어쩔 수가 없답니다.

"하… 사우나? 혹시 샤워실 말하는 겁니까?"

 그가 물에 빠진 생쥐 꼴을 하고 있는 내 모습을 위아래로 훑어보더니 되물었다.

"헉, 네, 네. 샤워실이요."

 샤워실을 말한다는 게 웬 사우나. 미치겠네. 사우나 예찬론자 카페 사장님 때문에 평소 사우나라는 말을 못이 박히도록 들은 탓이다.

"후……."

그가 미간을 찌푸렸다. 아무래도 두통이 심한 것 같았다. 매일 아침 7시에 이런 얼굴로 카페 문을 열고 들어왔던 그였다. 그래도 페퍼민트 차를 마시면 좀 괜찮은 것 같았는데.

아!

오늘 못 마셨구나. 면접 때문에 카페 알바를 쉬는 날이었다. 오늘 대체 알바생이니 삼십 분 일찍 오픈을 할 리가 없지. 오픈했어도 시간이 좀 걸리는 허브티를 제대로 우려서 낼 리가 없었을 거고. 안 봐도 비디오였다.

"없겠죠? 사실 제가 청소 끝나고 바로 엄청 중요한 일이 있거든요, 근데 이 꼴로 으흑……."

얼굴을 찡그리며 거의 자포자기 심정으로 이야기했다. 그가 듣는지 알 수 없으니 거의 독백에 가까운 토로였다.

오전에 면접만 없었어도 젖은 청소복을 원래 입고 왔던 옷으로 갈아입고 집으로 튀어 가면 될 일이었지만, 일생일대의 중대사가 남았는데 이 일을 어쩌나.

이렇게 머리부터 발끝까지 냄새를 장착하고 면접을 볼 수는 없을 것 같았다. 그래서 썩은 동아줄이라도 잡는 심정으로 물었던 것이었다. 뭐 물어는 봤지만, 이곳이 피트니스 센터도 아니고 사무실이 빽빽한 회사 사옥에 샤워실이 있겠는가. 고개를 푹 숙이고 돌아서려는 찰나였다.

"후… 따라오세요."

머리가 계속 지끈거리는지 섬섬옥수 같은 손을 펴 잠시 목덜미를 잡으며 눈을 질끈 감았다 뜬 그가 예상 밖의 말을 내뱉었다.

입술을 꾹 다물고 침을 한 번 꼴깍 삼킨 다음 고개를 끄덕이며 그의 꽁무니를 졸래졸래 따라갔다.

그가 아까 들어왔던 철문 사이를 비집고 나가니 완전 다른 세상이 펼쳐졌다.

우와- 이거 비밀의 문이야?뭐야?

창문 하나 없이 침침했던 계단과 달리 50층에는 통유리가 둘려 있어 햇살이 한가득 실내를 비췄다. 새벽녘 내내 내가 컴컴한 비상계단에서 청소를 하는 동안 그는 이렇게 밝고 멋진 세상에 있었구나…….

안 그래도 거리감이 느껴지는 그가 한층 더 범접할 수 없는 존재로 여겨지는 순간이었다.

그나저나 대박이다……. 장난 아닌데?

언뜻 보아도 통유리를 통해 보이는 바깥 전망이 끝내줬다. 이런 데서 일하면 진짜 아이디어가 솟구치겠는걸. 부럽다. 좋겠다. 나의 꿈의 직장, H푸드. 정말 입사하고 싶다.

"건물 견학 왔습니까."

남자가 통유리에 정신이 팔린 나를 힐끗 보며 말했다.

"아, 죄송해요."

여전히 어딘가 모르게 힘들어하는 그의 얼굴을 보며 발걸음을 재촉했다. 드디어 그가 걸음을 멈추고 내게 들어오라는 손짓을 했다.

세상에… 진짜 피트니스 룸이 있잖아?

아까 그 통유리가 이어진 곳에 작은 피트니스 룸이 있었다. 주요한 운동기구들이 하나씩 있는 것을 보아하니 직원들이 이용하는 곳은 아닌 것 같고 누군가의 개인 운동 공간인 것 같았다. 남자는 그 공간을 가로질러 가 반투명한 유리문을 열었다.

"이쪽에서 씻으세요."

그가 가리킨 곳은 물기 하나 없이 깔끔하게 청소되고 정비된 고급 호텔, 흠, 그보다 좀 더 좋아 보이는 샤워실이었다.

"네. 정말 고맙습니다."

안으로 쏙 들어가 유리문을 닫았다. 그리고 일단 숨부터 돌렸다. 짧은 시간에 벌어진 사고라면 사고 때문에 정신이 하나도 없었고, 몸도 잔뜩 긴장한 상태였다.

"참, 지금 몇 시지?"

샤워실 한쪽 벽에 걸려 있는 시계를 보니 현재 시각 8시 20분.

청소를 마저 마무리 짓고 면접 준비하기엔 시간이 촉박해 보여 마음이 급했다.

"아주머니, 네, 네. 제가 청소하다가 좀 심하게 넘어지는 바람에요. 네, 네. 옥상 가는 계단이요. 어휴, 죄송해요."

일단 휴대폰을 들어 함께 청소하는 아주머니께 전화를 걸어 사정 이야기를 하고 마지막 층 청소 마무리를 부탁했다. 그나마 아까 다섯 층 더 한다고 해서 좋게 봐 주신 아주머니께서 흔쾌히 마무리를 해 주시기로 했다.

서둘러 용역 회사 로고가 박힌 청소복을 벗으려고 손을 분주히 놀렸다. 마음은 급한데 물을 잔뜩 먹은 옷이 무겁고 차가워서 쉽게 벗겨지지 않았다.

급하니까 더 안 되네……. 서지우, 정신 차리고 침착하자…….

간신히 옷을 벗고 보니 속옷 뒤쪽까지 물에 젖어 축축했다. 이따 면접 때 입을 옷은 따로 챙겨 왔지만, 속옷은 따로 챙겨 오지 않았는데.

샤워실을 둘러보니 다행히 드라이기가 있었다. 대충 뒤쪽만 빤 다음 드라이기로 말려야 할 것 같았다.

지금 중요한 건 스피드야! 서두르자. 서둘러!

일단 속옷을 빨아 널고, 머리를 감고 대충 샤워를 마쳤다. 샤워실에 비치된 커다란 타월을 몸에 두르고 드라이기로 속옷을 말리며 생각해 보니, 살다 보니 별일도 다 있네 싶었다. 그리고 머리에 스치는 또 하나의 생각.

이를 어쩐다.

갈아입을 옷이 없었다.

겨우 샤워 재계를 했는데, 아까 입었던 축축한 청소복을 도로 입을 수도 없는 일 아닌가.

면접 때 입을 옷은 지하 청소원들 휴게실 안에 있었다.

"아주머니, 네. 지우예요. 혹시 휴게실에 종이 가방이 있는데… 네? 아, 벌써 가셨구나……. 아, 아니에요. 알겠어요. 청소 마무리해 주신 것 너무 감사했어요. 그리고 오늘 고생하셨어요. 네. 네."

아주머니는 벌써 청소를 마치고 귀가 중이셨다. 정말 눈앞이 캄캄하다는 말은 이럴 때 쓰는구나.

밖으로 나갈 수도, 안 나갈 수도 없는 상황.

이왕 이렇게 된 거, 아까 그 남자에게 좀 가져다 달라고 부탁해 볼까. 솔직히 내가 이렇게 된 것도 다 그 사람 때문이잖아. 그 사람 대신 바닥에 깔린 건데 그 정도는 요구할 수 있는 거지, 뭐. 이런 꼴을 보이는 건 영 창피하지만 다른 방법도 없고, 시간이 없다고!

조금 더 고민한 뒤 몸에 타월을 더 칭칭 그리고 꼼꼼히 둘렀다.

후…….

한숨을 쉰 다음 마지막으로 얼굴에 철판을 깔고 유리문을 열고서 고개를 배꼼 내밀었다.

"저기요……."

그리고 모기 소리만 한 목소리로 그 남자를 찾았다.

밖은 적막하리만큼 조용했다.

"저기요……! 아무도 없나요?"

소리에 대한 기척이 전혀 없는 상황이었다. 암담한 마음에 문을 다시 닫으려 했다.

어?

유리문 아래 티셔츠와 반바지가 놓여 있는 것이 보였다. 운동할 때 입는 듯한 옷이었다.

아마 그 남자가 미리 가져다 놓은 모양이었다.

대박! 얼굴만 잘생긴 줄 알았더니 센스까지 미쳤네!

유리문 사이로 팔만 쭉 빼 그 옷을 잡아 들고 다시 문을 닫았다.

"휴, 살았다."

대충 말린 속옷을 입고 그가 놓고 간 커다란 운동복 티셔츠와 반바지를 입었다. 바지는 다행히 밴드라 커도 골반에 걸쳐졌고, 티셔츠는 너무 커 골반에 걸친 반바지조차 가려 하의를 실종시켰지만, 지하까지만 가면 되니까 별문제는 안 되었다.

서둘러 밖으로 나와 엘리베이터를 타고 지하 1층을 꾹 눌렀다.

제발! 아무도 타지 마라!

다행히 이런 사소한 바람은 이루어졌고, 50층에서 내려가는 건데도 초고속 엘리베이터라 금세 지하로 내려오는 최첨단 신세계를 맛보았다.

그나저나 아까 초근접 샷으로 보았던 그 남자의 얼굴이 자꾸 아른거렸다.

젊어 보이는데, H푸드에서 한자리 하는 분인가? 포스가…… 후……. 설마 오늘 면접관으로 나오진 않겠지? 저리 젊은 사람이 나올 리 없잖아? 이 큰 H푸드에 사람이 한둘인가…….

미화원실에서 옷을 갈아입으며 오늘 아침에 있었던 일을 곱씹어 보았다, 하필이면 H푸드 면접날 이 회사 사람과 엉뚱하게 얽힌 게 마음에 걸려 중얼거렸다.

이 날을 위해서 얼마나 열심히 준비하고 준비했던가. 학업에 알바에 살림에 눈코 뜰 새 없이 바쁜 와중에도 H푸드만 생각하며 시간을 쪼개 취업 준비를 했던 나였다.

아흑, 그나저나 머리가 수습이 안 되네!

거울을 보니 푸시시한 머리가 참 억울하게도 풀어져 있었다.

그냥 대충 묶자!

하늘이 그간의 내 정성을 안다면, 불합격이라는 시련은 주시지 않겠지. 플리즈.


"다음 조 들어가실게요."

"넵!"

드디어 결전의 순간이 다가왔다. 같은 조로 편성된 다른 세 명의 사람들과 함께 나는 열을 맞춰 면접실에 들어갔다.

앞에 쭈욱 앉아 계신 면접관들과 마주하게 놓인 네 개의 의자.

 순서에 따라 그중 두 번째 의자 앞에 섰다.

 긴장된 얼굴로 인사를 막 하려는데, 앞에 앉은 면접관과 눈이 딱 마주쳤다. 다른 이들과 달리 유독 후광이 비치는 남자.

 입술을 꾹 깨물고 눈을 질끈 감아 버렸다.

 이런, 망했다.

 이마에 밴드를 붙이고 앉아 일그러진 얼굴로 나를 바라보는 남자. 아까 그였다.

 설마가 진짜가 돼 버린 상황. 하, 서지우, 오늘 꼬여도 단단히 꼬였다!

 살짝 눈치를 보니 그 남자의 눈빛에서도 이런 게 읽혔다.

 '뭐야? 또 너야?'

 그러는 와중 드디어 면접이 시작되었다.

 "안녕하십니까. H푸드 신입사원 공채에 지원한 서지우입니다."

 당황스러운 마음을 숨기고 애써 담담히 인사를 하고 자리에 앉았다.

 "우리 회사 입사 지원 동기 한번 들어 봅시다."

 나이가 지긋하신 면접관이 입사 지원자들을 향해 먼저 질문을 던졌다.

 "H푸드는 소비자를 감동시키는 서비스를 제공하는 기업입니다. 특히 소비자 중심 경영 인증을 통해……."

"그린 마케팅을 통해 사회에 좋은 인상을 주는 H푸드의 사업 마인드가 무엇보다 저의 마음을……."

옆에 앉은 지원자들이 떨지도 않고 준비해 온 거창한 이야기를 술술 풀어내었다.

지원자들이 대답하는 틈을 타 슬쩍 그 남자를 바라보니 손가락 하나로 관자놀이를 누르며 인상을 쓰고 있었다.

저쯤 되면 만성 두통임이 틀림없네……. 그나저나 하필 여기서 마주칠 게 뭐야.

진짜 여기서 마주칠 줄은 꿈에도 몰랐다.

설마 내가 실수 연발 카페 알바생인 거 알까? 오늘 아침 있었던 어이없었던 일은 또 어떡해.

그간 그 앞에서 실수했던 일들이 주마등처럼 머릿속에 스쳐 지나갔다. 면접관에게 밉보일 수 있는 것들! 젠장!

"우리 회사는 잦은 실수를 연발하고, 청소 피켓 없이 청소를 해 지나다니는 사람들을 곤란에 빠트리는 직원은 필요 없습니다. 서지우 씨 아웃!" 이러는 거 아냐?

아침에 있었던 일부터 시작해서 머릿속에 별의별 생각이 다 떠올랐다.

"다음, 서지우 씨."

"네?"

"입사 지원 동기 이야기해 보세요."

벌써 내 차례가 되었다. 으악, 떨려.

"저… 저는 매일 H푸드와 함께 생활하고 있습니다. 아침에 일어나 H푸드에서 만든 수프를 먹으며 하루를 시작합니다. 그리고 아르바이트를 하다가 편의점에서 H푸드에서 나온 점심 도시락을 먹고요. 저녁때도 간단하게 H푸드 반조리 식품을 자주 이용합니다. 그런데 정말 매번 맛있어요. 절대 질리지도 않고, 또 먹고 싶은 생각이 들거든요. 저도 이 일에 함께하고 싶어서 지원했습니다. 사람들에게 에너지를 주는 일, 사람들의 하루를 든든하게 만드는 일에 말입니다."

파르르 떨리는 목소리로 대답을 마쳤다.

이거 다 진심이었다. 다른 질문들에 대해서는 면접 스터디를 통해 준비한 이야기들을 했지만, 이 질문에 대한 대답만큼은 진짜 내 이야기를 전하고 싶어서 했던 대답이었다.

이게 다른 사람들과 차별점이라면 차별점이라고 생각했다. 나 나름대로.

살짝 눈치로 그를 바라보니 손가락으로 관자놀이를 누르던 그가 어느새 손가락을 내리고 내 대답을 듣더니 '픽!' 한쪽 입꼬리를 올리며 웃었다.

내 대답이 이상한가?

휴… 그렇다 해도 잘생긴 얼굴로 저런 썩은 미소를 짓다니. 얼굴이 아깝다. 아까워!

몇 가지 질문과 대답이 오고 가고 면접은 끝이 났다. 면접실을 나오는데 온몸에 기가 다 빠져나간 기분이었다.

서류 통과하고 프레젠테이션 통과하고, 팀 과제 통과하고 남은 마지막 면접이었다. 뭔가 허무하기도 하고, 그 남자 썩은 미소 때문에 불합격의 스멜이 코를 찌르는 것만 같았다.

그 표정이 자꾸 눈앞에 환영처럼 둥둥 떠다녔다.

"서지우! 면접 잘 봤어?"

주섬주섬 면접자 대기실에서 짐을 챙기고 있는데 준영이 팔을 툭 건드렸다.

그는 대학 동기이자 남자 사람 친구이자 베프.

등록금이랑 이래저래 필요한 돈을 마련하느라 2년이나 휴학을 한 탓에 군대 다녀온 남자 동기들 중 마지막 학년을 함께 보내며 친해진 친구였다.

"잘 보긴… 망뻴이야. 휴……. 엄청 고대했던 면접이었는데……."

"왜? 오늘 나온 질문 예상 문제에서 다 나왔잖아. 난 대박이다 이랬는데……."

"그건 그런데… 예상치 못한 변수가 있었거든."

"변수? 뭐?"

"그런 게 있다. 너라도 잘되길 바란다, 친구. 휴, 배고프다. 밥이나 먹으러 가자."

준영이 팔을 끌고 H푸드를 빠져나왔다. 새벽부터 이 건물에 있었더니 아직 12시밖에 안 됐는데, 며칠은 있었던 느낌이었다.

"짜장면? 쌀국수? 파스타?"

"야, 뭘 그런 걸 물어. 서지우 하면 딱 답 안 나와?"

"혹시 오늘은 바뀌었을 수도 있잖아. 아냐? 또? 또 짜장면 먹을 거야?"

"응."

짜장면 사랑이 지독한 나였다. 먹어도, 먹어도 맛있는 맛. 짜장과 짬뽕 사이에 고민하는 사람들을 전혀 이해 못 하는 1인. 오로지 26년 인생 짜장면만 올곧게 파는 나, 서지우라고.

H푸드에서 나온 '짜신'도 완전 맛있는데. 아, 생각만 해도 침이 넘어갔다.

이번 면접에서 떨어지면 아마도 눈물의 '짜신'을 먹게 되겠지. 오늘 일이 두고두고 떠오르면서. 참 슬프다.

준영과 점심을 먹은 뒤, 그를 보내고 'go on'으로 걸음을 옮겼다.

아무래도 진한 에스프레소 한잔은 마셔 줘야 피로가 풀릴 것 같았다. 그래야 또 한참 남은 오후를 활기차게 보내지. 카페는 H푸드에서 걸어서 5분 거리였다.

매일 출근 도장을 찍는 일터지만, 오랫동안 일한 덕분에 사장님, 알바생들과도 친하고 무엇보다 직원 할인이 있으니, 커피는 이곳에서.

"헐, H푸드 직원이라 우리 카페에 매일 왔었구나!"

걷던 중에 갑자기 깊은 깨달음이라도 얻은 것처럼 길에 우뚝 서서 눈을 번뜩였다.

주변에 회사도 많은 편이라 그 썩은 미소남이 이 중 한 군데에 다니겠다 싶었는데, H푸드였다니. 큰 카페도 많은 동네에서 우리 카페 단골인 건 좀 의아하긴 하지만.

사실 내내 그 남자 생각만 하고 있었다. 그의 썩은 미소가 아주 잊히지 않는다.

"휴… 좀 더 다르게 대답할 걸 그랬나……."

그 남자의 얼굴에 이어 H푸드 취업 준비를 만류했던 엄마의 얼굴이 떠올랐다.

'지우야, 하필이면 왜 H푸드야. 티원도 있고 그린푸드도 있고 또 비슷한 기업들 많은데, 꼭 H푸드여야겠어?'

'응. 난 H푸드가 좋아. 무조건 여기서 일하고 싶어, 엄마.'

사실 엄마가 H푸드를 좋아하지 않는 이유를 모르는 건 아니었다.

우리 집도 잘나가던 시절이 있었다. 할아버지가 만드신 '조이제과'가 잘 풀리던 시절.

할아버지가 H푸드 창업주와 친분이 두터운 관계라 내가 어렸을 적만 해도 집안끼리 왕래가 잦았다고 들었다. 현재 H푸드 회장님 사모님과 엄마도 그때는 친분이 두터웠다고.

하지만 '조이제과'는 허공에 사라져 버린 지 오래. 회사를 운영하던 할아버지, 아버지 두 분 다 지금은 세상에 없는 분이다.

엄마는 과거의 화려했던 시절을 공유했지만, 이미 다른 길을 걸은 지 오래라 간극이 커져 버린 H푸드에 대해 남다른 예민함이 있었다.

돌아갈 수 없는 그 시절을 떠올리게 만들기 때문일 것이라고 나름 추측해 보는 중이다.

근데 뭐, 엄마는 지금도 그 시절 버릇 못 버리고 진짜 명품 살 돈은 없어도 A급 짝퉁을 사는 데 열을 올리며 산다. 때문에 카드 값은 오로지 내 몫이었다.

박숙희 여사님 때문이라도 동종업계 연봉 1순위인 H푸드를 들어가야 한다고요!

연봉 순위도 중요하지만, 사실 나는 H푸드가 진짜 좋았다. 원래 마음에 드는 한 가지에 꽂히면 그것만 바라보는 성격이라 노래도 마음에 들면 주야장천 그것만 반복해서 듣고, 맛있는 게 있으면 그것만 판다.

알바를 하면서 허기진 배를 채우려 먹어 본 여러 회사 도시락 중 단연 최고는 H푸드였다. 그때부터 시작되었다. H푸드 앓이가.

이런저런 생각을 하는 도중 어느새 'go on'에 다다랐다.

땡땡-

문에 달린 종소리를 울리며 카페 안으로 들어가자 여전히 아이돌 조상님 에쵸티 노래가 흘러나왔다. 이쯤 되면 사장님과 나는 성격이 참 비슷하다고 해도 틀리지 않겠다 싶었다. 꽂히는 것만 좋아하는 성격.

"어? 지우 왔네. 면접은 잘 봤어?"

"언니, 옷은 면접 의상인데, 머리는 왜 이래?"

"어? 그러네? 면접용 헤어가 아닌데? 어떻게 된 거야?"

"사장님, 언니 표정도 심상치가 않은데요? 면접 보긴 본 거야?"

카페에 들어서자 사장님과 경아가 번갈아 가며 질문 세례를 퍼부었다.

"휴… 면접을 보긴 봤지……. 오늘 정말 많은 일들이 있었거든요. 경아야, 나 에스프레소 한잔, 쓰리샷으로!"

"언니 이렇게 마시면 밤에 잠이 오긴 해? 진짜 신기하다니까……."

"잠이 왜 안 오겠어. 카페인을 넘는 인생의 피곤함이 있다. 글쎄 오늘……."

사장님과 경아에게 오늘 있었던 일을 낱낱이 털어 내었다. 매일 오는 그 진상 손님과의 잊지 못할 해프닝에 관해.

"새벽부터 완전 꼬였네. 그래서 머리가 이랬구나. 그래도 H푸드 50층이 그렇게 좋다니, 궁금하다."

경아는 내 얘기를 듣더니 눈에 호기심이 가득 찼다.

"완전 대박이야. 통유리가 쫘악!"

나도 실화인가 싶었던 그 장면을 최대한 실감나게 설명하려고 손짓까지 동원했다.

"그나저나 밉보여서 어째. 나야 우리 지우가 취업 못 하면 열혈 알바생 좀 더 쓸 수 있어서 좋다만. 호호."

사장님은 핀트가 또 그쪽으로 꽂히셨다.

"그러게요. 취업 못 하면 여기에 뼈를 묻을까 봐요. 크."

"7시…인데."

오늘도 서둘러 카페 오픈을 당겨서 했건만, 그 남자의 모습이 아직 보이지 않는다. 어제 경아의 이야기를 들어 보니 우려하던 대로 경아는 7시 30분쯤 카페 오픈을 했고, 페퍼민트 차를 주문한 남자는 없었다고.

"어제 허탕 쳐서 오늘도 안 여는 줄 알고 안 오는 건가?"

손님이 매일 출근해야 하는 일터도 아닌데, 3개월 내내 아침 7시에 나타났던 그가 안 보이니 무척 신경 쓰였다.

어제 돌려줬어야 하는 그 남자의 카드도 아직까지 못 돌려줘서 마음 한쪽이, 아니 마음 한가운데가 몹시 찝찝했다. 그리고 하나 더. 어제 뜻하지 않게 빌려 입게 된 운동복도 함께 돌려주려고 세탁해서 종이 가방에 고이 넣어 왔는데.

바닥 청소를 하면서, 주방을 정리하면서 카페 문을 계속해서 쳐다보지만, 삼십 분이 지나도록 감감무소식이었다.

땡땡-

그때였다. 종소리와 함께 카페 문이 열렸다.

"어서 오세… 엥? 사장님?"

"응, 나야. 밤새 드라마 한 편 정주행했더니 괜히 마음만 싱숭생숭해서 잠도 안 오고 그냥 일찍 나왔어."

지난 계절 7년 사귄 남친, 아니 천하의 나쁜 놈과 결별하고 잠을 설치시더니 요즘 드라마 몰아보기에 꽂히신 사장님이었다.

"사장님, 지금 청소 다 끝내고, 오늘 필요한 거 다 세팅해 놨거든요."

"벌써 다 했어? 7시 40분인데? 살살해라, 서지우. 열심히 하는 건 좋은데 누가 보면 내가 새벽부터 부려 먹는 악덕 사장인 줄……."

"그래서 말인데요. 사장님, 저 잠깐만 나갔다 올까 봐요."

"어디 가려고?"

"그 손님, 아니 그 면접관, 으- 썩은 미소남에게 카드랑 운동복 좀 전해 주려고요. 지금 안 갖다 주면 하루 종일 신경 쓰일 것 같아서요."

"아, 그래그래. 다녀와. 갔다 와서 또 재미난 이야기 있음 들려주고! 알았지?"

사장님이 드라마 다음 화를 기다리듯 기대에 찬 눈빛을 보내왔다.

"에이, 뭐 그럴 게 있나요. 딱 돌려주기만 하고 바로 올게요."

그냥 이 찝찝한 마음만 별일 없이 잘 털어 내면 좋겠네요.

종이 가방을 들고 문을 나섰다. 카페에 들르는 시각과 어제 회사에서 마주친 것을 토대로 나름의 추리 끝에 지금 나서야 그 남자를 쉽게 볼 수 있으리라 싶었다.

예상이 맞는다면 그가 업무를 시작하기 전에 물건들을 돌려줄 수 있을 것이다.

그가 빌려준 운동복이 든 종이 가방을 들고 빠른 걸음으로 카페를 나섰다.

순식간에 도착한 H푸드 본사 앞.

언뜻 고개를 들어 보아도 꼭대기 층이 눈에 담아지지 않을 정도로 높은 건물에, 지문 하나 찾아보기 힘든 1층 유리창, 뭔가 대단하고 건드릴 수 없을 것 같은 위압감까지.

오늘 보니 어제 면접 때 와서 볼 때랑은 또 달랐다.

그 썩은 미소남만 아니면 내 일터가 될 가능성이 좀 있었는데 말이지…….

솔직히 이제는 합격에 대한 기대를 접은 상태였다.

"차혜성 씨한테 전해 드릴 물건이 있어서요……."

사원증이 없어 건물 출입이 안 되는 상황이라 안내 직원에게 먼저 양해를 구했다.

"차혜성 팀장님이요? 잠시만요……. 성함이 어떻게 되시죠?"

직원은 짐짓 놀란 얼굴로 나를 훑어보더니 물었다.

뭐야. 내 얼굴에 뭐 묻었나?

"서지우예요."

안내 직원은 사내 전화를 돌려 누군가와 통화를 했다.

"이거 받으시고 이쪽으로 가셔서 엘리베이터를 이용해 50층 피트니스 룸으로 가시면 됩니다. 이건 나오실 때 다시 돌려주시면 되고요."

임시 출입증을 건네받고 출입문을 통과해 엘리베이터를 탔다. 엘리베이터가 1층에 도착하자 사원증을 맨 사람들이 우르르 그 안으로 들어갔다.

"이번에 우리 마이 버거 들여오는 거 확정 났다며?"

"응. 차 팀장 대박이지. 어떤 차 팀장 말하는 거야? 기획 1팀? 2팀?"

"당연히 1팀이지. 진짜 뭐 하나 빠지는 게 없다."

삼삼오오 이야기를 주고받는 그들 사이에 있으니 왠지 낯선 세계에 발을 들인 이방인 같은 느낌이 들었다.

버젓한 회사에 다니는 그들이 부럽기도 했다. 또 그 썩은 미소남 생각에 아리고 속상한 마음이 들었다.

엘리베이터는 중간에 그들을 내려 주었다. 50층에 내리는 건 나 혼자뿐이었다.

이곳은 여전히 멋진 곳이었다. 나와는 어울리지 않는 곳. 썩은 미소남의 세계.

'두 번째 와 본다고 이곳은 좀 익숙하네……. 보자, 피트니스 룸이 이쪽이었던 것 같은데.'

그나저나 혹시 H푸드 대표님 개인 트레이너인가. 피트니스 룸이 그 남자 건 아닐 텐데. 그렇다고 개인 트레이너가 면접관인 것도 이상하고. 도대체 정체가 뭔지.

역시나 길치에게 감은 쓸모없는 것이었다. 한참을 돌아 겨우 피트니스 룸을 찾았다.

똑똑-

피트니스 룸 문 앞에 서서 노크를 했다. 그런데 돌아오는 반응이 없었다. 한 번 더 해 봤지만 역시나 마찬가지.

슬쩍 문을 열어 볼까. 피트니스 룸으로 오라며?

기척도 없이 스르르 부드럽게 열리는 문을 밀고 빠끔히 안쪽을 살폈다.

"저기… 아앗……."

문을 살짝 열었을 뿐인데 눈이 부셨다. 갓 올라온 해가 통유리를 통과해 실내를 가득 채웠다. 그리고 이어폰을 낀 남자가 하늘을 달리듯 러닝머신 위를 달리고 있었다.

하… 세상 혼자 사는 자태 보소…….

문을 확 열어젖힌 나는 잠시 넋을 놓고 멍하니 서 있었다. 스포츠웨어 광고의 한 장면 또는 스포츠음료 광고의 한 장면이 눈앞에 펼쳐져 있으니.

몇 분이 흘렀을까. 달리기를 멈춘 그가 고개를 돌려 나를 봤다.

"왜 그렇게 서 있는 겁니까."

모델이 광고를 찢고 나와 아주 시크한 눈빛으로 나에게 말을 거는 중이었다.

"아, 돌려 드릴 게 있어서요."

정신 차리자, 서지우.

"뭐죠?"

"이거… 어제 빌려주신 운동복하고, 엊그제 카페에서 제가 계산하면서 깜박하고 못 돌려 드린 카드요."

주섬주섬 종이 가방 안을 들추며 설명했다.

"그리고 참, 이거. 페르시안 차요."

"페르시안 차? 혹시 페퍼민트?"

그의 시크한 눈빛이 순간 누그러지며 살짝 반가움이 서렸다. 그는 아무렇지 않은 척했지만, 딱 캐치했다고.

"이런. 네. 페퍼민트 차요. 늘 드시는 거."

이놈의 두뇌는 어떻게 된 것인지 최근에 들었던 얘기들이 왜 이렇게 비슷한 단어로 튀어나오는지. 이 또한 사장님이 키우는 페르시안 고양이 이야기를 귀에 딱지가 앉도록 들은 까닭이다.

사실, 아까 카페를 나서기 전에 테이크아웃 컵에 페퍼민트 차를 담아 가지고 나왔다.

 매일 이 차를 드시는 분이 못 드시는 게 마음에 많이 걸려서. 뭐, 이렇게까지 고이 챙겨 온 것에 대해 말은 안 했지만 어제 운동복 빌려주신 것도 고맙고, 실수로 카드를 못 돌려드린 것도 미안하고, 등등 굳이 이유를 대자면 많았다.

"음… 나도 돌려 드릴 게 있습니다."

 페퍼민트 차를 조심히 건네받은 그 남자에게서 나온 말은 고맙다가 아닌 다른 말이었다.

 그가 갑자기 성큼 걸어가 피트니스 룸 옆에 딸린 샤워실 문을 열더니 갑자기 오라는 손짓을 한다.

 뭐지?

 영문을 모르고 그 앞까지 따라 걸어갔다.

"이거, 그쪽 속옷인 거 같은데?"

2.

설마, 아니겠죠? 네?

남자가 손으로 가리키는 곳을 따라 시선이 멈춘 곳에 흰색 바탕에 핑크색 잔꽃 패턴이 프린트되어 있는 속바지가 걸려 있었다.

찰싹-

눈을 크게 뜨고 내 볼을 한 대 때려 보았다.

'저게 왜 저기 있지? 이건 꿈일 거야. 어라? 아프네. 왜! 왜!'

허구한 날 바지만 입다가 어제 면접 때문에 치마를 입어야 했기에 속옷 서랍에 처박혀 있던 속바지를 꺼냈더랬다.

그런데 아마도 어제 샤워실에서 급하게 서두르는 바람에 속바지까지 챙겨 입는 걸 깜박했던 모양이었다.

지금까지도 그것의 부재를 인지하지 못했을 만큼 평소에 잘 안 입어 버릇한 속바지였다.

그 남자 앞에서 치부라도 들킨 듯 몹시 창피했고 얼굴이 화끈거렸다.

게다가 스물여섯이나 먹었는데, 아직까지 여성스러운 속옷 취향 대신 귀여운 것을 좋아하는 취향까지 들켜 버리다니.

쥐구멍이라도 있으면 쏙 숨어 들어가 연기처럼 없어지고 싶은 심정이었다.

하, 이쯤 되면, 당신과 나는 악연임이 분명해!

어쩌지?

내 거 아니라고 시치미를 떼 볼까?

말도 안 되겠지?

어쩔 수 없다. 그냥 최대한 자연스럽게 하고 이곳을 빨리 뜨자.

"하하하, 이게 왜 여기 있을까요?"

최대한 빠른 스피드로 달려가 속바지를 낚아채 가방에 쑤셔 넣었다.

"호호호, 그럼, 저는 이만 가 보겠습니다."

말과 동시에 거의 뛰다시피 해서 그곳을 벗어났다.

잘 가라는 등의 맺음말 인사 따위는 듣지 않을게요. 그저 이곳을 얼른 벗어나는 게 상책!

이제 다시는 절대, 결코, 무슨 일이 있어도 마주치지 맙시다. 우리.

고개를 내저으며 빠른 걸음으로 돌아 나오는데 뒤통수가 왠지 따가웠다.

'으, 어제 면접실에서 본 것처럼 아마도 썩은 미소를 지으며 나를 바라보고 있겠지! 불 보듯 뻔해!'

잠재되어 있던 순간 이동 능력이라도 발휘한 것인지, 아니면 발에 모터라도 달려 있는 것은 아닌가 착각할 정도로 금세 카페에 도착했다.

빠른 걸음으로 온 탓에 발그레해진 볼에서 후끈 열이 났다.

얼른 카페 주방 냉장고에서 시원한 생수 하나를 꺼내 벌컥벌컥 마셨다.

"지우야, 왜 그래? 무슨 일 있었어? 어? 어?"

생수병을 찌그러뜨리며 깊은숨을 내쉬는 내 모습을 본 사장님이 호기심 가득한 눈으로 물었다.

"사장님, 하… 글쎄 어제 그 샤워실에 제가 속바지를 두고 왔더라고요. 카드랑 운동복 돌려주고 그거 가지고 왔어요."

사장님의 얼굴이 진심으로 사색이 되었다. 아무래도 요즘 드라마를 많이 보시더니 감정 몰입하시는 속도가 배우를 해도 손색이 없어 보였다.

"야아, 어떡해! 지우야, 그걸 왜 거기다 두고 왔어. 어휴,

얘기만 들어도 민망하고, 남사스럽고, 어쩔 줄을 모르겠다 야. 세상에나."

사장님은 쫙 편 손바닥으로 연신 내 등을 북 치듯 두드렸 다.

"그니까요. 후우……."

눈물이 날 것 같았다. 등이 아프기도 하고, 정말 다시 생각 해도 눈물이 나도록 창피한 일이었으니까.

간절히 시간을 되돌리고 싶다.

그럴 수만 있다면 어제로 되돌아가 그 사람 눈에 각인되 어 버린 그 민망한 속바지의 존재를 지워 버리고만 싶었다.

오늘은 밤새 이불을 뻥뻥 차 내느라 잠을 설칠 것 같은 불 안한 예감이 들었다.

제발! 나, 돌-아-갈-래!

"서지우, 이게 다 뭐야?"

막 도서관에 도착한 준영이 지우 앞에 앉아 눈을 동그랗 게 떴다.

두꺼운 '초록푸드' 사사(社史)를 펼쳐 두 눈에 불을 켜고 깨 알 같은 글씨를 읽어 내려가는 중이었다.

"뭐긴, 초록푸드 사사잖아. 회사가 걸어온 길을 알아야 내가 갈 길에 대한 답도 나오지. 다행히 초록푸드는 채용 일정이 좀 늦네. 지금부터라도 열심히 해 보려고."

"에? 언제는 H푸드 아니면 안 간다면서?"

"아무래도 떨어질 것 같아서."

"떨어지면, 내년에 또 지원한다며?"

"휴, 그러려고 했지만… 암튼, 생각이 바뀌었다고."

"와, 꽂힌 데로 직진만 하는 서지우가 웬일이셔."

"우리 집 사정 알잖아. 내가 일 년이나 취준생으로 지낼 수는 없지……."

"흠, 진짜 그래서야?"

"어? 어……."

오랫동안 H푸드 취업 준비를 하며 수도 없이 그곳에 출근하는 순간을 머리에 그려 보던 나였다.

기획팀에 들어가 다양한 간편식들을 만들어 내가 기획한 제품이 마트와 편의점 곳곳을 아름답게 장식할 꿈.

그러나 이제 H푸드 하면 50층 피트니스 룸에서 세상 혼자 사는 잘생긴 얼굴로 운동을 하다 말고 샤워실에 걸린 망할 속옷을 가리키는 그 남자의 눈빛만이 떠오른다.

"으……."

갑자기 그 생각이 떠오르자 또다시 괴로워 머리를 쥐어뜯었다.

"서지우! 왜 그래, 갑자기."

"하, 안 되겠어. 매점 가자. 시원한 거라도 마셔야겠다."

준영과 도서관 1층 매점으로 내려가 캔 음료를 하나씩 들고 휴게실 의자에 털썩 앉았다.

휴대폰을 들어 잠시 뉴스를 검색하던 중 두 사람의 휴대폰에서 동시에 문자 알림이 울렸다.

순간 준영과 눈이 딱 마주쳤다.

우리는 이내 몸을 수그려 각자 휴대폰을 들여다보았다.

그리고 다시 의자에 등을 펴고 희망찬 눈빛을 교환하며 고개를 살짝 끄덕였다.

"꺄!"

"예! 앗싸!"

[서지우 님, 2018년도 상반기 H푸드 신입사원 모집에 최종 합격을 축하드립니다. 추후 일정은 이메일을 통해 자세히 안내해 드리겠습니다.]

준영이 받은 문자도 나와 같은 것이었다.

예상했던 것과 달리 합격이라니! 준영과 손을 맞잡고 휴게실에서 폴짝폴짝 뛰었다. 게다가 둘이 같이 합격이니까 마음껏 기뻐할 수 있지 않은가!

그러기도 잠시, 기쁨의 포효는 했지만 마음 한구석에 자리한 찝찝함이 스멀스멀 기어 나왔다.

그 썩은 미소남 때문이었다. 그 사람 얼굴을 또 어떻게 보냐고…….

에잇, H푸드가 자그마치 50층 건물에 직원이 좀 많아?

설마 그 사람이랑 마주칠 일은… 별로 없을 거야.

내가 지원한 기획팀은 건물 5층이니까 50층에 있는 그 남자와 엮일 일은 없을 거라고 애써 생각하며 마음을 달래 보기로 했다.

그래, 뭐! H푸드가 그 남자 것도 아니고, 내가 왜 그 사람 때문에 이런 경사에 스스로 태클 걸 일이 뭐가 있어!

오늘은 합격의 기쁨을 만끽하자고!

★

대망의 입사 첫날.

그토록 부러워했던 H푸드의 사원증을 목에 걸고 준영과 나란히 자동출입문을 스르륵 통과해 당당히 건물에 입성했다.

"하, 지겹다, 지겨워. 너랑 또 같은 팀이야?"

"내 말이."

자동출입문을 통과하자마자 준영과 티격태격하는 중이었다. 괜히 긴장되는 마음을 풀기라도 하듯.

준영이와 나는 나란히 기획1팀에 발령을 받았다.

말이야 이렇게 거칠게 했지만, 같은 팀이라 내심 다행이라고 생각하고 있었다.

녀석이 없었더라면 은근 소심한 성격에 밥은 누구랑 먹고 또 대화는 누구랑 나눌지 사소한 걱정거리가 업무를 방해했을 것이다.

우리는 5층 기획팀으로 이동하기 위해 엘리베이터를 탔다. 그 끔찍한 속옷 사건이 있은 지 꼭 한 달 만에 다시 탄 엘리베이터였다.

그간 그 썩은 미소남은 카페에도 들르지 않아 다행이라고 생각하면서도 내심 안부가 궁금하긴 했지만, 애써 생각하지 않으려 했다. 아니, 아예 잊고 살려고 바둥댔었다.

"안녕하십니까. 신입사원 서지우입니다."

"안녕하십니까. 신입사원 최준영입니다."

준영이와 함께 긴장된 목소리로 기획1팀 입구에서 첫 신고를 했다.

"반가워요. 기획1팀 윤정균 과장입니다. 우리 팀으로 오신 걸 환영합니다. 지금 다들 바빠서 환영식은 나중에 따로 하고, 자리 정리부터 먼저 합시다."

기획팀 윤 과장님이 먼저 자리에서 일어나 걸어 나오며 우리에게 악수를 청했다.

"넵."

"넵!"

윤 과장님이 친절히 우리의 자리를 안내해 주고 제자리로 돌아갔다.

윤 과장님 말로는 다들 신제품 모니터 기간이라 정신없이 바쁜 상황이라고. 다들 간단히 눈인사 정도만 하고 일에 바로 몰두하는 모습을 보였다.

"곧 우리의 미래가 되겠지?"

바쁜 팀원들을 보며 상기된 얼굴로 준영이 속삭였다.

"아니, 우리의 현재."

나도 긴장되기는 마찬가지였지만, 오히려 좀 기대가 되었다.

후-하-

꿈에 그리던 곳에 내 책상이 있다니!

회사 측에서 준비해 준 여러 물건과 개인적으로 가져온 짐들을 책상 위에 올려놓고 정리하다 보니 H푸드에 입성한 것이 조금 실감이 났다.

"자자, 오전에 일차적으로 바쁜 건 끝났으니까, 정식 환영식 전에 모여서 간단히 인사나 나눕시다."

얼마간의 시간이 지나자 윤 과장님이 팀원들을 주목시켰다.

"여기 신입사원들은 아까 소개를 했고, 우리 소개만 좀 하면 될 것 같은데……."

누가 먼저랄 것도 없이 팀원들은 사무실 가운데 있는 회의용 의자에 빙 둘러앉았다.

"안녕하세요. 저는 이우연 과장입니다. 잘해 봅시다."
"반가워요. 박리나 대리예요."
"환영합니다. 이도윤 대리입니다."

 한 분 한 분 인사를 건넬 때마다 준영이와 나는 연신 고개를 숙여 인사를 했다.
"우리 회사는 신입이 들어오면 멘토 선배를 정해 줘서 회사 적응을 도와줍니다. 서지우 사원 멘토는 이우연 과장, 최준영 사원 멘토는 박리나 대리. 서로 잘 도와서 해 봅시다."

 사내 멘토멘티제는 신입사원 연수 때 들었던 이야기였다.
 누가 멘토가 될지 궁금했는데, 선한 인상의 젊은 과장님이 멘토가 되어서 다행이라고 생각했다.
"아차차, 우리 기획1팀의 팀장님이 계시는데, 사무실을 따로 쓰셔서 말이죠."

 윤 과장님이 이 자리에 없는 팀장님이라는 분에 관해 이야기를 했다.

 다른 팀들은 다 팀장님과 같은 사무실이던데, 우리 팀은 유독 왜 따로 쓰는 건지 의아했지만, 신입이 그걸 물을 군번은 아니니 잠자코 듣고 있었다.
"두 사람이 다녀오는 게 좋겠네요. 팀장님께 간단하게 얼굴만 비치고 오세요. 어차피 앞으로 마주칠 일은 거의 없을 겁니다."
"넵. 지금 다녀오면 되나요?"

잔뜩 군기가 든 준영이 물었다.

"네. 팀장님 방은 50층에 올라가면 있을 거예요."

"네에? 5… 50층이요?"

50층이라는 말에 너무 놀란 나머지 나도 모르게 큰 소리로 되물어 버렸다.

심장 박동이 벌써부터 쿵쾅대기 시작했다.

"하하, 우리 사옥이 50층까지 있는 거 몰랐어요? 서지우 사원? 뭘 그렇게 놀래나……."

그걸 모를 리가요. 다만, 잊고 싶었을 뿐이에요. 50층의 존재.

"다녀오겠습니다."

준영이 멍하니 서서 눈만 끔뻑거리고 있는 내 팔을 잡아끌며 과장님께 말했다.

"야, 서지우, 무슨 생각을 그렇게 해?"

"어? 아니… 설마 피트니스 룸이 팀장님 방은 아니겠지?"

"뭐? 그게 무슨 뚱딴지같은 소리야. 웬 피트니스 룸?"

"50층에 그게 있거든……."

나를 이상하게 쳐다보는 준영에 이끌려 덜컥 엘리베이터에 탔다. 머뭇거리는 나와 달리 과감한 그의 손이 벌써 50층을 꾹 눌렀다.

아아- 제발- 그와 마주치지만 말길! 형광빛이 들어온 50이란 숫자를 바라보다 눈을 질끈 감아 버렸다.

땡!

멀고도 가까운 거리 H푸드 50층을 알리는 엘리베이터의 알림음이 울렸다.

"휴우… 안 되겠다. 준영아, 나 화장실 좀 갔다가 갈게."

"그래. 팀장님 방 저긴가 보다. 거기서 기다릴게."

"응."

두리번거리며 겨우 발견한 화장실 표시를 따라 종종걸음을 쳤다.

50층은 참 특별하네……. 인테리어도 그렇고, 사람도 그렇고…….

50층 화장실은 다른 곳과 뭐가 달라도 달랐다. 다른 층과 달리 자재부터 고급스러웠다.

시원하게 볼일을 보고 나왔는데, 갑자기 왔던 방향이 어딘지 헷갈렸다.

대충 짐작 가는 대로 길을 따라 걸어가는데 어디가 어딘지 도통 모르겠다.

'아, 준영이 기다릴 텐데…….'

급한 마음으로 발걸음을 이리저리 놓아 보았다.

왠지 이 코너만 돌면 준영이 있을 것 같은데……

그때였다.

"건물 견학 왔습니까?"

흠칫 놀라 뒤를 돌아보니 그 썩은 미소남이 바로 뒤에 서 있었다. 간절히도 마주치지 않기를 바랐던 그 남자. 썩은 미소의 남자!

하늘도 무심하시지. 나에게 왜 이런 시련을. 아흑.

"아… 네, 네. 어후- 건물이 참 멋지네요. 와우……!"

그인 걸 눈치챈 나는 내 얼굴을 알아볼까 봐 고개도 들지 않고 기어들어 가는 목소리로 대답했다.

그는 내 대답을 듣지도 않고 이미 코너를 돌아, 가던 길을 갔다.

후, 입사 첫날부터 느낌이 매우 안 좋아!

고개를 쭉 빼 그가 가는 모습을 바라보았다.

'오 마이 갓, 왜?'

썩은 미소남은 준영이 서 있는 그 방 안으로 들어가고 있었다.

왜? 왜!

준영이 서 있는 곳은 '기획1팀 팀장실'이라고 명시된 방 앞이었다. 그 남자는 준영이를 지나쳐 그 방의 문을 열고 들어갔다.

잠깐 들르는 폼이 아니었다.

아주 자연스러웠다. 마치 자신의 방인 양.

그래서 그 남자가 사라진 그 방문을 극도로 불안한 눈빛으로 응시했다.

역시나, 마주치지 말자고 속으로 수십 번 혼자 되뇌던 말은 의미 없는 것이었다.

　인생이 그렇게 호락호락할 리가 없다. 그리고 그 무엇도 장담할 수 있는 일은 없으리라.

"서지우, 뭐 해? 얼른 와."

　고개만 빠끔히 내밀고 있는 나를 보며 준영이 빠르게 손짓했다.

　간다, 가. 잔꽃 무늬 속바지가 눈앞에 아른거리는 나의 괴로움을 네가 알쏘냐.

"준영아, 너 혼자 들어갈래?"

"엥? 그게 무슨 소리야, 도대체?"

"휴, 그냥 해 본 말이야."

"깜짝 놀랐잖아. 긴장돼 죽겠는데."

　넌 긴장만 되지. 난 이루 말할 수 없는 상황이다!

　똑똑.

"네. 들어오세요."

　준영이 노크하자 안에서 대답을 했다.

"안녕하십니까. 기획1팀 신입사원 인사드리러 왔습니다."

　긴장된다더니 준영이 먼저 팀장님께 용무를 밝혔다. 예상했던 대로 팀장 명패가 놓여 있는 책상에 그 남자가 앉아 있었다.

"최준영이라고 합니다. 잘 부탁드립니다."

　준영이 자신의 이름을 밝힌 뒤 고개를 푹 숙이고 있는 나를 팔꿈치로 찔러 댔다.

"악, 서…지우입니다."

준영이 하도 세게 찔러 대 비명을 지를 뻔했는데 용케 참았다.

이름을 말하며 한 번 더 고개에 반동을 줘 인사를 했다. 그러면서 슬쩍 시선을 위쪽으로 옮기다 그 남자와 눈이 딱 마주쳐 버렸다.

여전히 눈썹을 찡그린 채 어딘지 모르게 불편해 보이는 인상.

오늘도 두통이 있으신가…….

이 와중에 내가 이 사람 걱정은 왜 하고 있는지. 오지랖도 대왕 오지랖이다.

"건물 견학 온 거 아니었습니까? 아까 그렇게 들었던 것 같은데."

뭐야? 소머즈야? 뒤통수에 대고 모기만 한 소리로 말한 걸 들었어?

"아, 견학도 하고, 인사도 드리고. 하하하하하."

민망하게 웃으며 이야기를 하고 있는데 썩은 미소남이 갑자기 자리에서 일어나 우리가 있는 곳으로 걸어 나왔다.

"반갑습니다. 기획1팀 팀장 차혜성입니다."

그가 준영에게 손을 내밀어 악수를 청했다.

준영은 냅다 두 손으로 그의 손을 맞잡고 머리를 조아렸다.

그다음은 나겠지?

섬섬옥수 같은 그 손을 내게 내밀 건가요?

"서지우 씨, 면접 때 아주 인상 깊었습니다."

"아, 네……."

악수 대신 생각지 못한 이야기가 그의 입에서 나왔다. 괜히 마음의 준비를 하고 있던 손이 민망해져 두 손을 뒤로 뺐다.

"그래서 말인데, 오늘부터 서지우 씨 집에 H푸드에서 론칭 예정인 '아침을 부탁해' 도시락을 한 달간 집으로 보내 줄게요. 시식하고 매일 아침 보고서 제출하세요. 나에게 직접."

"네에?"

'아침을 부탁해'는 뭐고, 한 달간 보내 주는 거는 또 뭐? 게다가 직접 매일 보고서 제출?

윤 과장님 말씀에 의하면 앞으로 마주칠 일 없을 거라고 했는데, 뭐야……. 인사드리러 왔다가 이게 무슨 일인지 어안이 벙벙했다.

오늘은 첫 출근 날이었고, 아직 팀 내에서 업무 개시 전이었다. 직속상관인 윤 과장님께 업무도 하달받지 않은 상태였다.

이 썩은 미소남, 아니 차혜성 팀장님이 영 탐탁지 않은 나를 시험하는 것일까? 면접에서 똑 떨어뜨릴 기회를 놓쳐서? 아니면 말이 씨가 된 것일까? 준영에게 바쁜 팀원들의 모습이 현재가 될 거라고 대차게 이야기하지 않았던가!

하, 오늘부터 진짜 희망적인 말만 쓸 거야!

"자세한 이야기는 윤 과장 통해 들으세요. 이만 나가 보세요."

"넵, 팀장님, 좋은 하루 되십시오."

준영은 넉살 좋게 팀장님께 인사말까지 건네며 나를 잡아끌고 팀장님 방을 나섰다.

"후… 팀장님이 생각보다 젊으셔서 깜짝 놀랐네? 과장님들보다 어려 보여……. 와- 부럽다. 나는 언제쯤 저런 자리 앉아 보나?"

준영이 팀장님 방을 나오며 말했다.

"어리면 뭐 해……. 얼굴 봤지? 완전 찌그러진 인상… 반쯤 환자 각이야……. 젊은 나이에, 쯧쯧."

"무슨 소리야? 너 다른 방 갔다 왔냐? 팀장님 완전 건강해 보이던데? 그리고 남자가 봐도 완전 존잘……. 캬, 부럽다. 다 갖춘 남자라니."

준영의 말에 고개를 갸우뚱거렸다. 아까 분명 어디가 불편한 듯 일그러진 표정을 확실히 보았는데, 준영은 못 본 모양이었다.

"아무튼, 만나자마자 일거리 투척하는 포스 봤지? 딱 봐도 대단한 워커홀릭인 듯……. 그리고 난 완전 찍힌 것 같아."

땅이 꺼져라 한숨을 쉬었다.

"그러게. 그나저나 팀장님도 네가 나보다 잘 먹게 생겼나 봐. 하핫!"

"뭐? 신났지, 최준영. 나만 일 시켜서?"

"일도 일이지만, H푸드 도시락 네 애정템이잖아. 잘해 봐~"

"흠… 한 달 동안 H푸드 신제품 도시락 먹는 건 영광인데, 어떤 보고서를 제출하라는 건지 감이 안 온다."

준영과 이야기를 하는 사이 어느덧 5층에 다다랐다.

"잘 다녀왔어요? 서지우 사원, 사내 메신저로 신제품 모니터 보고서랑 관련 자료들 보내 놨으니까, 그거 참고해요."

"네에… 알겠습니다."

이동하는 사이 벌써 팀장님과 이야기가 오고 간 것 같았다.

"지우 씨, 팀장님이랑 아는 사이야?"

자리에 앉자마자 박리나 대리가 의자를 쭉 당겨 오더니 말을 걸었다.

"네? 설마요. 전혀 모르는 사이예요."

그럼요. 마주친 적은 있지만 서로 안다고는 볼 수 없는 사이죠.

"그래? 팀장님이 과장급 아래 사원한테 직접 일을 지시하신 거는 처음이라 지금 다들 의아해하고 있어."

"아……."

"응… 얼굴 한번 보기 어려운 분인데, 찍힌 건지, 눈에 든 건지. 아무튼 자기 대박이야. 그 잘생긴 얼굴 한 달간 매일 볼 수 있으니까."

"에이… 보고서 제출하러 가는 건데요, 뭐…….."

박 대리님 말에 의하면 팀장님은 사내 여직원들의 선망의 대상이었다. 타고난 외모도 그렇지만, 자기 관리가 뛰어나고 깔끔한 성격에 일적으로도 대단한 능력을 발휘하고 있어서 존재 자체가 눈부신 분이라나.

아무튼 절대 50층만은 갈 일 없길 바랐던 나의 간절한 바람은 첫날부터 와르르 무너져 내렸지만, 매일 불안감을 안고 사느니 첫날 터져 버린 것이 속 시원한 것 같기도 했다.

"다녀왔습니다."

정신없는 입사 첫날을 보내고 드디어 퇴근.

"헛, 깜짝이야."

현관문을 열고 들어가 신발을 벗으려는데 다 벗기도 전에 갑자기 철가방이 내 옆에 떡하니 놓였다.

"배달 왔습니다."

"에에? 아저씨, 우리 집 오신 거 맞아요?"

저녁으로 뭐 시켜 먹자는 얘기가 없었는데?

"지우야, 내가 시켰어. 우리 지우 입사 첫날을 축하하며 맛있는 것 좀 먹어 보자."

아저씨가 대답하기 전에 현관으로 음식 마중을 나온 박숙희 여사님.

"따님이 취직하셨나 봐요."

"호호호, 요즘같이 취업난이 심할 때, 글쎄 H푸드에 들어갔지 뭐예요……."

"와, 열심히 하셨네. 9만 5천 원입니다."

"네? 9만 5천 원? 엄마, 뭘 시킨 거야, 도대체."

"아이, 얘는. 오늘 특별한 날이잖아. 얼른 카드 좀 줘 봐. 아저씨 타이밍이 아주 기가 막히시네."

엄마는 내 지갑에서 거의 낚아채다시피 해서 카드를 빼 배달원에게 건넸다.

영수증을 받아 드니 입사 축하고 뭐고 간에 뒷목이 당겨 오고 머리가 어질했다.

"엄마! 음식 왔어? 아, 배고파 죽는 줄 알았네. 넌 퇴근 왜 이렇게 늦게 하냐?"

거실 소파에 반쯤 드러누워 핸드폰을 보던 언니가 지우에겐 볼멘소리를, 막 도착한 음식에는 격한 환영을 보냈다.

서지아.

나보다 세 살 많은 언니. 의류 쇼핑몰 피팅 모델.

신은 그녀에게 인형 같은 얼굴을 주시고, 근검절약하는 정신은 뺏어 가셨다지. 취미, 특기 모두 옷 사기. 피팅 모델로 버는 돈으로 족족 옷만 사는 그녀. 아마 그 쇼핑몰의 직원이 아니라 VIP 고객임이 분명할 것이다.

거실 식탁에 엄마가 주문하신 전가복, 유린기, 새우 완탕면, 유산슬밥, 짜장면이 펼쳐졌다.

"와, 대박이다. 얼마 만에 먹어 보는 거야?"

언니가 젓가락을 빼 들고 전투적인 자세로 임했다.

"오늘이 보통 날이 아니잖아. 우리 지우 짜장면 좋아하지? 불겠다. 얼른 먹어 봐."

박숙희 여사 앞에는 유산슬밥, 서지아 앞에는 새우 완탕면, 내 앞에는 짜장면이 놓였다.

내가 짜장면 좋아하는 건 맞는데, 어째 기분이 별로네?

"내 입사 축하를 내 카드로 하는 거야? 그리고 우리 셋이 먹는데 뭘 이렇게 많이 시켰어, 엄마."

먹을 것을 앞에 두고 내가 잔소리를 시작하자 엄마가 눈을 흘겼다. 그러고는 갑 티슈를 가져와 휴지 한 장을 뽑더니 코를 팽 하니 푼다.

"으휴, 네 아빠 살아 계셨으면 좋은 일에 이 정도가 뭐 대수니? 산해진미 다 차려 놓고 동네방네 다 대접하며 파티를 할 텐데. 흑흑······. 어쩌자고 네 아빠는 먼저 가셔서··· 왜 엄마한테 이런······."

"아! 알았어, 엄마. 그만해. 내가 미안해. 얼른 드세요!"

또 시작이다. 엄마의 눈물 바람. 꼭 서러운 일만 생기면 3년 전 가신 아빠 얘기를 꺼내시는 것. 그 이야기만 나오면 나도 마음이 약해지고 마는걸.

그도 그럴 것이 잘나가는 기업 사모님이었던 시절을 뒤로 하고, 딸내미한테 손을 벌리고 사는 처지가 오죽할까 싶어 그냥 말을 말자 싶었다.

　이 집 짜장면 맛이 왜 이래…….

　오늘이 기쁜 날인 건 맞는데 그 좋아하는 짜장면 맛이 잘 느껴지지 않았다.

　'후… 나도 아빠 보고 싶어, 엄마……. 하지만, 꾹 참고 있는 거라고. 이렇게 좋은 날 아버지가 계시면 참 좋았을 것을…….'

　아빠를 향한 그리움을 밖으로 내뱉지 못하고 삼켰다.

　우리 집 가업이었던 조이제과는 할아버지가 일찍 별세하시고 아버지가 이어서 경영을 했다. 그러나 사업가 체질이 아니었던 아버지는 그저 가업에 대한 책임감으로 일을 해 오다 결국 오랫동안 경영 위기를 겪고 말았다. 그 탓에 한동안 명맥만 유지하던 회사는 부도 수순을 밟았다.

　부도 후, 아버지에게 남은 것은 파산이라는 불명예와 부채뿐이었다. 그나마 엄마 명의로 된 집 한 채가 있어서 길거리에 나앉게 되는 신세만은 면할 수 있었던 것.

　아버지는 회사의 회생을 위해 애썼던 것이 수포로 돌아가자 망연자실했고, 결국 병을 얻어 유명을 달리하셨다.

　명맥뿐이라도 회사가 존재할 때는 부족할 것 없이 살았었다. 그러나 아버지가 돌아가시고 난 뒤는 다른 이야기였다. 부잣집 안주인이었던 엄마의 몸에 밴 소비 습관은 줄어들 기세가 없었고, 공주처럼 자라온 연년생 언니도 현실 인지를 하지 못한 채 그전처럼 사는 중이었다.

내가 아버지의 비보를 접했던 건 대학교 3학년 때였다. 하늘이 무너져 내리는 것 같았지만, 어떻게든 이겨 내 보려고 애썼다.

아버지가 돌아가시고 엄마는 극심한 스트레스로 거의 반년 동안을 눈물로 지새우셨고 언니도 두문불출 집에만 처박혀 아무것도 안 하는 상황이었다.

나마저 무너질 수 없는 노릇이었다. 내가 정신을 차려야만 아빠를 대신해서 엄마와 언니를 지킬 수 있을 것 같았다. 그래서 가장 아닌 가장이 되어 버린 나였다.

후… 그런 모습보다 뭐 이렇게 맛있는 거 드시는 거 보는 게 낫지…….

유산슬밥을 숟가락에 고이 뜨고 있는 엄마를 바라보며 입술을 꾹 다물었다.

짜장면이나 먹자……. 앞에 놓인 짜장면을 마저 먹으려고 젓가락을 들었다.

"엄마, 전가복 끝내준다. 재료가 식감이 하나하나 다 살아 있어!"

그 와중에 언니는 전가복 맛에 반해 난리다.

"언니, 천천히 좀 먹어라. 혼자 다 먹을 기세네, 아주!"

언니랑 어렸을 땐 참 친하게 지냈는데, 요즘은 철딱서니 없는 모습 때문에 말이 곱게 안 나간다. 식탐이 저리 많으면서 몸매는 또 유지하는 걸 보면 정말 신기 방기한 노릇이었다.

"참, 우리 지우가 H푸드 들어가니까, 엄마가 온종일 옛날 생각이 얼마나 나던지……. 참, 그 뚱띠는 잘 지내나 몰라?"
"뚱띠? 그게 누군데?"
"어머. 너 뚱띠 생각 안 나? 너 중앙유치원 다닐 때, 맨날 둘이 손 꼭 붙잡고 결혼한다고 난리 난리를 쳐 놓고……."
"유치원생이? 근데 걔가 뚱뚱했나 봐? 귀여웠겠다."
"H푸드 차 대표 아들 차… 뭐더라? 암튼 얼마나 토실토실 잘 먹여 키웠나 살이 디룩디룩 쪘었는데도, 너는 걔가 그렇게 좋다고 난리였어."
"그래? 애들은 왜 뚱뚱해야 귀엽잖아. 엄마, 근데… 내가 걔랑 결혼한다고 했다고? 전혀 기억이 안 나는데……."
"걔가 아니고 오빠. 아마, 너보다 두 살 위였을 거야. 그 오빠 졸업한다고 울고불고 난리였던 생각도 나네. 지금쯤 잘 커서 H푸드 한자리 맡고 있겠지……. 살은 뺐나 몰라… 후훗."

엄마의 말에 의하면 할아버지 간 인연으로 H푸드와 친하게 지내던 시절 그 집 손자와 내가 고급 사립 유치원에 같이 다녔다고 했다.

그렇게 서로 좋아하며 결혼한다고 했다는데, 작년 일도 가물가물한데 다섯 살 때 일을 기억할 리가…….

할아버지도 돌아가시고 가세가 기울면서 H푸드 일가와의 친분도 눈 녹듯 사라졌단다. 솔직히 엄마는 이젠 마주치고 싶지도 않다고. 아빠도 없이 이렇게 비참하게 사는 모습 보이고 싶지 않아서.

"뚱띠라? 훗……."

기억이 나지 않는 추억이지만, 엄마를 통해 어린 시절 이야기를 들으니 나도 모르게 미소가 지어졌다.

나도 언젠간 결혼을 하겠지? 누구와 할까? 궁금하긴 하네…….

떵동- 떵동-

식구들 모두 집에 있는데 별안간 벨 소리가 울렸다.

"뭐지? 또 뭐 시켰어, 엄마?"

"아니. 나도 양심이 있지. 더 시킨 건 없다야."

뭐, 벌써 이렇게 시켜 놓고 양심 타령은요!

"나도 택배 시킨 거 없는데?"

엄마와 언니가 번갈아 가며 말했다.

'그럼, 내 건가?'

벌떡 일어나 현관문을 열었다.

"택뱁니다. 서지우 씨 댁 맞으시죠?"

"헉, 이게 다 뭐야?"

택배 아저씨는 H푸드 로고가 찍힌 커다란 아이스박스를 현관 앞에 내려놓았다.

박스에 둘린 테이프를 쭉쭉 당겨 상자를 열자 쪼르륵 달려온 언니가 눈이 휘둥그레지며 물었다.

"하, 사이코."

아침에 얘기한 부탁해 뭐시기 도시락인가를 저녁때 보내다니. 입사 축하를 위한 저녁 식사조차 못 끝냈는데. 첫날부터 아주 사람 잡는구나.

"누가? 누가 사이코야?"

"어. 있어. 와, 이런 캐릭터인 줄 몰랐네, 진정."

"근데, 진짜 이게 다 뭔데?"

"내가 보고서 써 내야 하는 아침 식사."

택배 안에는 아무런 상표가 찍히지 않은 도시락이 켜켜이 쌓여 있었다. 메뉴가 명시된 스티커와 날짜만 작게 붙어 있을 뿐이었다. 아직 론칭 전인 제품이라 보안상 포장 상태가 이런 것 같았다.

물론, H푸드 간편식 도시락은 내가 애정해 마지않는 것이지만, 입사 첫날부터 일로 이것을 마주 대하니 기분이 묘했다.

아무튼, 잔뜩 쌓여 있는 도시락이 풀어야 할 것이 많은 내 미래를 보여 주는 것만 같았다.

일단, 저녁을 마저 먹어야 했으므로 아이스박스 뚜껑을 대충 닫아 두었다.

"H푸드, 생각보다 빡센데?"

잠시 멈칫했던 식사를 이으며 언니가 이야기했다.

"그럼, 돈 주는 만큼 빼먹겠지. 괜히 연봉이 높은 게 아니야. 에효, 어째, 우리 지우."

엄마가 유산슬을 드시며 영혼 없는 목소리로 말했다.

후, 이런 식이다 이거지. 그럼 또 이런 거 즐겨 주지. 각오는 충분히 하고 있었단 말이지.

그럼, H푸드 입사를 얼마나 고대했는데. 다만, 첫날부터 일 폭탄은 생각지 못한 거라 좀 당황했을 뿐이라고.

거한 저녁 식사를 끝내고 잠시 소파에 누워 티브이를 틀고 보고 있는데, 어디서 쩝쩝거리는 소리가 들린다.

"뭐지?"

기분이 싸해 벌떡 일어나 주위를 둘러보았다.

아뿔싸! 아까부터 거실을 종종거리며 다니던 아롱이가 잠잠하다 했더니, 아이스박스 뚜껑을 열고 도시락 하나를 갈기갈기 찢어 놓고 먹고 있는 것이 아닌가.

"으악, 언니! 아롱이 좀 어떻게 해 봐!"

아롱이의 주인인 언니부터 찾았다. 사실, 나는 강아지를 좋아하는 편이 아니었다. 하지만, 반려견을 꼭 키워야겠다며 사람 셋 풀칠하기도 어려운 형편에 강아지를 들인 건 언니였다.

키울 거면 훈련이라도 잘 시킬 것이지. 저렇게 식탐 많은 것이 꼭 자기 주인이랑 똑같다.

"어맛! 아롱아, 그거 먹으면 어떻게 해. 지지지지!"

"지지라니, 이거 사람 밥이거든."

언니가 H푸드 도시락을 지지라고 하는 바람에 갑자기 머리 뚜껑이 열릴 뻔했다.

"아, 맞다. 큭큭. 근데 지우야, 이 도시락 맛있나 봐. 우리 아롱이 입맛이 보통이 아닌데."

상황 파악 못 하고 아롱이만 토닥이는 언니였다.

"그래 봤자 개 입맛이지, 뭘. 암튼 이거 어떻게. 내가 내일 아침에 먹어야 하는데… 아나."

"에이, 아롱이가 많이 먹지도 않았네. 봐 봐."

언니가 갈가리 찢긴 포장지 안에 반쯤 내용물이 없어진 도시락을 보며 말했다. 박스 안을 헤집으며 같은 종류의 도시락이 있는지 살폈다.

불행하게도 빼곡히 든 아침 도시락에 같은 메뉴는 없었다.

멍멍!

아롱이는 먹다 만 도시락이 아쉬운 듯 짖어 댔다.

"그렇게 맛있냐? 그럼 네가 보고서 써 내든가……."

허탈한 마음에 아롱이에게 핀잔을 주었다. 그리고 주방에 들어가 밀폐 용기를 가져와 아롱이의 타액이 묻지 않은 쪽의 내용물을 긁어 담았다.

후… 오늘따라 내 신세가 왜 이리 가엾냐……. 으~~~ 빨리 정리를 안 한 내 탓이다. 내 탓이야…….

자책을 하며 아이스박스에 담긴 도시락을 모조리 꺼내 냉장고에 차곡차곡 넣었다.

※

"헉헉, 후……."

러닝머신 위에서 한참 달리기를 하던 혜성이 버튼을 누르며 내려왔다. 그리고 걸음을 옮겨 피트니스 룸 한쪽에 마련된 티 테이블로 향했다.

잘 말린 페퍼민트 잎을 따뜻한 물에 몇 잎 넣어 우린 것을 들고 통유리에 기대섰다. 그는 비 오듯 쏟아진 땀을 수건으로 닦으며, 따뜻한 차 한잔을 마시며 창밖을 바라보았다.

혜성이 바라본 창밖엔 막 동이 터 오르는 풍경이 펼쳐져 있었다.

그는 헝클어진 머리를 쓸어 올리고, 차 한 모금을 다시 입에 머금었다.

"페퍼민트에도 등급이 있나……. 그 카페랑 맛도 효능도 다른 것 같네."

몇 달 전 출근길에 우연히 한 카페에 들렀었다. 아마도 회장님 보고가 있는 날이어서 온갖 신경이 곤두서 있던 날이었을 것이다.

그런 날은 어김없이 두통이 찾아왔다. 바람이라도 쐴 겸 회사에 주차를 하고 일찍 문 연 카페를 찾다가 두통 때문에 더

걷기가 힘들어 멈춘 곳에 있던 카페였다.

 카페 메뉴판을 보던 그가 페퍼민트 차 옆에 '두통 완화'라는 글씨를 보고, 아침마다 마시던 커피를 대신해 그것을 주문했었다.

 카페 알바생은 한참을 걸려 주문한 것을 내왔다.

'주문하신 페퍼민트 차 나왔습니다.'

 낯설지 않고 편안한 인상에 참 맑은 목소리를 가진 알바생이었다.

 혜성이 티포트를 들고 차를 잔에 쪼르륵 따라 한 모금 마시니, 온몸에 페퍼민트 특유의 시원한 맛이 퍼졌다. 그리고 신기하게도 머리가 맑아지는 느낌이 들었다.

 그때부터였다. 그곳을 매일 출근하듯 들르기 시작한 것은.

 만성 두통을 달고 살았던 그에게 이 카페의 페퍼민트 차는 특효약처럼 느껴졌다.

 혜성은 아버지가 회장으로 계신 H푸드에서 평사원으로 시작해 팀장이 되기까지 알게 모르게 심한 스트레스를 받아 왔다.

 동료들에게 탐탁해 보이지 않았을 빠른 승진, 때문에 더 열심히 일하려 했던 지난날.

 오너 일가와 일한다는 부담감만 있을 뿐 자신을 진정한 동료로 보지 않기에 느꼈던 외로웠던 날들.

혜성은 그의 어머니 말로 어려서부터 이유를 알 수 없는 두통에 시달렸다가 언젠가부터 잠잠해졌다는 이야기를 들은 적이 있었다. 그런데 회사에 입사하면서 다시 발현되었던 것. 그 통증이 너무 괴로워 팀장실 옆에 피트니스 룸까지 만들어 운동으로 이겨 보려 했던 그였다.

그런데 우연히 들른 카페에서 맛본 '페퍼민트 차'가 그를 구원했었다.

결제나 말실수를 연발하며 어설픈 모습을 보였지만, 페퍼민트 티 하나만큼은 기가 막히게 우렸던 그 카페 알바생 덕분에. 하지만 그녀가 H푸드에 지원한 것을 안 후로는 발길이 떨어지지 않았던 혜성이었다.

신입사원 공채 면접날, 그녀와 있었던 해프닝은 잊으려 해도 자꾸 떠오르는 마성의 사건이었다. 다시 마주치는 것이 민망할 만큼. 그래서 더는 그 카페에 갈 수 없었다. 그녀가 입사를 한 다음엔 아르바이트를 그만두었을 테니까 더욱더 갈 이유가 없었고. 특효약이 간절한 날이 많았지만, 아쉽기만 할 따름이었다.

그런데 보면 볼수록 그녀의 인상이 혜성에게 낯설게 느껴지지 않았다. 꼭 언젠가 어디서 봤던 사람처럼.

3.

기억나지 않는 약속

입사 둘째 날, 출근하자마자 업무 책상에 앉아 컴퓨터를 켜니, 자동으로 접속된 사내 메신저에 쪽지 하나가 떴다.

[출근하면 바로 아침 도시락 메뉴 모니터링 보고서 올리세요.]

오전 7시 반에 작성된 메시지였다.

현재 시각 8시.

근로계약서에 명시된 출근 시간은 분명 9시였건만, 웬 압박이람.

말로만 듣던 대한민국 직장인의 현실이구나!

허울뿐인 출퇴근 시간과 현실 사이의 괴리를 처음으로 느끼는 순간이었다.

서둘러 집에서부터 작성해 온 보고서를 준비해 자리를 나섰다.

입사하자마자 집이 일터의 연장선이 돼 버렸다는 어느 직장인의 비애를 몸소 느끼고 있는 상황이었다.

"서지우, 아침부터 어디 가?"

막 사무실에 도착한 준영이 나를 보더니 물었다.

"50층."

내 대답은 간결했다. 너도 봤잖아? 팀장이 나한테만 일 시킨 거?

"아… 큭. 무사히 잘 다녀와라."

녀석의 시원찮은 배웅을 받으며 엘리베이터로 향했다.

땡!

경쾌한 소리를 내며 엘리베이터가 열려라 참깨를 외친 듯 스르륵 문이 양쪽으로 열렸다.

출근하자마자 50층행이라니- 얄궂은 운명을 탓해 본다.

똑똑-

"들어오세요."

긴장된 마음으로 문을 열고 들어가니 통유리에서 햇살이 한가득 실내를 채웠다. 그 앞에 앉은 차혜성 팀장.

하… 이 남자 뭐야? 왜 자꾸 후광을 달고 사는 거야? 눈부시게…….

쿵쿵대는 심장을 다잡고, 간단히 고개를 숙여 인사한 뒤, 팀장님 책상 앞으로 걸어갔다.

2미터 정도 되는 짧은 거리를 걷는데, 또각거리는 구두 굽 소리가 어찌나 귀에 거슬리던지. 혹시 그날처럼 넘어지지는 않을까 싶어 발걸음 하나하나에 신중을 기했다.

"어제 지시하신 '아롱이를 부탁해' 보고서입니다."

"아롱이?"

"헙. '아침을 부탁해' 보고서입니다."

이런, 어제저녁 아롱이가 도시락을 헤집어 놓은 것 때문에 밤새 아롱이가 도시락을 다 먹어치워 버린 꿈에 시달린 탓이었다.

첫 업무에 대한 부담감이 커서 잠을 자면서도 긴장을 했던 모양이었다.

죽자. 죽어. 서지우, 자꾸 말실수할래?

"풉. 강아지 키웁니까?"

그가 주먹 쥔 손을 입가에 가져갔다.

어라? 이 남자 웃을 줄도 아나? 완전 냉혈인 줄 알았더니.

"아… 네, 네. 하하하. 녀석이 입맛이 까다로운데 도시락 흘린 걸 아주 맛있게 먹더라고요. 나중에 반려견 도시락도 론칭하면 좋을 것 같습니다."

사실, 흘린 게 아니라 새걸 뜯어 먹었어요. 아롱이가 남긴 걸 제가 먹었다는 슬픈 이야기가 숨어 있는 보고서랍니다.

무안함을 웃음으로 무마하려고 했지만 분위기는 더욱 어색해진 것 같았다.

"그런 건 이런 자리가 아니라 기획팀 신제품 회의 때 내놓으시죠. 일단, 보고서 검토하고 다시 연락 주겠습니다. 돌아가 보세요."

헛-

방금까지 살짝 부드러웠던 얼굴이 금방 딱딱하게 바뀌었다. 필요한 말만 딱딱! 하라는 거야? 쳇. 말투 한번 냉소적이네.

"넵. 그럼 저는 이만 가 보겠습니다. 좋은 하루 되세쇼."

되세쇼? 하… 급한 마음에 발음이 꼬여 버렸다.

그나저나 자꾸 팀장님 앞에만 서면 엉뚱한 말이 튀어나오는 거. 이거 무슨 병 아냐? 볼이 화끈거려 화상으로 죽을 것만 같았다.

얼른 이곳을 벗어나고 싶은 마음에 서둘러 몸을 돌렸다.

"서지우 사원."

팀장 놈이 나를 다시 불러 세웠다.

"네, 팀장님."

"저기… 그 페퍼민트……."

띠리리리- 띠리리리-

페퍼민트?

팀장님이 페퍼민트라는 말을 꺼내려는데 팀장님 책상 사내 전화기가 요란하게 울렸다.

"잠시만요. 네, 차혜성입니다. 네? 할아버지가요?"

수화기를 든 그의 표정이 심상치 않았다. 분명 중대한 뉴스를 들은 표정이었다.

"네, 네. 지금 바로 올라가겠습니다."

통화를 마친 팀장님이 옷걸이에 걸린 겉옷을 잡아 빼듯 들고 나보다 먼저 밖으로 나갔다.

"다음에 마저 이야기합시다. 이만, 가 보세요."

이 한마디를 던진 채.

"아… 네……."

팀장님의 표정이 하도 심각해 덩달아 걱정이 되었지만, 내 코가 석 자인데 누구 처지를 걱정하겠나. 나가려던 사람을 불러 세워 놓고 갑자기 나가 버린 팀장님 때문에 방에 홀로 우뚝 서 있는 내 발걸음을 재촉했다.

5층 사무실에 들어가니 사람들이 웅성거리는 것이 느껴졌다.

"최준영, 분위기가 왜 이래? 무슨 일 있어?"

"아… 나도 잘은 모르겠는데, H푸드 명예회장님이 돌아가셨다나 봐……."

"그래? 명예회장님이라면 H푸드 창업주이신 차주한 회장님?"

"으응……."

순간, 아까 전화를 받고 급히 나서던 팀장님의 모습이 뇌리에 스쳤다.

'설마, 차 팀장님 할아버지가 차주한? 차, 차? 성이 같잖아. 헐…….'

혜성이 급히 본가로 들어가 보니, 할아버지 방에 아버지, 어머니, 고 닥터, 최 변호사님이 평온히 누워 계신 할아버지 곁을 지키고 있었다.

그의 작은아버지 내외분은 해외여행 중이었고, 사촌인 태성도 해외 지사에서 근무 중이라 임종을 지킨 건 혜성이 가족뿐이었다.

고인이 된 차주한 명예회장은 혜성의 부모님에겐 엄격했고, 직원들에겐 카리스마가 충만한 모습만을 보여 주었었다. 하지만, 혜성에겐 세상 다정한 할아버지셨다. 정 없던 아버지를 대신해 그의 따뜻한 보호자 역할을 해 주었던 분.

어린 시절부터 할아버지를 잘 따르던 그를 누구보다 귀여워하셨더랬다.

몇 달 전부터 차 회장의 기력이 예전 같지 않아, 고 닥터 팀과 밀착 간호를 시작했었다.

혜성은 바쁜 회사 일이 일단락되는 다음 주엔 할아버지와 함께 가까운 교외라도 나가자고 약속을 했었다.

하지만, 할아버지는 그때까지 기다리기 힘드셨던 모양이

었다.

"할아버지… 할아버지……."

혜성은 메인 목으로 할아버지를 불러 보았다.

그는 이제 싸늘히 식어 버린 할아버지의 손을 잡으며, 눈물을 철철 흘렸다.

그 모습을 본 혜성의 아버지와 어머니도 눈을 꼭 감으며 눈물을 훔쳤다.

"혜성아… 이제 그만 할아버지 보내 드리자……."

그의 울음이 그칠 기미를 안 보이자 그의 아버지가 한마디를 했다.

"끄억… 끄억……."

그제야 억지로 울음을 참아 보는 혜성이었다.

혜성의 울음이 잦아들자 최 변호사가 가방에서 서류 봉투를 꺼냈다.

"명예회장님께서 두 통의 유언장을 남기셨습니다. 로펌을 통해서 공증까지 하신 상태이고요."

혜성의 아버지, 어머니는 최 변호사의 이야기에 귀를 기울이셨다.

"한 통은 가족들에게 남기는 말씀이시고요. 나머지 한 통은… 차혜성 팀장님께 따로 남기신 겁니다. 재산 상속에 관한 이야기는 여기에만 있고요."

최 변호사의 이야기에 가족 모두 촉각을 곤두세웠다.

"혜성이한테 따로요?"

어머니가 최 변호사의 이야기에 몹시 궁금하다는 듯 되물었다.

이 와중에도 혜성의 관심사는 오직 눈앞에 있는 할아버지뿐이었다. 무슨 소리가 오가는지 그의 귀에 들리지도 않았다.

"흠… 근데 문제가 좀 있습니다."

갑자기 최 변호사가 말을 아꼈다.

"무슨 문제인가……."

혜성의 아버지가 눈썹을 찌푸리며 최 변호사를 응시했다.

"차 팀장님에게 쓴 유언장에 다른 분의 유언장이 동봉되어 있습니다. 이미 사라진 기업이지만, 조이제과의 창업주이셨던 고 서동구 명예회장님의 것입니다. 고 서동구 회장님이 돌아가시기 전에 차주한 명예회장님께 전달했었던 것이고, 그것을 우리 회장님께서 간직하고 계셨다가 돌아가시기 전에 저에게 주셨습니다."

모두 신경을 곤두세우고 최 변호사의 입술을 뚫어져라 바라보고 있었다.

하지만, 정작 차혜성은 지금 공중에 흩어지는 이야기는 귓등으로 듣고 다시는 볼 수 없는 할아버지에게서 눈을 떼지 못하고 있었다.

차 변호사에게서 예상치 못한 이야기가 나오자 혜성의 아버지와 어머니는 당황해했다.

"서 회장님 유언장이 같이 있다니… 이런… 대체 무슨 일인지. 일단, 우리 아버님 유언장을 보여 주시게."

혜성의 아버지 차 대표가 최 변호사를 재촉했다. 최 변호사는 아까 꺼낸 서류 봉투에서 고 차주한과 고 서동구의 친필 유언장을 꺼내 차 회장에게 건넸다.

"아버님……."

유언장을 읽어 내려가던 차 회장의 표정이 사뭇 진지했다.

"도대체 뭐예요, 여보?"

혜성의 어머니는 도저히 궁금해서 못 참겠다는 듯 차 회장 옆에 붙어 함께 유언장을 읽어 내려갔다.

"세상에……."

혜성의 어머니의 입에서 탄식이 터져 나왔다.

"이게 말이 되는 거예요? 최 변호사님? 요즘 시대에 이런 정략결혼이라니."

혜성의 어머니는 몹시 황당한 표정을 지었고 혜성의 아버지는 비교적 담담한 표정으로 차주한 명예회장의 유언장을 다시 최 변호사에게 건넸다.

차주한 명예회장이 혜성에게 남긴 유언장엔 뜻밖에도 그의 결혼에 관한 이야기가 쓰여 있었다. 내용인즉슨 H푸드 초창기에 많은 힘이 돼 주었다는 조이제과 고 서동구 창립주의 둘째 손녀와 혜성의 결혼식 날짜, 장소, 신혼집에 관한 것.

차 대표가 더 눈여겨본 것은 결혼 그다음 메시지였다. 이 결혼이 성사된 후 차 회장이 보유한 H푸드의 지주회사인 H푸드홀딩스의 주식을 혜성과 그의 아내에게 모두 상속해 주겠다는 대목이었다.

그냥 정략결혼이었으면 두 팔을 들고 반대할 이야기이지만, 차 대표가 보기에 이건 혜성에게 유리한 조건이었다. 적어도 기업 승계를 무난하게 하기 위해서 필요한 카드랄까.

"명예회장님께서 살아생전 고 서동구 명예회장님과의 인연이 각별하셨던 모양입니다."

최 변호사가 당황해하는 혜성의 어머니에게 별수 없다는 듯 말을 덧붙였다.

사실, 혜성의 사업적 능력이 뛰어나다는 소문은 이미 업계에 파다했으므로 사윗감으로 눈독들이고 있는 재벌가들이 많았다.

혜성의 어머니는 차 대표의 닦달로 그중 어디와 혼사를 치러야 혜성에게 좋을지 고민하는 것이 여간 어려운 일이 아니었다. 그러나 이것은 자신의 고민으로 해결할 수 없는 문제였다. 혜성이 좋아하는 사람이 생겨 본인이 원하고 행복해하는 결혼을 하길 희망했던 그녀였다.

그런데 별안간 지금은 흔적조차 사라진 조이제과 손녀라니, 그녀의 마음이 무척 심란했다.

"아니, 두 분의 인연이 그렇다고 우리 혜성이 신붓감을 마음대로 정하시다니요……. 가만… 조이제과 손녀?"

그런데, 혜성의 어머니 머리에 어렴풋이 조이제과 회장 내외와 친하게 지냈던 시절이 떠올랐다. 혜성이 그 집 아이와 유치원을 다녔던 것도.

'참 다부지고 귀여운 아이였지…….'

똑 부러지고 예뻤던 그 아이. 혜성 어머니의 기억에 조이제과 회장님 둘째 손녀와 혜성은 사이가 참 좋았었다.

조이제과가 망하고 서 회장도 홀연히 세상을 떠나면서 자연스레 끊어졌던 인연. 혜성의 어머니는 그 아이가 지금 어디서 무엇을 하는지, 그리고 그 아이의 엄마는 어떻게 지내는지 궁금해졌다.

뒤늦게 할아버지의 유언장을 받아 든 혜성도 놀라긴 마찬가지였다.

아직 스물여덟. 스스로 생각하기에 결혼은 먼 미래였다. 근데 여기에 적힌 대로라면 올가을 결혼식을 해야 하며, 그 상대는 전혀 모르는 사람이었다.

그러나 그의 마음이 흔들리는 건 H푸드홀딩스 주식 문제 때문이 아니었다. 자신과 각별했던 할아버지와 지키지 못한 생전의 마지막 약속. 그것이 아른거려 이 황당한 유언을 지켜서라도 그분을 위하고 싶은 마음이었다.

그러나 이 유언을 이행하면 더 골치 아픈 일이 일이날 것도 잘 알고 있었다. 결혼 생활은 둘째고 H푸드 승계에 민감한 기획2팀 팀장 사촌동생 차태성 때문이었다.

혜성은 일에 관련해서는 탁월한 능력을 발휘했지만, 기업 승계에 대한 관심은 오히려 적었다. 이로 인해 집안싸움이 일어나는 건 더욱더 관여하고 싶지 않았다. 하지만, 이건 할아버지의 유언이었다. 그가 사랑해 마지않는 할아버지의 유언. 언제나 그에게는 최고였던 할아버지 말이다.

"이 주식… 꼭 받아 내야 한다, 혜성아."

차 대표가 굵고 나지막한 소리로 그에게 말을 건넸다.

"여보, 아무리 아버님의 유언이라 해도 결혼 문제잖아요. 혜성이의 생각이 중요하죠."

혜성의 엄마가 미간을 찌푸리며 차 대표의 말을 저지했다.

혜성의 머리가 지끈 아파 왔다.

★

명예회장님의 장례로 팀장님이 며칠째 자리를 비웠다.

때문에 생각보다 훨씬 맛있고, 즐거운 시식을 선사한 '아침을 부탁해' 도시락 모니터링 보고서는 보고되지 못한 채 쌓여 갔다.

뭐, 50층에 안 가도 된다는 생각이 출근의 긴장감을 덜어 줄 정도였지만, 왠지 모를 허전함은 뭘까.

회사 분위기도 전체적으로 많이 다운된 느낌이었다.

장례는 잘 치르고 계신가……. 그날 많이 놀라신 것 같던데.

업무를 보는 틈틈이 팀장님 생각이 훅 하고 튀어나왔다.

"서지우, 퇴근 안 해?"

종일 새로운 일에 시달린 준영이 다크서클이 진한 얼굴을 들이대며 물었다.

"조금만 더 하다 가려고. 야, 너 얼굴이 왜 이래. 얼른 들어가 쉬어라……."

호락호락할 리 없는 직장 생활의 고됨이 준영이 얼굴에 고스란히 묻어났다.

"아, 진짜 기다렸던 불금인데, 당최 피곤해서 뭘 할 기운이 없다. 먼저 들어갈게. 너도 피곤할 텐데 이거 하나 먹어 봐."

"뭐야?"

"홍삼. 우리 지우 힘내라고. 오빠가 오늘은 옆에 못 있어 주겠지만."

"오빠는 무슨! 곱게 잘 가라. 가다 쓰러지지 말고. 이건 고맙게 잘 먹을게!"

준영을 보내고 컴퓨터 앞에 다시 앉았다. 팀 내에서 다음 분기에 선보일 신제품 기획안을 제출하라는 지시가 벌써 떨어졌다. 도시락 프로젝트 하랴 기획안 만들랴 그야말로 일에 파묻힐 기세였다. 그래도 꿈꾸던 삶이었으니까 신입 사원다운 획기적인 기획안을 내 보려고 고군분투 중이었다.

"아함……."

벌써 9시가 다 되어 가는 시각. 이제는 퇴근을 해야겠다는 생각이 들어 주섬주섬 가방을 챙겼다.

Rrr-

[지우야! 아직 퇴근 전이지? go on으로 튀어 와! 같이 야식 먹자.]

카페 사장님의 문자였다. 타이밍이 아주 굿이다. 굿.

땡땡-

"꺄- 우리 지우 왔다!"

카페 사장님과 경아가 남대문 최고 매운 떡볶이와 튀김을 세팅해 놓고 지우를 반겼다.

"헤헷, 저 때문에 오늘 영업 안 하시는 거 아니죠?"

자그마한 카페에 손님은 없고 사장님과 알바생만 떡하니 있으니 들어가기도 민망한 느낌.

"뭐, 이런 날도 있는 거지. 그나저나 어찌 지냈어? 매일 보다 안 보니까 너무 막 보고 싶고, 궁금하고……. 그간 있었던 썰 좀 풀어 봐!"

사장님이 무슨 VOD 시청각으로 내 얼굴을 바라보셨다.

"푸핫……. 풀긴 뭘 풀어요, 사장님. 큭큭."

말은 이렇게 했지만, 나도 오랜만에 본 사장님과 경아가 너무 반가웠고 할 말은 산더미처럼 많았다.

"그래서, 그 팀장 머시기랑은 안 마주쳤어?"

먹음직스러운 야식이 펼쳐져 있는 테이블에 앉자마자 사장님이 초롱초롱한 눈망울을 들이대신다.

"웬걸요. 첫날부터 또 딱 걸렸죠. 매일 아침 보고서를 써 내라는 둥. 하, 진짜."

"어머어머, 웬일이야. 또 만났네. 만났어. 어떡해… 진짜. 민망해서……. 참, 이제 우리 가게는 왜 안 오는 거래니?"

"언니! 그 정도면 인연 아니야? 아니, 악연인가? 큭큭."

사장님과 경아 모두 전에 있었던 속옷 사건 때문에 호들갑이었다.

"완전한 악연이지… 후. 사장님… 글쎄요… 제가 아직 그런 질문할 급이 아니라. 사실 뭐 제대로 얘기도 못 해 봤어요. 갑자기 명예회장님이 돌아가시는 바람에……."

"아! 뉴스에서 봤어, 참. 차주한 회장님 돌아가셨다며? 근데, 회장님이 돌아가시는데 왜 팀장님이랑 얘기를 제대로 못 해?"

"글쎄, 그게. 휴우--"

사장님의 질문에 떡을 찍은 포크를 잠시 내려놓고 한숨을 크게 내쉬었다.

"뭐야? 대체? 설마?"

"그 팀장님 할아버지가."

"혹시 차주한 회장님 아냐? 언니?"

내가 얘기하기도 전에 정답을 맞힌 경아였다.

"헐. 맞아. 어떻게 알았어?"

"대박. 느낌이 왔어!"

"암튼 그래서 계속 자리 비우셨거든요."

내가 말을 마치고 떡볶이를 집어 드는데, 사장님과 경아가 스톱 모션이라도 하듯 눈을 크게 뜨고, 입만 벌리고 무음 모드다.

"어머, 이거. 대박! 대박이다. 그럼 그 팀장이 재벌 3세야? 드라마 단골손님?"

잠깐의 정적이 지나고 사장님이 북을 두드리듯 또 내 등을 요란하게 두드리셨다. 요즘도 드라마 몰아보기 취미는 여전하신 듯했다.

"초대박이다. 카페에 올 때 자세히 좀 볼걸. 아깝다, 언니."

경아도 흥분하기는 마찬가지였다.

"근데, 뭐 별거 없어요. 다만, 일에 관해서는 뭔가 철두철미하고 집요한 게 느껴지긴 하더라고요. 그냥 낙하산 같지 않게."

"지우야, 내 얘기 잘 들어라."

나를 바라보는 사장님의 표정이 심상치 않았다. 엄청 중요한 이야기를 할 작정인 얼굴이었다.

"이건 두 번 다시 찾아오는 기회가 아니야. 어차피 남자는 거기서 거기. 이왕이면 돈 많은 놈이면 좋지. 속옷까지 오픈

한 마당에 한번 잘 잡아 봐."

말을 마친 사장님이 입술을 꾹 다물고 내 손을 꽉 맞잡았다.

"네에? 사장님, 아휴, 잘 잡긴요… 더 이상 책이나 안 잡히면 다행이에요."

사장님의 말에 나는 들이켜던 어묵 탕을 뿜을 뻔했다.

"언니, 왜~ 카페에서 알바할 때 언니 본다고 카페 오는 사람 한둘 아니었잖아. 충분히 매력 있으니까 가능하다고 봐. 나도!"

경아가 옆에서 한술 더 떴다.

"그럼, 우리 H푸드 미래의 사모님의 지인 되는 건가? 꺄아아아-"

분명 분식과 사이다만 있는데, 사장님과 경아는 있지도 않은 소주와 김칫국을 한 사발씩 들이켜셨는지 자꾸 엉뚱한 소리를 해 댔다.

"에이- 말도 안 돼. 노노. 그럴 일은 절대 없을 겁니다. 어후- 가당치도 않죠. 와- 떡볶이 맛 끝내주는데요? 매콤한 게 스트레스 풀기 딱이다."

떡볶이로 시선을 돌려 더 이상 이야기가 진행되는 걸 막았다.

하… 차혜성 팀장님…….

물론 매력 있으시지. 아니, 있으신 정도가 아니라 철철 넘치시지. 눈이 부실 정도로.

하지만, 난 그렇게 비쩍 마르고 예민해 보이고, 일밖에 모를 것 같은 그런 사람은 별로.

그리고 뭐, 백번 애걸복걸해 내가 좋다고 한들, 재벌가에서 한물간 비루한 집안과 결혼할 리 없잖아?

이건 꿈에도 생각 못 할 일이지.

아, 갑자기 자존심도 상하려고 하네.

"자자, 이제 사장님 얘기나 좀 해 보세요. 요즘 소개팅은 안 들어와요?"

"야, 야, 소개팅 진짜 안 들어와. 요즘은 진짜 우리 냥이들 없었으면 어찌 살겠나 싶다. 외로워서 죽었을지도 몰라."

"언니, 사장님 페르시안 고양이 하나 또 입양했어. 이제 두 마리."

"와- 냥이 집사 하시느라 소개팅 못 하시는 거 아니고요? 훗-"

"그거랑 그거는 완전 별개야. 얘, 그건 그렇고 H푸드에 괜찮은 사람 없어? 눈에 불 좀 켜고 다니면서 좋은 사람 한번 찾아봐. 네가 내 유일한 희망이다, 지우야."

"그래, 언니. 사장님 요즘 기운이 도통 없어, 진짜."

"흠… 이제 겨우 입사 일주일쨴데……."

갑자기 애절한 눈빛을 발사하는 사장님. 남자한테 데일 대로 데였지만, 여전히 사랑밖엔 난 몰라 하시니. 제가 노력 좀 해 보겠습니다.

"참, 사장님. 페퍼민트 잎 있잖아요. 그거 제가 좀 사 갈게요."

"사 가긴, 그거 찾는 사람도 별로 없는데 잔뜩 가져가. 입사 기념 선물로 내가 줄게."

"정말요?"

알바생 시절 시급은 최저 시급에서 한 치의 오차도 없이 주셨지만, 사적으로는 늘 많이 배려해 주시고 한없이 베풀어 주시는, 공과 사가 확실한 우리 사장님!

"응! 그 대신… 소개팅……."

"크크, 알겠어요. 사장님, 감사해요."

혹시 페퍼민트 잎이 필요할지도 모른다는 생각을 했었다. 지난번 아침 도시락 보고서를 올릴 때, '페퍼민트' 이야기를 꺼냈던 팀장님 모습이 떠올라서 말이다.

아, 근데 내가 또 왜 이렇게 그 썩은 미소남의 두통을 신경 쓰고 있는 건지, 원! 친절도 병이다! 서지우!

"뭐라고, 엄마? H푸드에서 사람이 온다고? 우리 집에? 왜?"

주말 아침, 엄마와 언니가 일어나기도 전에 혼자 식탁에 앉아 '아침을 부탁해' 도시락을 뜯어서 한 입 넣고 있었다. 오늘 먹은 건 진짜 소스가 무척 맛있어서 감탄에 감탄을 하는 중이었다.

그런데 눈을 비비며 방에서 나오시던 엄마가 귀를 의심케 하는 이야기를 하셨다.

"아니, 차주한 명예회장님 돌아가셨다면서… 왜 엄마한테 얘기를 안 했어……."

"어? 아… 엄마 또 옛날 생각 할까 봐… 안 했지……. 근데 요즘 뉴스에도 많이 나왔잖아……."

"그랬어? 요즘 뉴스가 도통 재미없어서… 안 본 지 꽤 됐더니……. 아무튼 그분이 돌아가시면서 유언장을 남기셨는데, 글쎄 네 할아버지 것도 같이 발견됐다는 거야……."

"에엥? 그건 또 무슨 소리야?"

깜짝 놀라 아침을 부탁해 도시락에 있는 닭다리 살 소시지를 포크로 푹 찍으며 물었다.

"그러게 말이다. 나도 무슨 소린지. 암튼 회장님 비서실에서 오늘 우리 집에 사람을 보낸다고 하네. 무슨 내용인지 봐야지, 뭐."

"그나저나 누가 오시는 거지? 아, 오늘 안 씻으려고 했는데 씻어야겠네."

"설마 숨겨 둔 재산이라도 있으신 건 아니겠지? 아니, 빚이 있나? 휴… 어제 연락받고 괜히 심란하더라고……."

엄마의 표정이 기대 반 걱정 반이었다. 그나저나 어제 늦게 들어온 탓에 지금에서야 이런 엄청난 소식을 듣게 되었다.

할아버지가 돌아가신 지 벌써 20년이 다 되어 간다. 그런 분의 유언장이 왜 차주한 회장님 유언장과 같이 있는 것일까.

두 분이 친했었다는 얘기는 들었지만, 도통 무슨 얘기가 나올지 감이 안 잡혔다.

후-

그건 그렇고, 말짱하게 살아 있는 주말 아침에도 열일을 해야 할 운명이니까. 모니터링 용지를 옆에 두고 포크를 빼 든 다음, 오늘 아침 도시락을 다시 한 입 한 입 신중하게 맛봤다.

처음에는 일 폭탄처럼 느껴졌던 도시락 보고서를 이제는 슬슬 즐기고 있었다. 아직 출시 전인 도시락을 먼저 맛본다는 쾌감도 컸고, 모니터를 하는 것도 재밌었다.

상큼하고 든든해서 마음에 쏙 들었던 오늘의 아침 도시락을 해치우고, 욕실로 향했다.

'입사하자마자 이런 일이 생기다니, 참 희한한 일이네……'

샤워를 하며 엄마가 하신 이야기를 떠올렸다.

오래전에 끊겼던 집안 간의 인연이었다.

그런데 H푸드에 입사를 하게 되고, 또 할아버지 유언장이 그 집에서 발견되었다고 하니, 미세하게나마 인연의 끈이 이어져 있나 싶어 신기하다는 생각이 들었다.

샤워를 마치고 거실로 나가니 엄마와 언니는 벌써 옷을 쫙 빼입고 식탁에 앉아 우아하게 차를 마시고 있었다.

참 둘이 죽이 착착 맞네!

수건으로 물기를 탈탈 털며 방으로 들어가려는 참이었다.

띵동- 띵동-

"헉, 벌써 왔나?"

"지우야, 오셨나 보다. 문 좀 열어 드려라."

주방에서 외치는 엄마의 음성.

목에 걸었던 수건을 내려놓고, 젖은 머리를 대충 쓱 만진 다음 현관으로 가 문을 열었다.

철컥- 띠리링-

열어젖힌 현관문 앞에 한 남자가 서 있었다. 아는 얼굴이었다.

너무 놀라 벌어진 입을 손바닥으로 겨우 가리고 있었다.

아니, 왜? 차혜성 팀장님이 거기 서 계신 겁니까?

"아… 안녕하세요! 어서 들어오세요, 팀장님."

잠시 찌푸렸던 얼굴을 억지로 펴고, 침을 한 번 꼴깍 삼킨 다음 그를 집 안으로 안내했다.

세상에! H푸드에서 온다는 사람이 팀장님일 줄이야.

그래도 아는 얼굴이라서 이상하게 살짝 반가운 마음과 이런 꼴을 보여 민망한 마음이 교차했다.

"불쑥 찾아와서 미안해요. 실례 좀 하겠습니다."

그가 나지막한 목소리로 말하며 신발을 벗었다.

한참을 올려다봐야 할 만큼 큰 키, 여전히 딱 떨어지는 슈트 차림, 흐트러짐 없이 깔끔한 헤어스타일의 팀장님. 그런데 회장님이 돌아가시는 바람에 얼마간 못 봤다고 그사이에 얼굴이 수척해졌다. 괜히 짠하게.

"안녕하세요. 팀장님이시라고요?"

"안녕하세요."

현관 앞으로 쪼르륵 달려온 엄마와 언니. 둘은 살짝 눈빛을 교환한 다음 팀장님을 환한 미소로 반겼다.

멍멍!

더불어 아롱이도 그 맛있던 도시락을 기획한 사람을 알아보는지 꼬리를 흔들어 댔다.

아까는 그렇게 심란하다더니, 팀장님의 얼굴을 보곤 그런 감정이 언제 있었냐는 듯이 밝은 표정의 엄마와 언니였다.

"아, 엄마, 우리 기획팀 팀장님이세요."

"어머, 그랬구나……. 어후~ 미남이시네. 이쪽으로 오세요."

엄마는 크게 관심을 표하며 그를 안으로 들였다.

살짝 고개를 숙여 인사한 팀장님은 엄마와 언니의 안내를 따라 약간의 차와 과일이 세팅되어 있는 테이블로 향했다.

"정식으로 인사드리겠습니다. H푸드 기획팀장 차혜성이라고 합니다. 돌아가신 차주한 명예회장님의 둘째 손자이고요."

자리에 앉기 전에 명함을 꺼내 엄마에게 건네는 팀장님.

명함과 그를 번갈아 보던 엄마의 눈이 점점 커졌다.

"차혜성? 차 대표님 둘째 아들?"

"아… 네… 맞습니다."

"어머나, 세상에."

엄마는 최근 들었던 이야기 중 가장 충격적인 이야기를 접한 얼굴이었다.

"엄마! 왜 그래?"

언니가 엄마의 반응을 몹시 의아하게 생각하며 물었다.

"그 뚱… 아니 중앙유치원 다니던 혜… 혜성이?"

엄마는 진심으로 화들짝 놀란 얼굴이었다.

가만, 뭐라고? "뚱?" 설마 엄마가 며칠 전에 얘기했던 뚱띠가 차혜성 팀장님?

에이… 설마……. 아무리 어렸을 때라지만 뚱뚱한 차 팀장님은 상상이 안 간다고……. 저렇게 훌륭한 피지컬은 타고난 것도 한몫했을 것 같은데……!

"네. 저희 어머니께 말씀은 들었습니다. 서지우 사원과 제가 같은 유치원을 다녔었다고요."

팀장님의 말에 심장이 쿵 내려앉았다.

당신이 진짜 그 '뚱띠'야?

내 나이 스물여섯, 지금까지 살면서 이렇게 충격적이고도 흥미진진한 일은 처음이었다.

 기억은 잘 나지 않지만, 엄마 말씀에 의하면 꼬꼬마 시절 결혼을 약속했다던 같은 유치원 오빠가 차혜성 팀장님이라니.

 와- 대체 이 남자 뭔데 나랑 이렇게 여러 가지로 엮여 있는 거야?

"응, 둘이 얼마나 잘 놀았는데…요. 근데 살이 쏙 빠지고 너무 멋있어졌네요. 호호호호."

"엄마, 나도 기억나는 것 같아. 우리 집에도 놀러 오고 그랬던 것 같은데? 진짜 복권을 긁으셨네……. 그때 진짜 뚱뚱해서 이런 얼굴이 숨겨져 있는지 몰랐어요."

 엄마와 언니는 신기한 듯 차 팀장의 얼굴을 요리조리 뜯어보았다.

"어휴, 그만 좀 해!"

 팔꿈치로 엄마와 언니 옆구리를 살짝 찌르며 말했다. 괜히 들떠 웃음기가 가득한 두 사람과 달리 팀장님은 여전히 심각한 얼굴이었기 때문이었다. 그도 그럴 것이 좀 전까지 장례를 치르고 온 사람 아닌가.

"저도 며칠 전에 알았습니다. 어쩐지 서지우 사원 처음 봤을 때부터 낯설지가 않다 싶었습니다."

"가만 보니까 옛날 얼굴이 조금 있네. 그때는 정말 너무 뚱뚱해서 걱정될 정도였는데, 그래도 우리 지우는 혜성이 오빠랑 결혼한다고 그렇게 노래를 불렀었어요. 혜성이도 그랬었고……."

"아… 그랬습니까. 참 신기한 일이네요."

엄마의 이야기를 듣던 팀장님이 의미심장한 말을 내뱉었다.

"사실, 오늘 드릴 말씀이 그겁니다."

"네?"

우리 셋은 이내 토끼 눈을 뜨고 그를 바라보았다.

"흠… 말씀드리자면, 제가 서지우 사원과 결혼을 해야 할 것 같습니다."

4.

**결혼해야겠습니다**

"네?"

너무 놀라 뒤로 넘어갈 뻔했다.

뭐? 결혼?

누가? 내가?

누구랑? 차혜성 팀장님이랑?

아니, 누가 본인 결혼 얘기를 이렇게 듣는답니까?

팀장님의 한마디에 순간 집 안에는 정적이 감돌았다. 마치 태풍 전야처럼.

엄마와 언니 그리고 나는 이 기가 막힌 상황에 아무도 쉽사리 입을 떼지 못했다.

팀장님이 이 적막을 깨고 들고 온 가방에서 서류 봉투를 꺼냈다. 그리고 그 안에 든 서류를 엄마에게 건넸다. 우리 셋은 머리를 맞대고 그 서류를 바라보았다.

"저희 할아버지께서 유언장에 저와 조이제과 둘째 손녀와의 결혼을 명시하셨습니다. 구체적인 시간과 장소 그리고 신혼집까지."

어안이 벙벙한 이야기가 팀장님 입에서 계속해서 나왔다.

"이게 말이 돼요! 팀장님? 저는 차주한 회장님을 뵌 적도 없는걸요?"

너무 어이가 없어 날카로운 소리로 되물었다. 팀장님 할아버지랑 나랑 무슨 상관이냐고!

"지우야, 유치원 다닐 때는 자주 봤지. 할아버지들끼리 손주들 잘 데리고 시간 보냈었거든."

내 말에 대꾸한 건 팀장님이 아니라 엄마였다.

"할아버지가 간직하고 계셨던 또 다른 유서가 하나 있었는데, 그게 조이제과 창립주셨던 고 서동구 명예회장님의 것이었습니다. 그곳에 같은 내용이 들어 있고요."

팀장님이 또 다른 서류 봉투를 꺼내 우리 쪽으로 밀었다.

뭐? 우리 할아버지 유언장? 이게 왜 갑자기 튀어나오는 거야?

"네에?"

엄마와 언니 그리고 나는 다시 한번 토끼 눈을 하고는 할아버지의 유언장을 살펴보았다.

헐, 할아버지들끼리 짰다는 거야? 손주들 결혼을?

"아무래도 다른 분의 유언장을 오래 가지고 있는 것은 아닌 것 같아 할아버지 장례가 끝나는 대로 가지고 왔습니다."

팀장님은 일정한 톤으로 아무 일도 아니라는 듯이 이야기를 이었다.

"대박 사건이다, 이거. 와, 할아버지가 이런 서프라이즈를 남겨 두셨다니."

할아버지의 유서를 확인하고, 팀장님의 이야기를 들은 언니가 의자 등받이에 등을 기대며 입을 떼었다.

"이거… 우리 시아버님 필체가 맞네요."

엄마는 할아버지의 유서를 자세히 들여다보곤 단번에 그것이 진짜임을 알아차렸다.

"그래도… 이건……."

엄마가 고개를 절레 흔들었다. 적잖이 충격을 받은 것 같았다. 아무렴. 딸 혼사 문젠데.

그치? 엄마? 아무리 엄마가 부귀영화를 누리던 그 시절을 그리워해도 딸내미를 이런 말도 안 되는 결혼으로 내몰진 않겠지?

"유언이잖아……. 어쩌나… 유언은 꼭 들어야 하는 거로 알고 있는데… 지우야……."

"엄마……!"

난 엄마의 말에 더욱 망연자실했다. 그래도 이건 아니잖

아. 아무리 유언이라도 꼭 들어야 하는 건 아니라고 봅니다, 나는.

"심각하게 생각하실 필요는 없습니다. 저도 서지우 사원 앞길 막을 생각 없고요. 다만, 서로에게 도움이 되면 좋겠네요."

지금 마치 링 위에서 열세한 경기를 치르는 선수가 되어 이리저리 떠밀리는 기분이었다.

"그게 대체 무슨 말씀이신가요?"

혼돈 속에서도 정신을 바짝 차리고 꼬치꼬치 캐물었다.

그래, 일단 다 들어나 보고 이야기를 해 보자고! 나는 귀를 쫑긋 세웠다.

"이 결혼에는 상속 문제가 걸려 있습니다. 결혼이 성사되면 서지우 사원 몫으로 H푸드홀딩스 주식 10퍼센트가 할당됩니다. 물론 제 몫도 있습니다. 결혼을 할 경우 주어지는 것이고요. 아무튼 이것만 생각해 주셨으면 좋겠습니다. 길지 않은 시간 동안… 뭐, 한 1년 정도쯤 서류상으로 그리고 대외적으로 결혼한 것처럼 보이면 됩니다. 할아버지께서 이혼 얘기는 없으셨으니까요. 그다음은 뭐……."

쿨하게 이혼하자고?

그렇게 안 봤는데, 이분 일 중독 사이코가 아니라 쓰레기네.

아까 짠하게 봤다는 거 당장 취소.

댁한테는 결혼이 재산 상속을 위한 도구야?

"팀장님."

기어코 다시 입을 뗄 수밖에 없었다.

팀장님, 엄마, 언니의 이목이 나에게 집중되었다.

"이건 아닌 것 같아요."

파르르 떨리는 나의 말에 눈빛 하나 바뀌지 않는 팀장님.

"H푸드홀딩스 주식 10퍼센트라면 보상은 충분하리라고 봅니다. 저에게도 그 주식은 꼭 필요한 거라 이렇게 직접 와서 말씀드리는 겁니다. 서지우 사원, 그리고 가족분들께 초면에 이런 말씀 드리게 돼서 송구하지만, 간곡히 부탁드립니다."

H푸드홀딩스 주식이 H푸드 경영권에 영향을 미친다는 것은 알고 있는 사실이었다. 게다가 10퍼센트라면 상당할 것이다. 어쩌면 평생 일만 해도 가질 수 없는 어마어마한 액수의 돈과 같은 그것.

그 정도만 가지면 우린 예전처럼 살 수 있을 것이다. 나 혼자 이렇게 아등바등하지 않아도.

그래도 그렇지. 돈에 내 몸을, 아니 그건 아니라고 했고, 명목상 결혼을 팔아야 하는 건 좀 아니잖아요.

"너무 갑작스러운 문제라, 저희가 상의를 좀 해 볼게요. 저희 아버님 유언장도 지금 막 본 거라 정신이 없네요."

엄마가 사뭇 진지한 말투로 팀장님에게 말을 꺼냈다.

"아니, 뭘 생각해, 엄마. 팀장님, H푸드홀딩스 주식 10퍼센트가 정확히 얼만지는 몰라도 그거랑 내 순결을 바꿀 생각은 없다고요! 사람을 뭐로 보고!"

"지우야!"

엄마가 나를 다그쳤다. 내가 뭐 틀린 말 했어?

"흐음, 뭐 말하자면 정략결혼에 순결 이야기까지 언급할 필요는 없어 보입니다. 다만, 살면서 이런 기회를 만나기는 쉽지 않다는 것만 알아 두시죠. 그럼 연락 기다리겠습니다."

말을 마친 팀장님이 자리에서 일어나 나갈 채비를 했다.

저 인간 피는 파란색이 틀림없어! 아주 차가울 거야! 분명! 썩은 미소를 지을 때부터 알아봤다고!

"지우야, 팀장님 배웅해 드리고 와. 얼른."

마음에 커다란 돌이 내려앉은 기분이었지만, 엄마 말씀에 따라 팀장님을 따라나섰다.

근데 멀리 나갈 것도 없었다. 빌라 1층에는 기사가 딸린 팀장님의 차가 바로 주차되어 있었다.

"들어가 보세요, 서지우 사원."

피곤하다는 듯 얼굴도 돌아보지 않고 말하는 차혜성 팀장.

"팀장님."

막 차에 오르려는 그를 불러 세웠다.

"뭡니까."

드디어 나를 돌아보는 그. 눈빛 한번 시크하다.

"저기… 아침 도시락 오늘로 일주일 치분이 끝났는데, 다음 주 도시락이 아직 안 왔어요. 어떻게 되는 건가 해서요."

결혼 소식이 충격적이긴 하지만, 사는 사! 공은 공! 나도 팀장님 못지않게 열일 하는 사원입니다.

저는 허울뿐인 결혼으로 일확천금을 받는 것보다 실력으로 승승장구하고 싶거든요.

분명 한 달 치 도시락에 대한 보고서를 작성하기로 되어 있었는데, 일주일 치만 받아 보고 딱 떨어져서 궁금해하던 참이었다.

지금이 기회다 싶어 궁금했던 것을 물었다.

"아, 내일부터는 새벽에 배달될 거예요. 이번 주는 유통기한이 짧은 신선식품이라 매일 배송될 겁니다."

역시 빈틈이 있을 리 없지.

"아… 알겠습니다."

"그럼, 월요일에 봅시다."

"네."

팀장님께 꾸벅 인사를 하고 휑하니 떠나는 차를 바라보았다.

아직 오전인데 갑자기 구름이 끼면서 하늘이 흐려지더니 후드득 비가 쏟아졌다. 비 오는 날을 지독히도 싫어하는 나였다.

날씨도 내가 어쩔 수 없듯, 결혼마저 상대방에게 통보받고,

가족들과 상의를 해야 하는 문제인가.

"후… 내 인생을 내 마음대로 못 할 운명인가……. 참, 사는 게 피곤하네……."

잠깐 전에 벌어졌던 일을 생각하며 답답한 가슴속에 있던 말을 중얼거렸다.

그나저나 이제 겨우 팀장님이랑 이상하게 꼬였던 것을 애써 잊고 자연스러운 상사와 직원 관계가 되나 했는데, 더한 일이 생겨 버렸다.

"어?"

갑자기 어두워진 하늘 때문인지 집 앞을 비추는 가로등 하나에 불이 반짝 들어왔다.

오전에 이렇게 가로등이 켜진 걸 본 건 처음이었다.

가로등 덕분에 조금은 밝아진 골목을 한참 동안 바라보았다.

"결혼이라……."

1층 빌라 현관 앞에 쪼그려 앉아 가로등 불빛에 비치는 비를 올려다보았다.

분명 바로 집에 들어가면 엄마와 언니가 눈에 불을 켜고 있을 것이다.

잠시만, 잠시만 있다가 들어가자. 모두 한 템포 진정할 수 있을 때.

하염없이 내리는 비를 바라보며 어렸을 때 돌아가신 할아버지를 떠올려 보았다. 흐릿하게 남아 있는 잔상을 애써 기억해 보려고 했다.

푸근한 미소를 짓고 있는 대머리 할아버지.

내 기억 속 할아버지는 종종 유치원 끝날 때 데리러 오셔서 목말을 태워 주시곤 했다. 그럼 나는 신이 나서 할아버지 머리를 손바닥으로 두드리곤 했었다.

지금 생각하면 좀 버릇없어 보이는 모습인데, 할아버지는 늘 '허허' 웃으셨다.

집으로 돌아가는 길에 사탕이나 아이스크림 등 엄마가 잘 주지 않던 간식거리도 마음껏 사 주셨던 것도 어렴풋이 기억이 났다.

할아버지를 기억하다 보면 혹시 뚱띠의 모습도 떠오를까 싶었지만, 도무지 생각이 나지 않았다.

아무튼 그 시절, 언니에게 뭐든 만능인 엄마가 있었다면, 나에겐 할아버지가 그랬던 것 같다.

남다른 사업 수완이 있었다던 할아버지는 사업이 천직인 것처럼 조이제과를 이끄셨다고 들었다.

아빠가 할아버지를 닮았으면 참 좋았었을 텐데.

후… 또 아빠 생각나네. 아빠가 살아 계셨다면 지금 이 상황에 어떤 말씀을 하셨을까. 그리고 할아버지는 과연 무슨 생각으로 이런 유서를 남기신 걸까. 여러 생각이 꼬리에 꼬리를 물고 이어졌다.

친구들 중 빨리 결혼한 애들도 몇 있지만, 아직 결혼보다 일이 먼저인 친구들이 대부분이었다.

대학교 3학년 때부터 지금까지 아르바이트와 취업 준비를 병행하면서 정신없이 살아온 나도 마찬가지였다. 사실 연애조차 끼어들 틈이 없는 인생살이였기에 결혼 생각은 더더욱 생소한 이야기였다.

뭐, 물론 안정적으로 취업을 하고 나서 언젠가 때가 되면 결혼이라는 것을 하겠지, 막연히 생각해 본 적은 있었다.

그래도 내가 생각한 그 막연한 결혼이라는 것은 어두운 나의 앞길에 한 줄기 빛처럼 다가올 누군가와, 각박한 세상에서 서로의 안식처가 되어 주는 특별한 관계로 맺어지는 것이랄까.

피곤한 하루의 끝에 좋아하는 음악을 들으며 도란도란 함께 저녁을 먹는 상상, 그리고 남편의 안락한 품에 몸을 폭신 안겨 보는 상상.

거창한 꿈은 아니어도 이 정도면 좋겠다 싶었다.

그리고…

지금보다는 좀 행복했으면 좋겠는데 그것마저 욕심인 걸까.

"하… 할아버지……."

한숨과 함께 나지막이 할아버지를 불러 보았다.

이제 원하던 H푸드에 취업을 하게 되고 한숨 돌리나 싶었는데.

 산 넘어 산이다. 어휴! 인생사 새옹지마!

 시간이 너무 지체된 것 같아 자리에서 일어나 집으로 향했다.

 "악- 으~~~~"

 오랫동안 쭈그려 앉아서인지 다리에 쥐가 났다. 얼른 코에 침을 세 번 묻히고는 인상을 쓰며 살살 계단을 올랐다.

 마음에 이어 몸까지 고통스러웠다.

 "지우야, 왜 이제야 들어온 거야? 팀장님이랑 또 무슨 얘기 했어? 빨리 결혼하재?"

 아직 신발을 벗지도 않았는데, 엄마가 질문 세례를 시작했다.

 "아… 아니. 아까 가셨고, 그냥 나 혼자 생각 좀 하다가 올라왔어……."

 아직 쥐가 덜 풀린 다리를 붙잡고 겨우 소파에 앉았다. 내가 들어온 것을 알고는 언니도 쪼르륵 거실로 나왔다.

 "그래서, 어떻게 할 거야?"

 다짜고짜 묻는 언니.

 시간이 좀 지났다고 생각했는데도 한 템포 쉬는 건 나만 했는지, 집 안은 여전히 뜨거운 분위기였다.

 "어떡하긴. 언니 같음, 이런 결혼 하겠어?"

 다리를 주무르며 대충 대답했다.

"하지! 나 같으면 백번 한다."

"뭐?"

"못 할 게 뭐가 있어. 1년만 결혼해 살아 주면 그 큰돈이 떨어지는데, 이 정도면 로또보다 한 수 위라고. 그리고 혜성이 완전 잘생겨졌더라. 그런 얼굴 보고 사는 것도 나쁘지 않겠고만."

이런…….

"캬… 참 우리 언니답네. 그럼 언니가 하든가."

"나도 그럴 수만 있으면 하고 싶다. 그런데 안타깝게도 할아버지는 혜성이랑 지우의 결혼이라고 하셨잖아."

할아버지! 번지수를 잘못 적으셨어요. 이렇게 이런 결혼을 두 팔 들고 반기는 언니가 있었는데!

"지우야, 우리도 뭐 결혼을 강요할 수는 없지만, 할아버지가 유언으로 남기셨잖니. 엄마도 솔직히 그 집 사람들 보는 거 썩 내키진 않아. 이렇게 사는 거 보이는 것도 자존심 상하고. 근데 할아버지 유언이잖니."

언니와 내 대화를 듣던 엄마도 한마디 거들었다.

"휴… 나도 할아버지 유언이라는 게 걸리지만, 암튼 난 안 해."

결혼마저 희생할 수는 없다.

이게 내 결론이다.

"일 년 금방 지나간다. 그다음엔 네가 진짜 좋아하는 사람이랑 결혼하면 되잖아. 그렇게 무 자르듯 딱 자르지 말고 한 번 잘 생각해 봐."

  엄마와 언니의 결론은 그 말도 안 되는 '결혼'인가 보다.

  난, 어쩌면 좋을까.

  참 외롭고 쓸쓸하네.

  혜성은 꿈을 꾸었다.

  집 앞 정원에 꾸며 놓은 놀이터에서 지우와 함께 노는 꿈.

  새하얀 피부에 커다란 두 눈을 깜빡이며 '해덩 오빠, 해덩 오빠' 이름을 부르는 다섯 살의 지우.

  혜성과 지우는 뭐가 그리 좋은지 손을 맞잡고 다니며 신나게 뛰어놀고 있었다.

  일곱 살 먹은 혜성은 지우가 너무 귀여워 볼을 어루만져 주곤 했다. 지우는 장난치는 걸 좋아했고 재미난 구석이 많은 아이였다.

  "해덩 오빠, 팜니다. 팜니다. 여기 똥 팜니다! 얼른 똥 샤세요!"

  "큭큭큭, 여기 똥 가게야? 똥만 파라여?"

  "방구도 팜니다. 헤헤헤. 얼릉 샤세요, 손님."

  "캬캬캬, 아줌마! 똥 열 개랑 방구 다섯 개 주세요."

  혜성과 지우가 함께 있는 시간엔 까르르 웃음이 떠날 줄을 몰랐다.

  그런 혜성과 지우를 차주한 할아버지와 서동구 할아버지가 정원 벤치에 앉아 흐뭇한 미소로 바라보고 계셨다.

아무런 걱정도, 두려움도 그리고 두통도 없던 시절이었다.

'아… 할아버지……. 할아버지.'

혜성은 벌써, 너무 보고 싶은 할아버지를 손으로 만지려고 다가가려고 했다. 그런데 금세 사라지고 마는 할아버지.

그가 잠옷이 흠뻑 땀에 젖은 채 꿈에서 깼다.

"하……."

할아버지 장례를 다 치른 지 며칠 되지 않았다. 혜성은 할아버지를 향한 그리움 때문에 몸도 마음도 힘들었던 시간을 보냈었다.

그는 땀을 많이 흘린 탓에 목이 탔다. 침대 옆 테이블에 놓인 생수병을 따 목을 축이고는 생생했던 꿈을 떠올렸다.

할아버지 그리고 지우…….

혜성은 살면서 종종 지우를 떠올리긴 했었다. 그럴 때마다 입가에 미소가 번지곤 했었다.

사실, 할아버지 유언장에 적힌 조이제과 둘째 딸이 어린 시절 그 지우인 줄 몰랐다. 워낙 어렸을 때 일이라 그녀가 누구네 집 딸인지 알지도 못했던 일이었다.

혜성의 어머니가 어린 시절 함께 유치원을 다녔다고 이야기하는 바람에 할아버지 유언장에 자신의 신부로 명시된 사람이 그 아이인 것을 알았다.

그나마 다행이라고 생각한 순간이었다. 생판 모르는 사람과 결혼하라는 것은 아니었으니까.

'뭐? 그 지우가 우리 팀 서지우 사원이라고?'

혜성은 그녀가 현재 어디에서 무엇을 하는지 보고를 받으며 소스라치게 놀랐다.

3개월 전부터 출근 도장을 찍다시피 들렀던 카페에서 혜성에게 페퍼민트 차를 기가 막히게 타 주었던 아르바이트생.

혜성의 피트니스 룸 샤워실에 속옷을 두고 간 계단 청소부.

H푸드 상반기 신입사원으로 입사한 기획1팀, 바로 혜성이 팀장으로 있는 그 팀에 들어온 서지우 사원.

그녀가 꼬꼬마 지우라니. 그는 심장이 쿵 내려앉는 것 같았다.

혜성은 그녀가 이상하리만큼 낯설지 않다고 생각은 했지만, 어린 시절 추억 속 지우인 줄은 꿈에도 몰랐다. 아마 지우는 더 어렸을 때의 일이라 더욱 혜성이 기억나지 않으리라.

조사를 하다 보니 몰락한 한 기업가의 집안에 실질적인 경제 동력으로 힘들게 살아온 지우에 대해 알게 되었다.

"그동안 많이 힘들었겠네. 어쩌면 지금도……."

그녀가 이른 시각 카페 아르바이트를 해야 했던 이유, 일용직 계단 청소부가 된 사정이 조금은 이해가 갔다.

"이렇게 다시 만나다니… 신기한 일이다, 지우야……."
혜성은 눈을 감고 아까 꾸었던 꿈을 다시 되새겨 보았다.

'할아버지, 혜성이는 커서 지우랑 결혼해서 지우 지켜 줄 거예요.'
'아냐. 지우가 지켜 주 꺼야. 오빠한테 장난치는 친구들 내가 방구 발사! 뿡뿡뿡!'

생각해 보니 할아버지한테 지우랑 결혼한다고 말했던 건 정작 혜성이었다.
'뭣 모르고 했던 이야기였는데, 할아버지는 언제나 그랬듯 나의 작은 소리에도 귀를 기울여 주셨던 걸까.'
어쩌면, 할아버지의 혜안일지도 모를 일이었다.
혜성에게 무척 황당하게 다가왔던 정략결혼이 생각보다 의미 있게 여겨졌다.
카페 아르바이트생 서지우, 계단 청소부 서지우, 신입사원 서지우는 이미 충분히 호감이었고, 매력 있었다.
뭐든 열심히 하는 모습도 그렇지만, 은근 허당 끼가 다분한 모습이 참 귀엽게 느껴졌었으니까. 누구에게라도 충분히 사랑받을 만한 그런 여자라고 생각했다. 게다가 그녀가 어린 시절 자신이 커서 결혼하겠다고 말한 그 아이 아닌가.
어쩌면 이건 운명일지도 모른다. 그는 가만히 지우를 떠올리며 입가를 올렸다.

'잘 자랐네. 우리 지우. 여전히 예쁘고, 씩씩하고. 그래, 그때 그 지우라면 결혼도 괜찮을 거야.'

혜성의 마음이 자연스럽게 지우와의 결혼으로 확실히 기울었다. 그녀를 향한 자신의 마음이 아직 '사랑'인지는 모르겠지만, 운명적인 느낌이 그의 결심을 이끌어 냈다. 할아버지가 명시한 상대자가 그녀임을 안 이상 이상하리만큼 거리낄 것이 없었다. 마음이 물 흐르듯 지우에게로 움직였다. 어린 시절 했던 그 약속을 지키기라도 하겠다는 듯.

그러나 혜성은 이 갑작스러운 결혼을 앞으로 어떻게 진행해 나가야 할지 계획이 필요했다.

지우와 지우 가족에게 이 결혼을 어떻게 설명하고 이해시켜야 할지.

그녀의 집에서도 할아버지 친필 유언장이 등장했지만, 어느 집에서 자신의 딸을 돈으로 바꾸려고 할까.

갑자기 생뚱맞게 지우를 좋아하고, 그래서 옛날 약속을 지킨다고 하면 더욱 황당해하고 어이없어할 것이 뻔했다.

차라리 그냥 1년 동안만의 결혼이라고 하면 부담이 좀 덜하겠지 싶었다.

혜성은 일단 이대로 가고, 다시 옛날처럼 친해지는 건 천천히 해 보자 싶었다. 어차피 어렸을 때 알던 사이였으니 다른 사람들보다는 덜 불편하고 옛날의 서지우라면 자신도 꽤 좋아했으니 결혼 생활을 하는 데에는 무리가 없을 것도 같고.

"후- 팩트대로 하자. 팩트대로. 공증된 유언장이 나한테 무기네."

결혼을 서두르기 위해서 가장 빠른 방법은 빼도 박도 못하는 상황을 들이대는 것이 최선의 선택이라 생각했다.

지우네 문제는 그렇게 해결해 보겠지만, 또 다른 문제는 혜성의 어머니였다. 유언을 곧이곧대로 지키려는 혜성을 그의 어머니가 말릴 것이 분명했다. 평소 그가 좋아하는 여자와 행복한 결혼 생활을 바랐던 그녀였고 H푸드홀딩스 주식 때문에 결혼하려는 것을 위험하게 여기는 혜성의 엄마였다. 보통 재벌가 사모님과는 다른 마인드. 혜성의 행복을 진심으로 바라는 그의 엄마였다.

"후- 분명 지우에게 호감은 있는데… 이 정도로 설득이 되려나……."

혜성은 고민에 빠졌다.

어제 혜성은 지우네 집에 지우 할아버지의 유언장을 전해주고, 결혼 이야기를 꺼내러 갔었다.

들어서자마자 트레이닝복 차림에 방금 씻은 듯 깨끗한 얼굴에 아직 물기가 남아 있는 머리를 하고 동그랗게 토끼 눈을 하고 혜성을 바라보던 지우.

혜성은 그 모습을 보자 어린 시절 지우의 모습이 겹쳐지며 마냥 귀엽게 느껴졌다.

'팀장님, 이건 아닌 것 같아요.'

혜성의 이야기를 듣던 지우가 지구의 종말 이야기라도 들은 듯 절망적인 표정으로 말했다. 생각보다 더 충격적인 모양이었다. 게다가 자신의 순결을 돈으로 바꾸지 않는다고 이야기하는 그녀.

다짜고짜 순결이라니. 혜성은 며칠간 하도 울어 찡그린 채로 굳어진 자신의 얼굴에서 그간 잊었던 웃음이 터져 나올 뻔한 걸 간신히 참고 있었다.

아무튼 지우와의 결혼이 쉽지 않겠다는 예상은 했지만, 막상 거절을 당하니 지우에 대한 마음과 달리 매몰차게 H푸드홀딩스 주식을 꺼내 든 그였다.

혜성이 그 집을 나오면서 막 따라 나온 지우가 자신을 나지막한 목소리로 불렀을 때는 마음이 좀 설레기도 했었다. 그런데 한다는 말이 도시락 언제 오냐는 말이라니. 실망이 이만저만이 아니었었다.

혜성은 할아버지를 위해 이 결혼을 얼른 마무리 지었으면 좋겠는데, 지우는 생각이 많은 것 같았다. 괜히 초조해지게.

주말 저녁 혜성이 최 변호사와 집 근처 카페에서 만났다.

"어떻게 진행하면 되겠습니까."

최 변호사가 먼저 말을 꺼냈다.

"최 변께서 H푸드홀딩스 주식 상속 절차를 맡아 주세요. 유언을 따라 하는 것이되 결혼을 매개로 하는 상속인 건 당분간 비밀로 했으면 합니다. 아무래도 잡음이 많아질 테니……. 시간이 지나면 그 문제를 공개해도 괜찮을 테지만요."

"그렇다면……."

최 변호사가 말을 하다 말고 입술을 꾹 다물었다.

"네. 할아버지가 정해 준 신부랑 결혼을 하려고요. 혼인 신고서가 있어야 유언장의 효력도 발효할 테죠. 최대한 빨리 할 생각입니다."

"팀장님, 그럼 결국 주식 때문에 결혼을 선택하시는 건가요?"

"아닙니다."

"그렇다면……?"

"당사자에게 호감이 생겨 결혼을 결심하게 된 게 먼저입니다. 주식은 그에 따라오는 거겠죠."

"흠… 외람된 말씀이지만, 결혼이라는 게 사랑에 대한 확신을 가지고 시작해도 쉽지 않을 수 있습니다. 단순히 호감이라면… 유언을 다른 식으로 해결할 수 있는 방법을 모색하는 게 팀장님을 위해서……."

최 변호사는 혹시라도 앞으로 닥칠 변수에 대해 대비하기 위해 혜성에게 여러 이야기를 던졌다.

"아니요. 그 아이와 결혼이 하고 싶어졌습니다. 진심으로."

"음, 팀장님 생각이 그러시다면 혼인 신고를 하시는 대로 명예회장님 유언장에 따라 주식 상속 절차를 진행하도록 하겠습니다."

"네. 식은 되도록 빨리 진행할 생각이니 지금부터 미리 준비해 두시는 게 좋을 거예요."

"알겠습니다."

"최 변을 신뢰하는 만큼 무탈하게 진행됐으면 합니다."

"그럼요. 명예회장님을 위해서라도 최선을 다하겠습니다."

최 변호사와 헤어진 혜성이 집으로 돌아와 부모님께 지우와의 결혼 의사를 밝혔다.

혜성의 어머니는 그가 혹시라도 돌이킬 수 없는 실수를 하는 것이 아닌가 싶어 몇 번을 물었지만, 그의 대답은 흔들리지 않았다. 지우를 좋아하고, 결혼하겠노라고.

혜성의 아버지 차 대표는 그가 지우를 진심으로 좋아하는 것에는 관심이 없는 눈치였다. 그저 다행이라는 생각이 앞섰기 때문이었다. 그의 어머니도 뭔가 석연치는 않았지만 혜성의 말을 믿어 주기로 했다.

이제 남은 문제는 지우의 결정뿐이었다.

'다음 주에 신입사원 환영식 겸 회식이 있다던데……'

혜성은 얼마 전 윤 과장이 이야기한 것을 떠올렸다.

"너랑은 그날 담판 짓자, 서지우."

내가 성격이 좀 급한 편이거든. 거절당하는 건 그 무엇보다 싫어하는 일이고.

★

"좋은 아침!"

월요일 아침, 윤 과장님이 출근하며 팀원들에게 인사를 건넸다.

직장인은 월요병이 심하다지만, 아직까진 새롭게 시작되는 느낌의 월요일이 참 좋았다. 괜히 더 열심히 하고 싶어지는 날. 잡생각은 덜고 일로 분주할 수 있는 기분 좋은 날이었다.

주말 내내 '결혼' 이야기에 시달린 걸 생각하면 아으.

"지우 씨, 많이 바빠 보이네. 아침 보고서 때문이야?"

간단히 눈인사와 묵례로 답한 나를 보시며 윤 과장님이 외투를 벗고 자리에 앉으셨다.

"아, 넵, 과장님! 오늘 아침 것만 마무리해서 올라가려고요."

큰 소리로 대답하며 살짝 미소를 지어 보였다. 신입다운 상큼한 패기는 보여 드려야지. 훗.

"지우 씨는 항상 파이팅이 넘쳐서 좋습니다."

윤 과장님이 환한 미소로 화답해 주셨다.

"도시락은 어땠어. 먹을 만했어?"

좀 전에 도착한 준영이 나를 보자마자 물었다.

"으응… 지난주에 온 도시락은… 너 다이어트 도시락이라고 알아? 꼭 그것처럼 나물밥, 볶음밥 이런 거를 냉동한 거였거든. 레인지에 딱 데워 먹는 거. 엄청 편하더라고."

"아- 그거. 우리 헬스장 트레이너도 그거 먹더라. SNS에 올린 거 봤어. 은근 대세던데. 근데 한꺼번에 막 몇십 개씩 오던데. 괜찮나?"

"응. 조리되자마자 동결시킨 거라 데웠을 때 방금 한 것처럼 촉촉하니 맛있더라고. 칼로리 관리도 되고, 무엇보다 H푸드의 시그니처 비빔 소스가 대박."

"와, 궁금하다. 보고서는 쓰기 싫지만. 큭큭."

"이번 주는 매일 배달 오는데, 과일 샐러드 위주더라고. 그것도 나름 괜찮고. 지난번이랑 이번 거는 포지셔닝이 다른 거 같아. 암튼 맛보는 것도, 분석하는 것도 재밌어."

"오호~ 우리 지우 열심히 하는 거 보니까 기특하네."

준영은 무슨 지가 몇 년 차 선배라도 되는 양 내 머리를 쓰다듬었다.

"야아- 머리 망가져."

"망가질 스타일도 없는 것 같은데?"

"뭐야? 너……."

나름 신경 써서 손질한다고 드라이를 붙잡고 몇십 분을 씨름했는데, 내 마음에 비수를 꽂는 최준영. 나 놀리는 거 아니면 살맛이 안 나지?

"으악, 벌써 시간이 이렇게 됐네. 나 얼른 보고 다녀올게."
"그래라. 참, 팀장님한테 허당기 있는 모습 좀 보이지 말고. 제발."
"어? 너 어떻게 알았어? 나 그동안 진짜 실수 많이 했거든."
"벌써 몇 건 한 거야? 어휴. 난 네가 원래 허당이라 하는 말이었지. 그 모습 자주 보면 또 보고 싶어서 중독된다고."
"그건 또 뭔 소리래. 암튼 다녀올게."

가끔은 다른 사람을 통해서 내 모습을 알게 되는 경우가 있다. 나는 스스로 어떤 일이든 나름 매우 성실하고 철저하게 해 나가는 성격이라고 생각했다.

근데 유독 팀장님 앞에서는 긴장한 탓에 실수를 하나 보다 했는데, 원래 허당이었던 거야? 이런······.

더 정신 차려서 살아야겠는 뜻밖의 교훈을 얻는 아침이었다.

땡!

유독 50층을 알리는 엘리베이터 알림음이 앙칼지게 들리는 건 기분 탓인가.

복도를 걸으며 또다시 팀장님이 유별나다는 생각을 했다. 아니, 다른 팀장님들은 다 팀원들이랑 한 사무실 쓰는데, 차혜성 팀장님만 너무한 거 아냐? 아무리 오너 일가라고 해도! 쳇!

팀장님 방으로 향하는 복도는 왜 이리 길고 멀어 사람 생각이 많게 하는 건지. 참 부담스러운 팀장님 방이다. 주말 사건까지 생각하면 더욱더 마주치고 싶지는 않지만, 이럴 때일수록 더 의연해야지.

후-

팀장님 방 앞에서 숨을 한 번 크게 들이켰다 내쉰 다음, 손을 오므려 '똑똑' 노크를 했다.

"들어오세요."

문에 귀를 대고 있으니 작게 들리는 그의 목소리.

일단, 들어가 꾸벅 인사부터 했다.

어라?

상쾌한 월요일 아침이건만, 팀장님의 안색이 좋지 않았다. 미간은 좁혀져 있고, 눈동자가 또렷하지 않았으며, 입술은 시퍼렇고 메말라 있었다.

인사를 한 후 침만 꼴깍 삼키며 그런 그를 바라보고 있었다. 그가 힘겹게 입을 뗐다.

"기다렸어요."

팀장님이 겨우 내뱉은 말이 의외였다.

"네? 저를요? 설마. 아! 제 보고서 말씀하시는 거죠?"

내 보고를 얼마나 애타게 기다리셨기에… 이게 그렇게 중요한 프로젝트였나?

근데 어째 뉘앙스가 좀 이상한 것도 같다. 그냥 진짜 나를 기다린 것만 같은 느낌.

여자의 육감이랄까.

갑자기 나타나 결혼하자더니 일말의 감정이라도 생겼나? 알쏭달쏭하네.

"여기 있습니다."

어쨌든 본연의 목적으로 돌아와 보고서를 팀장님 앞에 내밀었다. 보고서를 잠시 바라보던 팀장님이 고개를 들어 나를 바라본다.

어째 눈빛이 슬프다. 엊그제 집에서 보았던 그 냉혈한 인상과 너무 다른 모습이었다.

"미안한데, 저기… 페퍼민트 차 좀 타 줄 수 있을까요?"

"네?"

갑자기? 뜬금없이?

"아… 내가 원래 뭐 여직원들에게 차 심부름시키고, 하… 뭐 이런 사람은 절대 아닙니다. 다만, 하… 지금… 좀 심해서 그래요. 두통이."

아, 이제 알겠다. 나를 기다린 게 아니고, 보고서를 기다린 게 아니고 차 타 줄 사람을 기다렸구나. 역시 언제나 그렇듯 내 육감과 눈치는 헛다리를 짚는다.

"지금요? 여기서요?"

"네. 저쪽 테이블에 하… 페퍼민트… 하… 포트랑……."

머리를 꾹 누른 채 힘들어하며 말도 제대로 잇지 못하시는 상태였다.

"네, 네. 알겠어요. 잠시만 기다리세요."

보고서도 중요하지만, 사람은 살리고 봐야지. 차 한잔으로 될지는 모르겠지만.

부랴부랴 팀장님이 가리킨 테이블로 가서 카페에서 했던 것처럼 잎을 우리기 시작했다. 저울이 없었지만, 오랫동안 해 왔던 일이었기에 손 계량으로 찻잎을 얼추 맞추어 차를 탔다.

"주문하신, 앗, 아니 팀장님, 여기 페퍼민트 차요."

'주문하신'이라니. 여기가 카페도 아닌데 직업병처럼 헛나오는 말. 순간 얼굴이 확 달아올랐다. 불현듯 준영의 핀잔이 떠올랐다.

'허당기 있는 모습 좀 보이지 말고. 그거 중독된다고.'

"고마워요."

팀장님은 그깟 말실수 따위는 관심도 없었다. 오로지 차에만 집중하는 모습이었다.

중독은 무슨… 말실수를 하든지 말든지 신경도 안 쓰는구먼!

페퍼민트 차를 쪼르륵 천천히 음미하며 마시는 팀장님.

아르바이트하면서 매번 멀찍이 보았던 그 모습을 요즘은 이렇게나 가까운 곳에서 자주 보게 되었다. 참 외모가 성격에 비해 굉장히 훈훈하다.

멋있게 손질된 머리, 짙은 눈썹과 깊고 큰 눈.

보고서를 갖다 대면 스르륵 잘릴 것 같은 날렵한 코.

찻잔을 든 깔끔하고 고운 손.

차를 꼴깍거릴 때마다 들썩이는 목울대.

아, 안 보련다. 더 봤다가는 이성을 잃고 그냥 겉모습만 보고 빠져들겠네.

눈을 질끈 감았다 떴다.

다시 보니 팀장님의 안색이 어느새 스르르 풀려 있었다.

"후… 이제 좀 괜찮아지는 것 같네요."

이 정도 효과라면 거의 즉효라고 할 수 있다. 페퍼민트 차가 타이레놀이랑 자리를 바꿔야 하는 것 아닌가 싶을 정도.

"진짜요?"

"네."

"와- 대박."

"참, 신기한 일입니다. 내가 직접 타 먹어 보기도 했는데, 이렇지 않았거든요. 혹시 티 소믈리에 자격증이라도 있습니까?"

"아뇨. 카페 알바하면서 배운 게 다예요. 다만, 정확한 계량을 하려고 하는 편이에요."

"그렇군요."

팀장님은 이제야 내 보고서를 펼쳐 들었다. 볼펜을 톡톡 치며 매의 눈으로 보고서를 검토하는 모습.

통유리를 통해서 방금까지 구름에 가려 있던 해가 나와 또 팀장님 뒤를 비췄다. 때문에 자체발광 중인 팀장님.

하, 부담스러워서라도 못 살겠다. 이런 사람이랑은.

속으로 생각하며 고개를 절래 내저었다. 게다가 안색이 돌아오자 다시금 자신감에 넘쳐 보이는 모습이 드러났다.

"나쁘지 않네요. 꼼꼼히 검토하고 다시 피드백 주겠습니다. 참, 가족분들과 상의는 했습니까? 결과는요?"

결과라니요… 이것이 막 시합을 끝낸 축구 경기도 아니고 말입니다.

"저는 분명 거절인데, 아직 가족들과 합의는 안 된 상탭니다. 어이없게도 할아버지 유언이라는 게 발목을 콱 잡아서."

차마 완전한 거절이라고는 말하지 못했다. 이제 겨우 돌아온 팀장님 컨디션에 다시 두통이란 놈이 찾아올 것만 같아서였다.

그리고 사실 가족 간에 제대로 합의가 되지 않은 것도 사실이고.

어떤 얘기든 컨디션 좋을 때 말씀을 드리는 게 나을 것 같았다. 인지상정으로.

"얼마나 기다려야 합니까."

하, 배려한다고 한 게 희망고문이 돼 버린 건가?

"음… 뭐 오래 걸리진 않을 거예요."

누가 보면 세상에 팀장님을 상대로 밀당하는 대단한 여자로 보이겠지만, 실상은 가짜 결혼에 대한 거절을 조금 미루는 것뿐. 팀장님 컨디션이 좋을 때 제대로 전하자 싶었다.

"알겠습니다. 좋은 결과 기대하겠습니다. 나가 보세요."

"네."

하. 팀장님에겐 결혼도 일과 같은 것인가 보다. 이런 의미 있는 데이터가 있으니 추진해서 만족할 만한 결과를 내고, 그것이 끝나면 또 다른 프로젝트를 시작하는.

'흥! 나랑은 안 맞아.'

땡-

어느새 50층과 달리 마음의 안식처 같은 5층에 도착했다.

"지우 씨, 팀장님이랑 어땠어?"

"네?"

박 대리님이 내가 자리에 앉기 무섭게 의자를 끌고 와 물었다.

"보고서 받으실 때도 여전히 차갑고 날카로워? 아님 의외로 부드럽나? 막 업무 외의 얘기도 좀 하시고 그래?"

아주 궁금한 게 많은 눈치였다.

"아뇨. 그런 건 전혀 없어요. 뭐, 무지 차가운 건 여전하시고요. 근데 대리님, 혹시 팀장님 지병 있다는 얘긴 못 들으셨어요?"

"지병? 아니. 그런 소문은 못 들었는데. 나이가 창창한데 무슨 지병? 그분 피지컬을 봐 봐. 지병이 있을 수가 있나. 왔다가도 놀라 도망갈 몸이지. 암. 지우 씨는 무슨 그런 해괴한 소리를 해."

"아… 그런가요. 그…냐요."

혹시라도 두통이 어떤 지병에서 기인한 건가 싶어서 물었는데, 거기서 왜 팀장님 찬양론이 나오는지. 지병이 있은들 박 대리님이 알 리가 없지. 내 질문이 잘못했네.

"대리님, 근데 프로젝트 보고서 때문에 입사한 지 1년은 된 느낌이에요. 완전 빡세네요."

"그래? 팀장님 얼굴 보는 건 부러운데, 일 쌓인 거 보니까 진짜 어후~ 역시 모든 건 양면이 있다니까. 힘내, 지우 씨."

진저리를 치며 제자리로 돌아가는 박 대리님이었다.

"네."

다시 일을 하려고 자세를 고쳐 앉는데 책상에 물기를 뚝뚝 흘리고 있는 테이크아웃 아이스커피 잔이 눈에 띄었다.

어? 이거 뭐야!

한참 전에 두었는지 물기가 책상 위의 서류 몇 장까지 스며들었다.

미간을 좁히며 준영이 자리를 쳐다보았다.

그가 씩 웃으며 얼굴로 자신의 모니터를 가리켰다.

뭐야.

나도 고개를 돌려 모니터를 바라보았다.

[오빠 하나 사 먹으려다가 원 플러스 원 행사하기에 얻어 왔다. 이거 마시고 아침부터 팀장님 때문에 열 받지 말라고.]

이걸 고맙다고 해, 아님 등짝 스매싱을 날려 줘?

아직 익혀야 할 업무도 많은 데다 프로젝트까지 하다 보니 눈코 뜰 새 없이 바쁜 나날이 이어졌다.

그리고 팀장님께 결혼 승낙 여부에 대한 결과 보고를 못 한 지도 벌써 일주일이 다 되어 갔다.

기회를 엿보고는 있었지만, 어째 갈 때마다 두통은 떨어질 줄 몰라 제대로 대답도 못 하고 흐지부지 시간이 흘러 버렸다.

그의 만성 두통이 꽤나 괴로운 모양인데, 직원들 중에는 아무도 눈치챈 사람이 없을 정도니 그의 정신력이 얼마나 무서운가 싶기도 했다.

"지우 씨! 오늘 외근 스케줄 확인했나?"

"아, 넵! 그럼요."

"외근 시 따로 작성하는 업무 일지 챙겨 가고."

"알겠습니다!"

도시락 프로젝트 때문에 외곽에 있는 생산 공장을 둘러보고 오라는 지시가 떨어졌다.

그리하여 오늘은 생애 첫 외근 스케줄이 있는 날이었다. 얼마나 긴장하고 있는지 손아귀에 땀이 맺힐 정도였다.

이렇게 긴장하는 이유는 다름 아닌 장롱면허를 장롱 밖으로 끄집어내는 날이기 때문.

"다녀오겠습니다!"

회사 차가 있는 지하 주차장으로 가기 위해 사무실을 나왔다.

"지우야, 진짜 괜찮겠어? 내가 과장님한테 같이 간다고 얘기해 볼까. 너 운전 바보라고?"

"야- 아무리 장롱면허라도 우수한 성적으로 딴 거거든! 걱정 말고 가서 일해. 일도 많으면서."

"휴… 걱정되는데… 조심히 다녀와."

"응."

지하 주차장에 들어선 나는 과장님이 준 자동차 키를 눌러 차를 찾았다.

저기 있구나!

마음은 긴장됐지만, 행동은 호기롭게 운전석 문을 확 열었다.

그런데…….

"헉! 깜짝이야!"

회사 차 운전석에 팀장님이 앉아 있는 것이 아닌가.

"반대쪽으로-"

그가 턱으로 조수석을 가리켰다.

"아니, 어떻게 된 거예요? 팀장님? 같이 간다는 얘기는 못 들었는데요."

그의 말에 대한 행동보다 내 궁금증이 앞섰다.

"갑자기 급한 볼일이 생겨서 말입니다. 어차피 가는 길이니까 같이 갈까 해서."

"그래도 그렇지, 미리 말씀해 주시지. 엄청 놀랐잖아요."

조수석에 앉자마자 불만을 토로해 버렸다.

"급하게 정해졌다고 얘기하지 않았습니까."

"쳇."

헉. 나도 모르게 마음에 울리는 진심의 소리가 입을 뚫고 나와 버려 순간 당황을 해 버렸다.

"쳇?"

"쳇! 쳇! 체킷아웃!"

급히 카오디오 전원 버튼을 누르며 흘러나오는 노래에 추임새를 넣는 나였다. 그래도 명색이 상사한테 '쳇'은 좀 그렇잖아.

"풉- 이런 노래에 그런 건 좀 안 어울리는 것 같은데요?"

"네?"

가만히 들어 보니 지금 흘러나오는 노래는 슬픈 발라드였다.

"체~ 체~ 체-킷-아-웃~! 나름 괜찮은 것 같은데요?"

느릿하게 넣는다고 그게 어울릴쏘냐. 억지 부릴 것을 부려라. 민망함에 아무 말이나 내뱉고 보는 나였다.

아- 창피해-

차라리 어이없어 내뱉은 말이라고 하는 게 나을 뻔했다.

"준비는 잘했습니까?"

"아, 그럼요. 첫 외근이라 꼼꼼히 준비했죠. H푸드 공장은 처음이라 기대도 되고요."

"잘 봐 두세요. 전국에 H푸드 공장이 여럿 있지만, 우리가 론칭할 도시락 생산라인도 이쪽으로 할 생각이라서 말입니다."

"넵. 알겠습니다!"

바짝 군기 든 모습으로 대답을 했다. 그 후로 우리는 한참 말이 없었다. 라디오에서 흘러나오는 노래가 어색한 공기를 채울 뿐이었다.

-요즘 날씨가 기가 막히지 않습니까?

라디오 디제이의 말에 나는 연신 고개를 끄덕였다. 서울이 이렇게 맑았던가. 안 그래도 기분 좋은 의문을 품었던 터였다.

-이런 날은 일이고 뭐고 다 제쳐 두고 봄나들이라도 가면 참 좋을 텐데 말이죠.

그러게요. 그래도 뭐, 외근도 나쁘지 않네요.

스피커에서 나오는 소리에 혼자 대답을 해 보았다.

회사에서 공장까지는 한 시간 조금 안 걸리는 거리였다. 그와 함께하는 것이 불편하긴 했지만 운전을 해 줘서 좋기도 했고, 이 시간에 보는 창밖 풍경이 꽤히 산뜻하게 다가왔다.

-혼자보다는 둘이 좋겠죠. 이왕이면 사랑하는 사람이면 더 좋겠고요.

이어지는 멘트에 슬쩍 창밖에 고정시켰던 고개를 살짝 돌려 팀장님 쪽을 바라보았다.

눈이 깊고, 계속해서 올라갔다 내려갔다 하는 그의 속눈썹이 너무 길었다. 나도 모르게 그의 옆모습을 하나씩 뜯어보게 되는 찰나였다.

헛-

내 시선이 느껴졌는지 그도 고개를 돌렸고, 우리는 눈이 딱 마주쳐 버렸다.

"우… 운전 조심하세요! 앞…을 보셔야죠!"

눈을 여러 번 감았다 뜨며 더듬거려 말을 하고는 고개를 다시 창밖 쪽으로 돌렸다.

후… 왜인지는 모르겠지만, 그와 눈이 마주쳤을 때 심장이 혼자 맛있는 걸 먹다가 들킨 사람처럼 쿵쿵댔다.

"다 왔습니다. 내려서 같이 이동하죠."

"아니, 급한 볼일 있으시다면서요? 저는 천천히 봐도 됩니다."

고개를 갸우뚱거렸다. 볼일이 뭔데 같이 움직이자는 건지.

"길도 모르고 공장 동선도 모르잖습니까."

"그건… 그렇지만, 공장장님이 잘 안내해 주시겠죠."

"오늘 급한 볼일이 서지우 사원 공장 견학시키는 일입니다. 후-"

에엥? 이건 또 뭔 소리야. 그렇다면 진작 그렇다고 얘기를 하지, 뭘 또 이렇게 쌀쌀맞게 얘기를 하시나.

"진짜예요?"

"혹시 의심병 있습니까."

"조금 있는 것 같습니다."

팀장님과 실랑이를 벌이는 사이 공장에서 한 분이 이쪽으로 뛰듯이 걸어왔다.

"아이고, 차 팀장님 안녕하십니까. 오늘은 어떻게 직접 움직이시고."

그러고는 팀장님을 먼저 반기는 중이었다.

"네. 저희 신입이 외근 첫 업무라 좀 데리고 왔습니다."

하… 급히 잡힌 용무가 신입 안내랍니요.

"안녕하세요. 기획팀 신입 서지우입니다. 잘 부탁드려요."

살짝 당황스러운 마음을 가다듬고 오늘 일정을 함께할 공장장님께 인사를 드렸다.

"허허, 신입사원이시구나. 반가워요. H푸드팩토리 허 공장장입니다."

"네. 안녕하세요."

"그럼 이쪽 라인부터 함께 둘러보시죠."

"넵!"

우리는 공장장님을 따라 공장을 한 바퀴 돌았다. 처음 보는 풍경들이 흥미로워 재밌게 돌아보는 중이었다. 생산라인이 어떤 식으로 이루어져 있고, 움직이는지 볼 수 있는 기회라 큰 의미가 있었다.

"우와-"

평소에 애정하던 제품이 일사천리로 포장되어 나갈 때마다 신세계라도 본 듯 신기해 열심히 눈도장을 찍어 두었다,

궁금한 것들을 공장장님에게 연신 묻기도 하고, 중간중간 팀장님의 깨알 같은 업무 코멘트를 새기다 보니 프로세스가 쏙쏙 머리에 잘 박혔다. 공장 일을 둘러보는 것에 이어 오늘 내가 전달해야 할 업무와 보고서 작성을 위한 자료까지 다 챙기고 나서 외근 업무를 끝냈다.

"우리 신입사원이 열정이 아주 대단하네요."

"하하하, 아니에요. 오늘 많이 귀찮으셨죠."

"아닙니다. 좀 더 귀찮아도 되니까 공장 일에 애정 많이 가져 주세요. 조심히 들어가시고요."

"네! 다음에 또 뵐게요!"

"네! 팀장님, 그럼 조심히 들어가십시오."

"수고하셨습니다. 그럼, 이만."

팀장님과 나는 공장을 빠져나와 다시 회사 차에 올랐다.

"점심 같이 먹고 들어가죠."

"아, 전 괜찮습니다."

아니, 뭘 이렇게 자꾸 같이 하자고 난리야. 박 대리님 말로는 직원들과 식사 한번 한 적이 없는 분이라던데.

할아버지의 유언장 때문에 이렇게까지 하는 건가 싶어 마음이 영 불편했다.

내 대답이 거슬렸는지 그의 미간이 더욱 좁혀졌다.

"이제 곧 점심시간인데, 굶고 오후 업무 볼 겁니까. 그럼 집중력 흐려집니다. 효율도 물론 떨어지고."

아, 일 못 할까 봐 그런 거였어?

"뭐, 1층 베이커리에서 샌드위치 사서 간단히 먹어도 되는걸요."

샌드위치 하나를 먹더라도 맘 편히 먹는 게 낫지요!

내 말에 잠시 그가 입을 다물었다. 차는 어느덧 공장이 있는 동네를 벗어났다.

"요 며칠 아침마다 페퍼민트 차 타 줘서 고맙기도 해서 사는 겁니다."

도심 외곽을 빠져나오며 그가 다시 점심 이야기를 꺼냈다.

"아이고, 팀장님. 어려운 일도 아닌데요, 뭐."

"뭐 좋아합니까."

"괜찮… 짜장면 좋아해요."

엥? 뭐야. 반사적으로 나온 대답은? 나는 내 대답에 놀랐다.

"갑시다."

"후-"

이걸 친절하다고 해야 하나 막무가내라고 해야 하나 모를 팀장님의 오묘한 갑질에 그저 눈을 내리깔 뿐이었다. 마침 배도 고팠으니 불편하든지 말든지 밥이나 먹자.

팀장님이 데리고 간 고급 중식당은 들어서자마자 맛있는 냄새가 아주 코를 찔렀다.

게다가 그림 하나 없는 메뉴판인데 읽기만 해도 군침이 절로 도는 느낌이 들었다. 갑자기 비어 있는 위장이 요동을 치는 것 같았다. 배고파!

인정하고 싶지 않지만 샌드위치로 채워질 배가 아닌 게 분명했다.

"뭐로 하시겠습니까."

"여기 있는 요리 세 가지 그리고 식사 추가해 주세요. 짜장면으로."

"아니, 요리 세 가지요?"

"네. 먹고 싶어 하는 것 같은데 내가 잘못 봤습니까?"

메뉴판을 다시 웨이터에 건넨 다음 그를 보낸 팀장님이 물었다.

"아니, 먹고 싶어 하는 거랑 먹을 수 있는 거랑은 다르죠. 점심시간인데 그걸 다 어떻게 먹어요."

"먹을 만큼만 먹어요. 맛있게 먹으면 그만입니다."

이런……. 먹다 남기면 잠자기 전에 새록새록 떠오르는 남은 음식 때문에 한 번도 괴로워 본 적 없는 남자가 분명했다. 샐러드 바에 가서 한 접시만 먹고 나오는 에이급 부자님 같으니라고!

"참, 가족들과 상의는 했습니까?"

고급 중식당에서 식사가 거의 끝나 갈 무렵 그가 나를 바라보며 물었다.

"으음… 상의는 아직 잘 안 됐지만, 제 생각은 당연히……."

막 대답을 하려던 찰나 그의 전화가 요란하게 울렸다.

"잠시만요."

그가 잠시 전화를 받으러 나갔다. 막 대차게 결혼을 거절하려고 했는데 픽 김이 새 버렸다. 그러나 팀장님이 생각보다 돌아오지 않아 그 틈을 타서 눈앞에 펼쳐진 맛깔스러운 요리들을 편안하게 맛볼 수 있었다.

대박! 보통 맛이 아니네!

이거 남기면 지구에 죄짓는 거다……. 그러니까 환경을 생각해서라도 다 먹어야 해!

"다 먹었으면 가죠."

다시 돌아온 팀장님이 빈 접시들을 살짝 놀란 눈으로 훑어보았다.

"네. 끄억."

그와 눈이 딱 마주쳐 버렸다. 트림이 나오는 그 순간에.

괜히 못 들은 척 식당 출구를 향하는 그의 뒤를 울상으로 따라갔다.

회사 차에 올라타 아까 못 한 대답을 하려고 열심히 머릿속으로 문장을 나열하고 있었다.

그런데 따뜻한 오후의 햇살이 차 안 가득 들이쳤다.

진짜 완연한 봄이구나…….

의지와 상관없이 눈이 스르르 감기고 있었다.

먹어도 너무 많이 먹었다…….


"자자, 오늘 저녁에 신입사원 환영식 겸 회식 있는 거 아시죠? 날짜 어렵게 잡은 만큼 한 명도 빠지는 사람 없도록 합시다."

외근에서 돌아오자 윤 과장님이 고개를 쭉 빼 팀원들과 아이컨텍을 했다.

"참, 오늘은 차 팀장님도 함께하시기로 했습니다."

윤 과장님이 말을 덧붙이셨다.

"네? 진짜요. 대박."

"박 대리님, 왜요?"

"완전 처음이야. 팀장님이 팀 회식 참여하시는 거."

사업에는 탁월한 능력을 보였어도 직원 간에는 얼마나 의도적으로 정 없이 지냈는지. 박 대리님 말에 어쩌면 그가 있는 50층 방은 특별히 좋은 방이 아니라 그저 외로운 독방일지 모른다는 생각이 들었다.

오후 시간이 쏜살같이 지나고 시계는 어느덧 정각 6시를 가리켰다.

"자자, 손 딱! 놓고 나갑시다."

"넵!"

"네, 네!"

"유후~"

윤 과장님의 말씀에 모두들 하던 일을 멈추고 나갈 채비를 했다. 다들 회식을 기다린 눈치였다. 박 대리님 말에 의하면 회식 있는 날에는 칼퇴근이 전통이란다.

첫 직장에서의 첫 회식인 만큼 나도 괜히 마음이 설레었다. 팀장님이 오신다는 것만 빼면.

휴대폰을 켜 그가 아까 보낸 메시지를 곱씹어 보았다.

[이따 회식 갈 때 나도 가겠습니다. 끝나고 집에 데려다줄게요. 그때 결혼에 대한 답을 주면 좋겠네요.]

함께 외근하고 돌아오는 길에 계속 타이밍이 맞지 않아 거절의 의사를 내비치지 못하고 있었다. 아니, 그런데 무슨 결혼이 결재도 아니고, 사인을 얼른 해야 직성이 풀릴 것처럼 군다. 아무튼 그 결혼의 키맨이 나라는 사실에 고맙다고 해야 할지, 괴롭다고 해야 할지.

## 5.

### 네버엔딩 청혼

"오늘 회식 장소는 블링블링 볼링장이에요. 다 같이 슬슬 걸어갑시다."

윤 과장님이 겉옷을 집어 들고 먼저 사무실을 나섰다.

"회식인데, 볼링장이라니?"

준영에게 속삭이듯 물었다.

"아, 블링블링 거기서 저녁도 먹고 볼링도 치고 그러는 거야. 요즘 대세잖아. 레포츠 회식."

"그렇구나……. 어떡해. 나 볼링 못 치는데……."

"아이, 괜찮아. 무슨 대회 나가는 것도 아니고 다 재밌자고 치는 건데. 긴장할 필요 없어."

"그래도… 못 치면 창피하잖아."

"그 대신 너 밥은 맛있게 잘 먹잖아. 오늘 밥 먹고 볼링 치는데 뭘 두 가지씩이나 다 잘하려고? 큭큭."

"뭐? 너어……."

최준영, 이 밉상.

"지우 씨랑 준영 씨는 언제부터 친구였어?"

블링블링으로 걸어가며 박 대리님이 우리 둘에게 물었다.

"아… 스무 살 때부터요. 같은 대학 같은 과 동기거든요."

박 대리님이 멘토라 그새 많이 친해진 준영이 술술 대답했다.

"와, 대학 동기가 같이 이렇게 나란히 입사해서 같은 부서에 들어가는 것도 참 드문 일인데."

이야기를 듣던 이 대리님도 한마디 거들었다.

"워낙 성향이 비슷해요. 그러다 보니 이렇게 됐네요. 헤헤."

준영이 말에 난 입을 동그랗게 말고 쭉 내밀었다.

너랑 나랑 성향이 비슷했나?

그러고 보니 준영과 친구로 지낸 오랜 시간 동안 별 트러블 없이 지내 온 것 같긴 했다.

둘 다 휴학한 뒤 복학 시점이 비슷해 학교에서 붙어 지내는 시간이 많았다.

여자 동기들은 다 졸업했고, 남자 동기들은 복학 시점이 들쑥날쑥해서 당시 같이 다니는 동기들이 얼마 없었기 때문이었다.

 준영은 매번 놀리듯 장난도 많이 치지만, 바쁘고 여유 없던 나를 잘 챙겨 주었던 고마운 친구임엔 틀림없다. 함께 있으면 참 편한 친구.

 도란도란 이야기를 나누다 보니 어느새 '블링블링'에 도착했다.

 실내에 들어가 보니 한쪽에는 음식을 파는 곳이 있었고, 그 옆에는 당구대, 실내용 미니 농구 골대 등 다양한 오락 시설이 있었다.

 그리고 훤히 보이는 반대쪽에 볼링 레인이 시원하게 뻗어 있었다.

 볼링 레인을 보니 또다시 걱정이 앞섰다. 망신이나 당하진 않을지.

 그간 이런 걸 하며 놀아 본 기억이 없는 내겐 쭉 뻗은 볼링 레인이 참 부담스럽게 느껴졌다.

"다들 앉아요. 와, 얼마 만에 회식하는 거야, 우리."

 윤 과장님이 먼저 신나는 분위기에 압도되어 목소리가 높아지셨다.

"요즘 정말 정신없었잖아요. 과장님, 근데 팀장님은요?"

 모처럼 이 과장님이 말을 꺼냈다. 윤 과장님과 같은 직급이지만 나이는 좀 어려 항상 윤 과장님께 깍듯하게 대하는 이 과장님이었다.

"어, 아까 연락드렸어요. 금방 오실 겁니다."

팀장님 이야기가 나오자 윤 과장님이 살짝 긴장한 얼굴로 대답했다.

"우리 회식도 오랜만이긴 한데, 팀장님이 오시는 게 핫 이슈네요. 저 입사 이래로 회식 때 한 번도 뵌 적이 없거든요."

이 대리님이 의아하다는 듯 이야기했다.

여러분, 본의 아니게 팀장님 회식 소환을 하게 된 장본인 여기 있어요! 말할 수 없는 사정이 속에서 아우성댔다.

"이 대리 입사 몇 년 차지?"

윤 과장님이 깍지 낀 두 손을 턱 밑에 받치고는 이 대리님을 바라보았다.

"4년 차요."

"허허, 어디서 명함을 내미나. 입사 10년 차인 나도 처음 겪는 일이야."

"어이쿠, 죄송합니다, 윤 과장님. 하핫."

윤 과장님 말에 우리는 모두 빵 터졌다. 신입사원 환영식 겸 회식이라면서, 팀원들은 팀장님의 등장에 촉각을 곤두세우고 있었다.

이야기를 듣다 보니, 팀장님이 과장님들보다 젊은 나이에 팀장 직급을 단 것을 그저 회장님 아들이라고 해서 고깝게 볼 것이 아니란다.

최근 '마이버거' 건도 아시아에 브랜치를 안 내기로 유명

한 브랜든데 성사시켰을 만큼 뛰어난 사업적 감각은 진짜 인정한다고.

 또한 우리 팀원뿐 아니라 다른 부서 사람들까지 팀장님의 명성은 자자해 누구나 한 번쯤 팀장님과 함께 일을 해 보고 싶어 한다는 것. 이쯤 되면 거의 사내 연예인 수준이었다.

'팀장님이 그 정도로 대단한 사람이야?'

 팀원들의 이야기를 들을수록 팀장님과 나 사이에는 몇 개의 벽이 생기는 느낌이었다. 뭔가 범접할 수 없는 벽.

 그런 팀장님에 비하면 우리 팀원들은 시간이 지날수록 편했다. 이런 팀원들을 만난 것이 축복처럼 느껴질 정도로.

 테이블에 앉은 기획1팀 팀원을 쭉 돌아보았다.

 최고령 윤 과장님이 삼십 대 후반이고 이 과장님은 삼십 대 중반, 박리나 대리님, 이도윤 대리님은 삼십 대 초반, 이제 막 이십 대 후반에 들어서는 나와 준영이. 다 젊은 사람들로 구성된 우리 팀이다.

'우리끼리 있으면 이 회식을 즐겁게 할 수 있을 것 같은데……'

 드디어 주문한 음식이 나오려는 찰나, 핫이슈의 주인공 팀장님이 등장했다.

 정말 왔네.

 심장이 쿵 내려앉는 소리. 이따 집에 갈 일이 걱정이다.

"캬~ 모델이 따로 없다니깐."

팀장님의 워킹을 바라보는 박 대리님에게서 감탄사가 터져 나왔다.

군더더기 없이 깔끔한 헤어스타일, 엷은 체크무늬의 반듯한 슈트에 포인트를 준 듯 화려한 디자인의 타이. 구김 없이 반듯한 흰색 셔츠, 손을 올릴 때마다 셔츠 소매에서 빛나는 커프스 보튼. 파리라도 미끄러질 듯 빛나는 깔끔하고 세련된 구두. 오피스룩의 정석이지만 비현실적인 오피스룩의 끝을 보여 주는 모습이다.

당장 화보를 찍으러 가셔도 되겠어요!

저분이 나보고 결혼하자고 한 분 맞나? 물론 계약 결혼이지만. 내가 꿈을 꾼 건 아니겠지?

다시 의문이 드는 순간이었다.

"오셨습니까."

"오셨어요, 팀장님~"

팀장님의 모습이 가까워지자 팀원들이 모두 자리에서 일어나 깍듯하게 인사를 했다.

"좀 늦었습니다. 마무리 짓고 올 일이 있어서 말입니다."

팀장님이 슈트 재킷을 벗으며 자리에 앉았다.

헉. 내 앞자리. 왜 그래요? 불편해서 밥도 잘 못 먹게.

"어머, 팀장님 회식 참석해 주신 것만으로도 저희는 너무 좋아요."

팀장님을 가장 기다렸던 박리나 대리가 환영의 인사말을

했다.

"자자, 음식 나왔으니까 식사들 하면서 이야기하죠."

윤 과장님이 앞에 펼쳐진 먹음직스러운 음식들을 보며 화제를 돌렸다. 테이블 위에는 패션후르츠 모히또, 새우 크로켓, 팟타이, 분짜 등 아시아 음식이 잔뜩 차려졌다.

모두들 설레는 표정으로 앞 접시에 음식을 담았다. 나도 평소에 즐기는 음식은 아니었지만, 비주얼에 압도되어 팀장님도 잊고 하나하나 신나게 맛보았다. 거하게 먹은 점심은 이제 감쪽같이 사라진 이야기인 것처럼.

한참 먹다가 슬쩍 보니 젓가락을 깨작깨작해 대고 있는 팀장님이 보였다.

먹는 건지 마는 건지. 아주 복을 차 내는 식습관이 볼썽사납네!

"내가 며칠 전에 들은 심리 테스트가 있는데 한번 들어 봐요. 어떤 성격인지 알려 주는 테스트예요."

팀장님이 등장하고 또 음식 먹느라 말수가 적어진 분위기 속에서 윤 과장님이 등판하셨다.

"음... 무인도에 가서 살게 되었다고 치고 말입니다. 딱 하나만 그곳에 가지고 갈 수 있다면, 어떤 걸 가지고 갈 건지 고르는 겁니다. 1번 라이터, 2번 물, 3번 친구, 4번 책. 5번 휴대폰."

"물이요!"

"휴대폰이요!"

여기저기서 대답이 난무했다.

"지우 씨는?"

대답을 망설이고 있는 내게 윤 과장님이 친히 물으셨다.

"음… 저는 라이언이요!"

"깨똑 라이언? 라이터? 크크."

"아. 네, 네."

하, 이런. 또. 또. 어제 새로 나왔다는 라이언 이모티콘이 귀엽다고 난리를 치던 지아 언니 때문에 의미 없이 라이언 이모티콘 폭탄을 받은 탓이다. 귀엽긴 했다. 그렇다고 웬 라이언.

아무튼 살려면 불이 있어야지! 인류의 가장 큰 혁명은 불의 발견 아닌가!

"팀장님은요?"

아직 대답 안 한 마지막 한 사람.

"저는 친구 하겠습니다."

생각보다 인간적인 대답에 다들 "오~~~"를 외쳤다.

"자- 이제 해석 들어갑니다. 라이터는 뭐든 혼자 해내려는 성격, 물은 자기밖에 모르는 성격, 친구는 사람 의존적인 성격, 책은 남 신경 쓰는 성격, 휴대폰은 사회 부적응자!"

"꺄하하하, 이 과장님 어쩔, 휴대폰 고르시지 않았어요?"

박 대리님이 호들갑을 떨었다.

"박 대리님은 책이라면서요. 그렇게 살면 피곤합니다."

이 대리님도 재밌다는 듯 대꾸했다.

"이 대리는 뭐 물이라며. 지밖에 모르는 성격! 만만치 않다고."

박 대리님도 지지 않았다.

"큭큭, 지우 씨는 뭐였더라?"

"아… 전 라이언 아니아니아니! 라이터요……."

아주 그냥 입에 뱄구나. 라이언이. 고개를 흔들어 라이언 생각을 떨쳐 냈다.

"뭐야, 제일 좋은 거 골랐네? 너무 뭐든 혼자 하려고 애쓰지 말고 같이 해요."

"와, 이 심리 테스트 지우한테는 제대로네요. 진짜 딱 그런 성격이거든요."

박 대리님의 말에 준영이 아는 척을 해 댔다.

"참, 이우연 과장님이 지우 씨 멘토 아니에요? 하, 이렇게 안 챙겨 주니 지우 씨가 자기 성격을 못 버리네."

이 대리님이 이 과장님께 핀잔을 주었다.

"아아, 맞아. 지난주에 너무 바빠서 하나도 못 챙겨 줬네. 미안해요, 지우 씨."

이 과장님이 진심으로 미안한 얼굴로 사과를 해 왔다.

"아니에요. 시간이 정신없이 지나가 버려서 생각도 못 했는걸요. 괜찮아요, 과장님."

괜히 더 미안해진 나.

"이번 주부터는 제대로 챙겨 줄게요. 기대하세요."

이 과장님이 씽긋 웃어 보이셨다.

내 얘기가 나오는 바람에 팀장님이 고른 '친구'에 대한 코멘트는 넘어갔다. 그나저나 저렇게 찔러도 피 한 방울 안 나올 것 같은 사람이 의존적이라니 되게 의외였는데.

어쨌든 앞자리에 앉은 팀장님에게 자꾸 신경이 쓰였다.

사실 아까부터 팀장님도 나를 신경 쓰시는 눈치였다.

패션후르츠 모히또가 너무 맛있어서 금방 홀짝 다 마셔 버리고 더 먹고 싶었는데, 모히또가 가득 든 통이 팀장님 앞에 있었다.

사람들이 심리 테스트로 이야기에 열을 올리고 있을 때를 틈타 친히 내 컵에 모히또 리필을 해 주신 팀장님.

그리고 아까 준영이 나에 대해 아는 척을 할 때 미간이 찌푸려지며 이마에 빠직, 그리고 이우연 과장님이 다음 주부터 잘 챙겨 줄 테니 기대하라는 말에 또 빠직.

'다 눈치챘거든요, 팀장님.'

워낙 다양한 알바를 하며 손님들을 대해 왔던 나다. 때문에 자연스레 사람들의 행동에 민감해졌고, 눈치 백 단이 된 지 오래였다.

H푸드홀딩스 주식이 얼마나 중요하기에, 나한테 이렇게 신경 쓰고 있는 건지. 정말 부담스러울 지경이었다.

"식사 다 했으면, 본격적으로 볼링 치러 가 볼까요?"

"아, 과장님. 팀 정해야죠. 내기 걸어요. 이따 2차 쏘는 거!"

"오케이!"

윤 과장님의 말에 이 대리님은 미리 준비해 놓은 제비를 꺼내 빈 컵에 넣고는 하나씩 고르게 했다.

제비 안에는 동그라미, 세모, 네모가 그려져 있다는데 같은 모양을 뽑으면 한 팀이 되는 것이었다.

"전 세모!"

"어! 나도!"

준영과 박 대리님이 한 팀.

"나 네모!"

"저도 네모네요!"

윤 과장님과 이 대리님이 한 팀.

이 과장님은 손목이 좀 아파서 구경만 하시기로 했으니 나머지는 안 까 봐도 자동 한 팀.

나랑 팀장님.

뭐 이리 자꾸 엮이는 거야?

후. 정말 어색하고 불편하다.

팀이 정해지고 다들 신발을 빌리며 볼링 칠 준비를 하는데,

'뜨아, 저건 뭐야?'

팀장님이 안 보인다 싶었는데, 저 멀리서 볼링 복장으로 갈아입고, 개인 볼링 슈즈를 신고 개인 볼 백을 끌고 오는

것이 아닌가.

 설마 프로 볼링러야?

 그의 모습에 나를 비롯한 나머지 팀원들의 눈이 휘둥그레졌다.

 볼링이 유일한 취미라는 윤 과장님.

 젊은 피로 승부를 보겠다는 최준영.

 아마추어 선수급이라는 팀장님.

 눈에 불을 켠 사람들의 승부가 시작되었다.


 -스트라이크!

 첫 번째 순서였던 윤 과장님이 묵직한 파운드의 볼로 시작부터 남다른 포스를 풍기셨다.

 한 팀인 이 대리님도 스트라이크까지는 아니지만, 차례로 9개와 1개의 핀을 쓰러뜨리며 무난하게 점수를 이어 갔다.

 -스트라이크!

 또?

 "와! 준영 씨 잘 친다!"

 짝짝짝짝!

 두 번째 순서였던 준영도 강한 힘으로 볼을 거의 내던지다시피 하더니 핀을 모두 쓰러뜨렸다.

 뿌듯한 표정으로 뒤돌아서 돌아오는 최준영, 나를 보더니 한쪽 입꼬리를 살짝 올렸다.

'봤냐? 내가 이 정도다.'

내 불안한 눈빛에 넌 이런 거만한 눈빛을 보내는구나.

준영은 물개박수를 치며 좋아하는 같은 팀 박 대리님과 두 손을 짝 마주치며 매우 신이 났다.

이제 준영과 한 팀인 박 대리님 차례.

"박 대리님, 제가 다 커버해 드릴 테니까 마음 편하게 치세요!"

살짝 긴장한 박 대리님이 준영의 말에 힘입어 첫 번째에 핀 7개를 쓰러뜨리고, 두 번째에 스페어 처리를 말끔히 했다.

"어머, 어머, 어머! 오랜만에 볼링 치니까 너무 재밌다!"

박 대리님은 볼링을 치는데도 흥이 오르는 모양이었다.

볼링장에 퍼지는 신나는 노래와 함께 앞 두 팀의 선전으로 분위기는 훅 달아올랐다.

다들 즐거워하는 가운데 유독 웃지 못하는 두 사람.

팀장님과 나.

생각보다 잘 치는 남자 직원들의 실력에 팀장님의 동공은 지진을 일으키고.

몽땅 다 잘 치는 사람들 가운데 볼링 바보인 나는 불안과 초조함으로 안절부절못했다.

볼링 점수판에 화살표가 우리 팀 순서를 가리키자 팀장님이 나를 바라보았다. 고개를 살짝 숙이듯 앞으로 내미니 팀장님은 알았다는 듯 일어서서 나갈 준비를 하셨다.

팀장님은 손목에 철갑으로 만든 듯 단단하고 두꺼워 보이는 손목 보호대를 차고 천으로 볼링을 쓱쓱 문지른 뒤, 자신의 손에 밀가루까지 톡톡 묻히고 볼에 손가락을 끼워 레인 위에 섰다.

흡사 프로 볼링 대회를 출전한 선수의 모습.

패완얼이라는 말이 있듯, 완벽한 복장에 잘생긴 얼굴까지 더하니 우리나라 최고의 스타 볼링 선수 느낌이 물씬 풍긴다.

팀장님 때문에 볼링장은 조명 하나 더 갖다 놓은 것처럼 빛이 났다.

다들 저녁 먹고 한 게임 할까 하고 온 다른 레인의 사람들의 이목까지 완전히 집중시키는 아우라가 뿜뿜.

근데, 볼링 핀을 눈빛으로 쓰러뜨리려는 건지, 아님 볼을 굴릴 작전을 짜는 건지 한참 볼을 들고 서 있다.

뭐, 특별한 감정이 있는 건 절대 절대 아니고 일단, 오늘은 한 팀이니까. 제발 잘 치세요. 그렇게 폼 다 잡고 못 치면 무슨 망신이에요.

팀장님이 뜸을 들이자 괜히 내 입술이 바짝 마르고 속이 타들어 갔다.

'제발, 스트라이크, 스트라이크, 스트라이크!'

팀장님이 드디어 앞으로 나가며 공을 뒤로 쭉 빼고 던지려는 순간, 난 속으로 열심히 주문을 외워 댔다.

팀장님 전용 볼에 맞은 볼링 핀들이 와장창 넘어지기 시작했다.

아뿔싸.

역시, 언제나 그랬듯 주문을 외우는 건 큰 효과가 없었다.

현실은 언제나 냉정했지. 바라지 않는 일들만 쏙쏙 골라서 일어나기 일쑤고.

양쪽 끝에 놓인 핀 두 개가 흔들흔들하더니 균형을 잡고는 우뚝 서 버렸다. 굳세어라. 볼링 핀도 아니고, 좀 넘어져 주지. 왜 그랬니.

하- 어렵다. 표정 관리를 어떻게 해야 하지?

"하, 스플릿이네, 스플릿! 어렵게 됐네요, 팀장님."

윤 과장님이 심각한 얼굴로 고개를 내저으며 한마디를 했다.

"레인이 너무 오일리하네요."

민망한 듯 레인 탓을 하는 팀장님이 고개를 저으며 뒤돌아왔다. 이제 스페어 처리를 할 차례였다. 팀장님의 행동은 아무렇지 않은 척했지만, 무척 심란한 눈치였다.

평소에 잘 치신다고 했으니까 이런 상황이라도 스페어 처리가 가능하지 않을까 희망을 걸어 보았다.

하지만, 너무 긴장했는지 팀장님은 결국 아슬아슬하게 하나의 핀을 남겨 두고 첫 프레임을 끝냈다.

첫 스타트부터 고전을 겪은 팀장님께 직원들이 손뼉을 치며 민망한 분위기를 무마시키려고 애썼다.

"난, 서지우 사원만 믿겠습니다."

팀장님은 자신의 뒤를 이어 내 차례가 되자 갑자기 내 귀에 대고 귓속말을 했다. 순간 소름이 쫘악- 끼쳐 왔다.

아니, 재밌자고 하는 거에 왜 이렇게 진지하신 거예요. 흑흑.

"네? 팀장님, 저 잘 못 치는데……."

잘 못 치는 정도가 아니라, 볼링 바보예요. 바보. 언제 쳐 봤는지 아무리 기억을 하려고 해도 떠오르지 않을 정도라고요. 부담스럽게 왜 이러시는지.

"나도 잘 못 쳤는데, 서지우 사원이라도 잘 쳐야지요. 믿겠습니다."

뭐야, 이 사람. 아까 심리 테스트에서 '친구' 고른 것이 '사람 의존적인 성격'을 뜻한다더니, 그거 용한 테스트 맞네! 왜 이렇게 의존해? 참고로 난 장비도 없다고요.

"휴……."

준영이 박 대리님한테 했던 것처럼 자상한 말까지는 기대하지 않았지만, 그런 말은커녕 한술 더 뜨는 팀장님이었다.

볼도 무겁고, 자세도 어떻게 잡는 건지 몰라 레인 위에서 엉거주춤하는 나에게 바랄 것을 바라시오.

먼저 치신 분들을 보면서 머릿속으로 시뮬레이션을 해 본다고 했는데, 막상 치려니 어려워서 진땀이 다 났다.

그때 누군가 뒤에서 강한 힘으로 내 팔을 잡았다.

'설마 팀장님?'

찰나의 순간, 훅 들어온 스킨십에 심장이 쿵 내려앉는 것 같았는데,

"야, 야, 서지우, 이게 뭐야. 이렇게 해서 이렇게 던져 봐-"

어? 준영이었네.

뭐야? 나 지금 팀장님이길 기대한 거야? 왜 이래? 서지우. 그리고 다정함이라곤 1도 찾아볼 수 없는 분 아닌가. 그분은.

"어어. 알겠어. 이렇게 해서 이렇게. 오케이. 내가 해 볼게."

그래도 팀장님보다 백배 고마운 준영이 들어가고, 다시금 볼을 던져 보려고 했다.

"서지우 사원, 왼쪽으로 조금만 이동해 봐요. 어. 어. 거기. 거기서 치세요."

팀장님 목소리가 뒤에서 들렸다. 언제 왔는지 팀장님이 레인 턱 바로 아래에 쪼그려 앉아 매의 눈으로 위치를 계산하고 있었다.

다정함은 없어도, 그놈의 승부욕이 팀장님을 움직이게 만든 것 같았다.

다시 자리를 잡은 나는 이제 본격적으로 볼을 치려고 폼을 잡았다.

이제 공을 뒤로 쭉 뺐다가 팔을 옆구리에 스치듯 올려 던

지려는데,

어맛?

볼이 없다. 먼저 반동을 주기 위해 뒤로 쭉 뺄 때 볼이 빠져 버린 것 같았다.

볼링 초보들의 실수는 고랑에 빠지는 거 아닌가?

최악의 경우 나도 그렇겠지 생각했는데, 그건 오산이었다. 내 볼은 고랑이 아니라 뒤쪽으로 힘차게 빠졌다.

역시나 최악의 상황은 상상을 넘어서는 것이다.

"아악-"

갑자기 레인 턱 밑에 쪼그려 앉아 있던 팀장님이 짧고 굵은 비명을 질렀다.

뒤를 돌아보니 팀장님 얼굴에 괴로운 표정이 역력했다.

"팀장님, 왜 그러세요?"

"바… 발가락……. 윽."

뒤로 빠진 볼이 팀장님의 발가락을 쳤던 모양이었다.

"괘… 괜찮으세요? 어떡해. 죄송해요. 정말. 얼른 신발 한번 벗어 보세요."

걱정이 돼서 팀장님을 바라보며 울상을 지었다.

"팀장님, 괜찮으세요?"

함께 온 사람들도 이게 무슨 상황인가 싶어 레인 앞쪽으로 몰려왔다.

"읍- 난 괜찮습니다. 얼른 다시 치세요, 서지우 사원. 시간이 너무 지체되는군요. 자자, 다들 돌아가서 앉으세요."

팀장님은 민망했던지 서둘러 자신에게 집중된 상황을 종료시켰다.

여전히 다시 볼을 칠 기회가 유효한 상황에서 나는 에라 모르겠다 싶어 있는 힘껏 대충 볼을 내던졌다.

그런데 눈앞에 믿지 못할 광경이 펼쳐졌다.

혹시, 나 볼링 천재인가?

역시 의미 없게 죽으라는 법은 없었다.

레인 끝에 반듯하게 서 있던 핀 10개가 내 볼을 맞고 시원하게 쓰러졌다.

"와! 스트라이크다!"

준영이 제일 먼저 일어나 환한 얼굴로 박수를 쳤다. 우리 분명 다른 팀인데 빛나는 우정이 아닐 수 없다.

팀장님도 발가락 때문에 아픈지 순간순간 고통스러운 얼굴이었지만, 손뼉을 치고는 두 손을 가슴 앞에서 펼치고 내 손과 짝 마주칠 준비를 하셨다.

레인에서 내려가 팀장님과 손뼉을 마주쳤다.

"잘했어요."

팀장님이 흐뭇한 미소를 지으며 말했다. 지금까지 들어 본 말 중에 가장 진정성 있고 진심이 담긴 말 같았다.

초반에 난무하던 다른 팀들의 스트라이크는 중후반으로 갈수록 찾아보기 어렵게 되었고, 초반에 한창 망신을 당해

초조해하던 팀장님은 갈수록 긴장을 풀고 제 실력을 보여 주셨다. 천만다행이었다.

우연히 걸려든 첫 스트라이크 이후에 도랑으로 계속 빠져 괴로웠지만.

회사에서 볼 때는 범접할 수 없이 차가워 보였는데, 볼링장에서 스트라이크를 치고 좋아하는 모습을 보니 우리와 다를 바 없는 평범한 모습이라 그가 조금 달라 보이긴 했다.

흥미진진한 볼링 게임은 우리 팀의 승리로 끝났다. 팀장님 혼자서 하드 캐리한 셈이었다.

[2차 가지 말고 빠져요.]

볼링이 끝나고 내기에서 진 윤 과장님이 2차를 주도하시는 중에 온 팀장님의 메시지였다.

[저는 가야 할 것 같아요. 신입이잖아요.]

[괜찮습니다. 요즘 그런 거 강요 안 합니다.]

[사실, 좀 가고 싶기도 하고요.]

[우리 오늘 해야 할 이야기 있지 않습니까.]

[하… 알겠습니다.]

이 사람 진짜 집요하네. 어흐~!

"저는 먼저 들어가 봐야 할 것 같아요."

내가 아쉬움이 가득한 목소리로 먼저 이야기를 꺼냈다.

"이런! 더 있다 가면 좋은데! 지우 씨. 어쩔 수 없죠. 일 있으면 먼저 들어가 봐요."

매너 넘치게 나를 보내 주려는 팀원들이었다.

오늘 같은 날은 강력하게 붙들어 주셔도 괜찮은데……

"저도 이만 들어가 보겠습니다."

이어서 팀장님이 말했다.

"팀장님! 오늘 진짜 멋있으셨어요. 볼링을 너무 잘 치시더라. 우리 다음에 또 치러 가요."

박 대리님이 여전히 에너지 넘치는 목소리를 발사했다.

"네. 봐서요."

그런 목소리에 반응하는 싸늘한 답.

참, 나와 입장이 다르다. 눈치를 보는 사람과 눈치를 주는 사람.

"차가 저쪽에 있습니다. 가죠."

사람들과 헤어지고 팀장님이 먼저 말을 꺼냈다.

팀장님의 차는 이미 시동이 걸려 있었고, 훈훈했다. 아직은 아침저녁으로 쌀쌀한 날씨라 더욱 차 안이 참 포근하게 느껴졌다.

처음으로 회사 차가 아닌 팀장님 차에 탔고, 처음으로 함께 집에 가는 길이었다.

곳곳에 만개한 벚꽃이 밤을 밝히고 있었다.

아- 너무 예쁘다.

"그래서, 결혼은 어쩔 셈입니까."

꽃구경에 빠진 내게 물을 끼얹는 팀장님의 물음이었다. 이제 본격적으로 이야기를 할 셈인 것 같았다.

"와아, 이제야 말씀드릴 수 있겠네요. 저는 당연히!"

"후- 서지우 사원이 뭘 좀 모르는 모양인데, H푸드홀딩스 주식 10퍼센트는… 후……."

성격 급한 양반이 내 말이 끝나지도 않았는데, 본인의 말을 이어 붙였다.

"결국, 돈 때문이란 거잖아요. 결혼의 목적."

에라 모르겠다 싶어 단호하게 말을 꺼냈다.

"아니, 돈도 돈 나름입니다. H푸드홀딩스 주식을 갖게 되는 건 결코 쉽게 찾아오는 기회가 아닙니다."

말만 하면 H푸드홀딩스 주식 얘기다. 그게 팀장님에게 얼마나 중요하기에 이렇게도 사람을 닦달하는 것인지.

이건 계속 끌 문제가 아니다. 확실히 완전한 거절 의사를 밝히는 게 낫겠어.

팀장님의 이야기를 들으니 내 태도를 분명히 밝히지 않으면 한동안 고생하겠다 싶었다.

말할 타이밍을 보고 있는데, 팀장님이 차 안에 흘러나오는 음악의 볼륨을 높였다.

나랑 결혼해 줄래 나랑 평생을 함께할래
나 닮은 아이 하나

뭐야. 이 노랜 또.

설마 회유를 위한 설정인가?

"언제까지 기다리게 할 겁니까."

이런 음악을 깔고 또 시작이다. 물어본 지 얼마나 됐다고. 가만 보니 이 남자 자신이 원하는 것을 위해 끝까지 물고 늘어지는 성격 아냐?

이젠 내 머리가 지끈 아플 지경이었다.

미국 마이버거 건도 이런 정신으로 따 냈구나! 안 봐도 비디오다.

그건 그렇고 지금 좌석 열선이 너무 뜨거워 땀이 삐질 나는데, 아무리 둘러봐도 버튼이 보이지 않았다.

"팀장님, 저기 죄송한데, 이거 엉따… 엉따 어떻게 줄여요? 너무 뜨거워요."

"엉따가 뭡니까?"

"엉따 모르세요? '엉덩이를 따뜻하게'요."

"아… 미안. 이제 괜찮을 거예요."

팀장님이 버튼을 조작하면서 아랫입술을 물며 삐져나오는 웃음을 애써 참는 것이 보였다. 이건 실수 아닌데, 진짜. 줄임말일 뿐인데.

"유치원 다닐 때, 나랑 그렇게 결혼한다고 했다면서요."

"네?"

팀장님이 갑자기 기억도 나지 않는 옛날 일을 소환했다.

"사람이 그렇게 한번, 아니 여러 번 내뱉은 말은 지켜야죠."

"아니, 그거 기억도 안 나는 일이라고요."

"서지우 사원, 그렇게 안 봤는데, 실언하는 스타일입니까?"

순간 발끈했다. 말은 다 잘라 먹고 본인 할 말만 하면서 기억도 안 나는 유아 시절 얘기로 그렇게 실언하는 스타일이냐니.

모름지기 26년 인생 누구보다 정직하고 성실하게 살아온 나라고!

"팀장님이야말로 그렇게 안 봤는데, 꽤 집착하는 스타일이네요?"

컨디션도 이제 다 회복한 것 같으니까 더 봐줄 것도 없다. 세게 나가야겠다 싶었다.

"그냥 합시다. 결혼. 뭐가 문제예요. 사실, 참고로 나 인기 꽤 많습니다."

남한테 많은 인기가 나랑 무슨 상관이람.

집에 데려다주기는 할 건지, 느릿하게 굴러가는 차가 계속 벚꽃이 즐비한 길을 돌고 도는 느낌이었다.

"팀장님… 저는 팀장님이랑 다르게 살아왔어요. 혼인 신고만 하고 1년 동안 룸메이트처럼 지내는 거 상식적으로 이해도 안 되고 그런 거 못 합니다. 친한 친구라도 룸메이트 하면의 나는 거 몰라요? 게다가 다른 수준으로 살아온 사람이랑 맞춰서 결혼할 자신도 생각도 없고요. 저도 나름 결혼의 로망이라는 게 있는데 이렇게 저버리고 싶지도 않아요. 그리고 돈 없어서 혼수도 못 해 가고요. 1년 후에 아무리 돈을 많이 준다고 해도 안 해요. 못 해요!"

더 끌 것도 없으니 화끈하게 뱉어 버렸다. 결혼 못 할 이유가 이렇게나 많다고!

"아……."

팀장님은 짧은 탄식을 뱉었다.

"그거 때문입니까? 결혼할 때 그냥 지우 씨만 오면 됩니다. 할아버지께서 집부터 해서 필요한 모든 것들을 다 준비해 놓으셨답니다. 워낙 철저한 분이셨어요."

엥? 뭐야. 맞춰서 못 산다는 딱 한 가지만 물고 늘어져, 왜?

그나저나 팀장님은 갑자기 할아버지 이야기가 나오니 목이 메며 미세하게 떨렸다. 이런 식으로 감정에 호소하는 건 곤란해!

그가 울컥하는 바람에 나도 괜히 짠한 마음이 드는 걸 애써 정신 차렸다.

"그리고 우리 식구들은 상관없어요. 제가 서지우 사원이 좋아서 결혼하겠다고 했으니까요. 누구보다 저를 존중해 주시는 분들입니다. 지우 씨 힘들게 하실 분들이 아닙니다."

"헛, 그렇다고 거짓말까지."

"그냥 합시다."

"……."

"아악!"

이번에는 갑자기 팀장님이 신음 소리를 내뱉었다. 팀장님 엉따도 최대치였나? 아님 또 두통?

"팀장님, 왜 그러세요? 또, 또 두통 왔어요?"

"아뇨. 아까 다친 발가락… 신발이 잘못 스치기만 해도 아프네요."

"어머, 어떡해. 제가 진짜 죄송해요."

"정말로 죄송해요? 그럼 결혼합시다."

"네에……?"

하, 여기서 왜 그 말이 나와요? 이 남자, 절대 포기할 생각도 게다가 인내심도 없다. 가만 보니, 두고두고 귀찮게 할 스타일이었다.

"미안하면 결혼해요."

정말로 나를 좋아해 주는 사람이라면 행복했을 일. 하지만 이건 어디에서도 들어 본 적 없는 유언에 명시된 정략결혼. 그것도 상속을 위한 속셈을 뻔히 드러내는 이 남자의 네버엔딩 청혼이다.

"결혼합시다. 그렇게 미안하면."

아, 진짜.

"아나, 하, 해요. 해! 할게요. 그까짓 결혼!"

이렇게 해야 그만 귀찮게 할 거냐! 이 거머리야!

 회식 당일 날, 팀원들과 즐겁게 이야기를 나누던 지우가 혜성의 등장에 얼굴이 굳어졌다.
 그 모습을 본 혜성의 마음이 좋지 않았다.
 지우에 대한 호감은 만날수록 커져 갔고, 결혼도 빨리 해야겠는데. 그녀는 이 일에, 아니 정확히는 자신에게 관심이 전혀 없어 보였다.
 혜성은 이 과장이 지우의 멘토인지 앞으로 잘 챙겨 준다는데, 사내 멘토제는 누가 정했는지 그것도 마음에 들지 않았다.
 그리고 최준영 사원은 뭘 그렇게 지우에 대해 아는 척을 하는 건지. 세상에 남자 사람 친구가 어디 있냐고. 괜히 신경이 쓰이는 그였다.
 주문한 음식이 나왔을 때도 야무지고 복스럽게 식사를 하는 지우가 자꾸 눈에 들어왔다. 아무렇지 않은 척하려고 해도 자꾸 온 신경이 그녀를 향해 있었다.
 '패션후르츠 모히또를 잘 먹네? 얼른 갖다가 더 먹지 왜 이렇게 눈치만 보는 거야?'
 혜성은 이야기가 무르익는 틈을 타 지우의 컵에 모히또를 부어 주었다.

식사 후, 볼링 팀을 정하는데 혜성과 지우가 한 팀이란다. 그는 이렇게 사소한 제비뽑기조차도 둘 사이에 이어진 끈이 그저 우연이 아니기 때문이라고 생각했다.

또 승부욕은 남다른 그가 볼링 시합에 의지를 불태우는데 자꾸 뜻대로 되지 않아 민망한 상황에 이르렀다.

지우가 칠 차례가 되어 초보라길래 한 수 가르쳐 줄까 싶었는데, 준영이 먼저 선수를 쳤다. 그가 지우의 팔을 터치하는 순간, 혜성의 기분이 몹시 언짢았다.

다행히 막판에 볼링 프로인 혜성의 체면은 복구되었지만, 실수 연발 지우 때문에 발가락 부상이라는 이벤트가 발생해 모양이 쑥 빠지는 일도 일어났다.

그래도 혜성은 그 덕분에 엄청난 성과를 거두었다.

회식이 끝나고 지우를 집에 데려다주던 길에,

"하, 해요. 해! 할게요. 이 결혼!"

지우가 결혼을 오케이 했으므로.

6.

조건이 있어요

뭐?

지금 내 입으로 결혼한다고 한 거야?

미친 거 아냐, 서지우?

너 진짜 팀장님 말대로 실언하는 스타일이니?

머릿속으로 결론은 거절이라고 내놓고는, 입으로는 예스를 해? 어떡해! 진짜!

돌아가신 할아버지이 이야기에 눈물샘을 자극하고, 아까 당한 부상을 약점 삼아 공략하는 팀장님의 말에 나도 모르게 엄청난 말을 내뱉고 말았던 것.

"아… 아니……."

다시 번복할까 싶어 입을 뗐는데, 막혔다.

"잘 생각했어요. 공증된 유언을 지키지 않으면 소송의 여지도 있는 건데, 서로 험한 꼴은 면하겠네요."

팀장님은 이제야 속이 후련하다는 듯 표정이 밝았다. 이제 갑자기 발가락은 괜찮으신 건가요? 끙…….

그나저나 괜히 '소송'이라는 무서운 단어가 등장하니 다시 주워 담으려던 내 말도 쏙 들어가 버렸다.

어릴 때부터 '소송'이라는 것 때문에 아버지의 살이 쭉쭉 빠지셨던 걸 생각하면, 아직도 트라우마가 있을 정도였다.

'후… 1년이랬지? 미치겠네… 하……. 그래. 내 인생에 1년은 없는 셈 치지, 뭐.'

이 상황이 너무 어이없었지만, 애써 스스로를 다독였다.

사실 결혼을 거절하려고 했지만, 걸리는 문제가 한두 개가 아니었다. 할아버지 유언이라는 것도 그렇고, 그놈의 큰돈에 눈독을 들이는 엄마와 언니의 성화도 있었으니까. 어쩌면 그 돈으로 뭔가 새로운 인생을 살 수 있지 않을까 싶은 기대 심리가 아예 없는 것도 아니었다.

그런데다가, 이 남자 이 결혼을 너무 원하잖아! 징글징글하게!

후… 잘못 내뱉었지만, 주워 담을 수 없는 말로 성사시켜 버린 결혼이라니. 고개를 도리도리하다가 정신을 차리고 머리를 굴렸다. 지금 하지 않으면 안 될 말들을 생각해야 했다. 가령 결혼의 조건 같은 것.

"팀장님!"

"뭡니까."

"근데 조건이 있어요. 이거 안 들어주시면 이 결혼 다시 무를게요."

눈을 부릅뜨고 말했다.

"무슨 조건입니까. 다 들어줄 테니까."

기분 탓인지 그의 말투가 처음으로 굉장히 낯설도록 친절하게 느껴졌다. 결혼은 한다 했으니 인심 쓰시겠다는 건가요? 아니면 재벌가 아드님이라 세상 모든 부탁을 다 들어줄 수 있다는 자신감이 내재돼 있나? 무슨 부탁인 줄 알고?

"비밀이요. 회사에서는 절대 비밀로 해 주세요. 그리고 결혼식은 최대한 간소하게 했으면 해요."

티 많이 안 나게 말입니다.

"나도 바라던 바입니다. 가뜩이나 혼사를 바라며 기업 간 협력이 오갔던 문제도 걸리고, 갑작스러운 결혼 발표가 자칫 유언을 위한 정략결혼으로 비쳐서 좋을 게 없거든요. 그런데 서지우 사원의 이유는?"

"어차피 1년 있다가 끝날 결혼인데, 그 뒤에 있을 저의 진짜 혼사도 생각해 주셔야죠. 결혼식은 가족만 모시고 하는 스몰웨딩이 나을 것 같고요."

"좋습니다."

"그리고 이혼한 다음에 혹시라도 회사 생활에 불이익은 없었으면 해요. 뭐, 가령 퇴사를 강요당한다든지……."

'결혼' 뒤에 바로 언급하는 '이혼' 이야기.

말로 내뱉어 보니 더욱 잔인한 말이었다. 지금 당장 당한 것도 아닌데, 왠지 마음이 쓰라린 느낌.

"……."

그런데 그에게서 대답이 없다.

"이 약속 안 해 주시면 이 결혼 재고해 보겠습니다."

침을 한 번 꼴깍 삼키고 용기 내어 뱉은 말이었다.

내 이야기를 들은 팀장님은 한동안 말이 없었다. 다 들어준다더니. 무리한 부탁인가?

사실, 앞으로의 혼사도 혼사지만 이제 막 입사한 첫 직장에서 팀장님의 와이프로 고충을 겪고 싶지 않았다.

당당히 공채에 합격해서 들어온 회사, 그리고 다부진 꿈을 갖고 입사하지 않았던가. 전 세계 편의점에 내가 기획한 도시락이 론칭되는 꿈!

만에 하나라도 누구 배경을 업고 했다는 이야기를 듣는다면 정말 끔찍할 것이다. 생각만 해도 사기가 떨어지려고 한다. 또 반대로 이혼 후, 퇴사를 하는 상황이라도 생긴다면 그것 또한 끔찍하다.

그저 남들처럼 평범하게 직장 생활을 하고 싶을 뿐이었다. 가늘고 길게 쭈욱-

그러기 위해서 반드시 팀장님과의 결혼은 완벽한 비밀이

되어야 할 것이다.

  침묵이 이어졌다. 정적이 감도는 차 안에 '메리 미'라는 노래가 흘러나왔다.

  비가 오면 우산이 되어 주고 어둠엔 빛이 되어 준다네. 참 좋겠다. 그런 결혼 하는 사람.

  괜스레 더 서글퍼졌다. 단단히 꼬인 내 인생.

  팀장님을 슬쩍 바라보니, 운전하고 있는 옆모습이 무슨 조각상 같았다.

  저 정도 천연 코는 신이 주신 축복이라고 할 수밖에 없는 수준이었다. 작고 하얀 얼굴에 이토록 이목구비가 또렷한 얼굴이라니.

  이런 외모에 능력, 재력 다 갖췄으니 팀장님 말대로 인기가 많은 건 당연지사일지도 모르겠다.

  이런 정략결혼이 아니라면 내가 절대 만날 수 없는 남자이긴 하겠다.

  그러면 무엇 하나, '사랑' 없는 결혼은 팥이 빠진 팥빙수, 치즈 없는 피자, 춘장 없는 짜장면인걸. 가장 중요한 게 빠져 정체성을 잃은 음식처럼 말이다.

  오랜 침묵을 깨고 팀장님이 입을 열었다.

  "그런 일은 없을 겁니다. 결코."

  한참을 생각하고 되묻던 팀장님이 드디어 긍정의 메시지로 답했다.

'후- 그나마 다행이다.'

일단은 다행이었다. 이 단, 삼 단, 아니 몇 단이 남아 있겠지만.

이야기가 마무리되자 팀장님 차가 어느새 벚꽃 길을 벗어나 익숙한 동네 길이 나왔다.

후드득-

"어? 비가 내리네?"

집에 거의 다 와 가는데 차 앞 유리에 툭툭 빗방울이 떨어져 부서졌다.

빌라가 즐비한 좁은 골목길에 차들이 양쪽에 꽉 들어차 있어 지나가기 힘들어 보였다.

"팀장님, 저 여기서 내려 주세요. 걸어서 갈게요."

"잠시만요."

내가 차 문을 열려고 손을 올리자 팀장님이 저지했다.

"비 오는데, 우산 없잖습니까. 이쪽에 잠시 차 대고 데려다줄게요."

"괜찮아요."

"내가 안 괜찮아요. 비 맞으면 감기 걸립니다."

설마 내 걱정 하시는 거예요?

"입사한 지 얼마나 됐다고 아파서 결근할 겁니까."

그럼 그렇지. 아픈 게 걱정이 아니라 결근이 걱정인 거죠.

결혼 이야기가 끝나고 다시 돌아온 기획1팀 팀장님다운

발언이었다.

팀장님은 다른 쪽 골목으로 빠져 차를 대고 트렁크에서 우산을 꺼내 받쳐 들고는 내가 앉은 보조석 문을 열어 주었다.

"감사합니… 아아아아!"

비가 내린 탓인지 차 밖으로 나와 땅바닥에 구두 신은 발을 내딛는 순간, 몸이 휘청거렸다.

으, 이래서 비 오는 날이 싫어. 정말.

나는 어릴 때부터 잘 넘어지는 아이였다.

남들은 잘만 건너 넘어 다니는 길거리에 톡 튀어나온 돌부리 같은 것들이 내 발은 잘 알아보고 꼭 걸려 주신다.

유치원 다닐 때는 미끄럼틀에 오르다 넘어져 계단에 부딪혀 넘어지기 일쑤였고, 교복을 입던 중고등학교 시절에는 등굣길에 뛰어가다 발을 헛디디고 넘어져 주먹만 한 구멍이 난 스타킹이 한두 개가 아니었다.

그냥 별 이유 없이도 내 발에 걸려 넘어지기도 했던 나였다.

말하자면 끝도 없을 넘어진 기억의 행렬.

특히, 비가 와서 길이 미끄러운 날에는 더욱 취약이었다.

그래서 비 오는 날이 싫었다.

어릴 땐 정말 다리에 성한 곳이 없을 지경이었다. 그것 때문에 지금도 다리에 상처가 많아 치마를 거의 입지 않는다. 꼭 입어야 한다면 색이 진한 스타킹을 신었다.

지난번에 팀장님이 우리 집에 왔다가 돌아갈 때도 비가 오더니, 오늘도 또 헤어짐을 앞두고 비가 내렸다.

오늘은 그냥 넘어가나 했는데, 차에서 내리자마자 미끄덩이었다.

순간 본능적으로 우산을 들고 있던 팀장님의 한쪽 팔을 붙들었다.

돌처럼 단단한 팀장님의 팔.

운동을 도대체 얼마나 한 거야?

"헙!"

떼어 내어 갖다 버리고 싶던 징크스가 오늘은 깨질 모양이다.

팀장님이 문을 열던 다른 쪽 팔로 휘청거리는 내 허리를 당기며 감쌌다.

그리하여 내가 안착한 곳은 거칠고 딱딱한 땅바닥이 아닌, 그의 품.

하루의 끝자락인데 그에게서 막 샤워하고 나온 듯 깨끗한 향기가 확 풍겨 왔다.

쿵쿵쿵쿵.

이것은 나에게서 나는 소리가 아니었다. 본의 아니게 붙어 버린 팀장님의 가슴에서 나는 소리였다.

와, 심장 소리 한번 참 크고 건강하며 우렁차네.

"아악!"

갑자기 이 소리는 뭐지?

"발… 발가락……."

팀장님은 눈을 감고 괴로운 표정을 지었다.

"어머!"

엉거주춤 팀장님을 의지해 넘어질 뻔한 위기를 넘긴 내가 몸을 추스르다 구두 굽으로 그의 신발을 꾹 누르고 말았다.

순간 나도 딱딱한 바닥을 디딘 것 같지 않아 '뭐지?' 하던 찰나였다.

어떡해.

"죄… 죄송해요, 팀장님. 아휴, 어쩌죠."

감사하단 말을 하려고 했는데, 죄송하다는 말이 먼저 나와야 하는 상황이 되어 버렸다.

"후, 서지우 사원이랑 있으면 한시도 방심할 수가 없군요."

말은 그렇게 해도 나를 다그치는 듯한 느낌은 아니었다. 민망해서 어쩔 줄 모르는 나와 달리 이제는 그러려니 한다는 듯 체념한 표정과 말투였다.

"팀장님, 발가락도 아프신데 그냥 차 타고 가시는 게 나을 것 같아요. 저 혼자 걸어갈게요."

정말 너무 불편했다. 차라리 비를 맞아도 혼자 가는 게 백번 낫겠다.

"나도 실언은 안 합니다. 가죠."

결혼도 한다고 했는데 계속 실언 타령이다. 뒤끝 있네!

팀장님은 발가락 때문에 한쪽 다리를 살짝 절뚝거리며, 내 머리 위로 우산을 치켜들고 앞으로 나아갔다.

집으로 향하는 골목길에서 나와 팀장님은 잠시 말이 없었다. 아직 한참을 더 걸어야 하는 길이었다.

'으, 좁고 불편해. 우산도 하나면서 데려다준다고 한 거야?'

하나의 우산을 둘이 쓰고 가느라 팀장님의 몸이 살짝살짝 스쳐서 신경이 쓰였다. 게다가 자꾸 절뚝이는 다리까지.

이렇게 느린 걸음으로 오늘 안에 집에나 갈 수 있을지.

헙-

팀장님이 갑자기 한쪽 팔로 내 어깨를 잡고 자기 쪽으로 확 끌어당겼다.

쿵쿵쿵쿵.

이건 팀장님에게서 나는 소리가 아니었다. 왜인지는 모르겠으나 나에게서 나는 소리였다.

빠라빠라 빠라밤-

그 순간 좁은 골목길에 얼마나 속도를 내고 달리는지 오토바이 한 대가 쌩하니 내 옆을 스쳐 갔다.

그제야 풀린 내 어깨.

"으아… 감사해요……."

괜히 어색해져 한마디를 내뱉었다.

다시 정적 속에서 한참을 걷고 있는데, 갑자기 어깨에 무거운 무언가가 툭 올려졌다.

'뭐야. 또 오토바이야?'

"하, 그렇게 자꾸 빠져나가려고 하니까 한쪽 팔이 다 젖잖아요. 그리고 발가락 때문에……."

슬그머니 어깨동무를 하고선 주저리주저리 이야기하시는 팀장님.

그러고 보니 내 팔 하나가 우산 바깥쪽으로 나가 옷 위로 꽤 많은 빗방울이 맺혀 있었다.

근데, 어깨동무…….

이거 친구 혹은 연인들이 하는 행동 중 하나 아닌가.

아, 맞다. 다친 사람을 부축할 때도 쓰이는구나.

발가락 때문이라니 이 팔을 차마 풀어낼 수도 없는 노릇이었다.

그리고 용한 심리 테스트 결과대로 은근 사람한테 기대는 성격 아까 다 알아봤다.

팀장님과 몸이 밀착되고 거의 부축의 느낌으로 한 우산 안에 있다 보니 누가 누구를 데려다주는지 헷갈릴 정도지만, 걷다 보니 이상하게 머릿속을 어지럽히던 여러 상념이 사라져 버렸다.

내 어깨를 타고 흐르는 그의 따뜻한 체온이 생각보다 마음에 안정감을 전해 주었다. 향수인지 비누 향인지 모를 향과 함께.

그리고 잘 기억이 나지 않지만, 어린 시절에 그랬다는 것처럼 친한 오빠 같은 느낌도 조금 나는 것 같았다.

토톡토톡, 토도독, 톡톡!

이제야 바닥과 우산에 떨어지는 빗소리가 선명하게 들렸다. 소리는 평소 같지 않게 어떤 경쾌한 연주처럼 들렸다.

언제나 징글징글한 소리였는데.

팀장님과 한 우산을 쓰고 있으니 문득 아까 차에서 들었던 노래가 떠올랐다. 비가 오면 우산이 되어 준다는 청혼의 노래.

온통 혼돈의 도가니였던 차 안에서의 마음과 달리 이제 조금 마음이 진정되었다. 아예 체념을 해 버려서 그런 건지.

"근데… 팀장님은 괜찮으세요? 이 결혼……."

키가 커 한참을 올려다보아야 하는 팀장님을 슬쩍 바라보며 물었다.

가만히 길을 걷다 보니, 이 결혼은 나뿐 아니라 팀장님에게도 황당할 것이라는 생각을 이제야 하게 되었다.

"괜찮을 리가요. 딱 봐도 서지우 사원 완전 사고뭉치 같은데, 뒷수습하고 살 생각에 머리가 다 아픕니다."

헉! 두통! 50층에 갈 때마다 하얗게 질린 팀장님의 얼굴이 눈만 감으면 떠오를 정도로 생생한데 이를 어쩐다.

"그래도 H푸드홀딩스 주식은 이것저것 재고 고민할 문제가 아니라서요."

아, 맞다. 그게 있었지. 주식…….

역시 부자들은 더 부자가 되기 위해 애쓰는구나. 가지고 있는 걸로도 평생을 먹고살 수 있을 만큼 풍족할 텐데. 친한 오빠는 무슨. 시크함이 철철 넘치는 팀장님이시다. 쳇!

잠시나마 팀장님 처지를 생각했던 내가 가난뱅이에 바보였다.

"그래도 함께 지내는 동안 서지우 사원이 불편하거나 힘들지 않도록 최선을 다할게요. 약속합니다."

그래도 돈 때문에 결혼하는 최악의 남자 코스프레는 피하시겠다 이건가요?

그래도 '최선', '약속'이라는 신성한 단어가 나왔으니 고맙다고 해야 할는지요.

"네, 저도 그럴게요. 뭐, 내키진 않지만 그렇게 대단한 H푸드 홀딩스 주식과 바꾸는 건데 저도 할 도리는 지켜야죠."

얼떨결이라도 '결혼'을 하기로 마음먹고, 팀장님의 이런 이야기를 들으니 괜히 오기가 발동했다.

돈 때문에 결혼하는 속물은 되고 싶지 않지만, 어차피 해야 할 결혼이라면 정신을 차리고 현실을 받아들일 수밖에 없는 문제였다.

"다 왔네요. 데려다주셔서 감사해요."

얼른 어깨에 걸쳐진 팀장님의 팔을 풀고, 후다닥 뛰어 우산을 벗어나 빌라 1층에 섰다.

"참, 내일 아침에 출근하자마자 보고 올리세요."

"넵. 알겠습니다, 팀장님. 조심히 들어가십시오."

꾸벅 인사를 하고 후다닥 집으로 올라갔다.

문을 열고 들어가니 집 안은 까만 세상이었다. 엄마와 언니는 진즉 잠자리에 든 모양이었다.

분명 세 명이 사는 집인데 혼자 사는 느낌.

딸깍-

방에 들어가 불을 켜고 옷을 벗으려는데, 행거 옆 책상에 여러 장 겹쳐져 있는 카드 명세서가 놓여 있었다.

버드나무 한정식 6만 원, 숲속 카페 3만 원, 도도한 참치 7만 원, 돼지마을 5만 원, 목련 중식 9만 5천 원, J드레스숍 15만 원, 엠슈즈 9만 9천 원, 풋앤바디마사지…….

엄마는 무슨 모임이 이렇게 많고, 옷과 신발은 매달 사도 또 필요한 게 있는 건지. 카드 값만 100만 원을 훌쩍 넘는 걸 보니 한숨이 절로 나왔다.

'아직 이달 공과금도 안 냈는데, 그것까지 나오면 어휴… 투잡이라도 해야 하나…….'

안 그래도 피곤했는데 갑자기 더욱 피로가 쌓였다.

'후, 얼른 씻고 잠이나 자자.'

씻고 난 후 더욱 노곤해진 몸을 침대에 뉘었다.

그런데 금방이라도 잠이 쏟아질 것 같았는데, 막상 누우니 쉽사리 잠에 들지 않았다.

아무래도 뭐에 홀려 팀장님과 결혼을 약속한 오늘, 이 보통 이상의 날이 숙면을 가져다줄 수 없었다.

그건 그렇고, 잠은 자야 하니까 얼른 오늘 있었던 일들 중 즐거운 일을 떠올리려 했다. 잠이 안 올 때마다 하는 하나의 습관이었다. 안 그러면 또 악몽에 시달릴 테니까.

'어떤 재밌는 일이 있었더라……'

오늘은 참 긴 하루였다. 그 안에 담긴 여러 이야기 중 기분 좋았던 일을 찾아보려 애썼다.

'아, 아까 스트라이크 칠 때 진짜 기분 짱 좋더라. 후훗…….'

처음 쳐 본 스트라이크가 주는 짜릿함이 다시 떠올랐다.

그리고 박수를 쳐 주던 준영이… 아니 그 옆에 서 있는 팀장님.

팀장님…….

'내일 아침에 출근하자마자 보고 올리세요.'

아까 헤어질 때 봤던 얼굴…….

"내일 아침에 같이 출근하자."

몇 달 후의 내 남편이 되는 거야?

갑자기 오싹한 느낌에 눈을 딱 떴다. 분명 눈을 잠시 감았다 뜬 것 같은데 아침이었다.

그리고 육감적으로 알았다. 늦었다는 걸.

뜨아!

벌떡 일어나 시간을 확인하니 7시 30분이었다.

서두르면 늦지 않을 수 있다.

알람 소리를 못 듣고 지각할 위기에 처하는 것은 하루에 세 타임 다른 아르바이트를 했을 때도 없던 일이었다.

어제는 그저 칼퇴근에 회식이 있었을 뿐…은 아니었고, 결혼이라는 엄청난 일을 한다고 했었지.

결혼은 인류지대사 아닌가. 그래서 그런지 생각보다 감정 소모가 커 몸까지 말을 듣지 않았던 것 같았다.

문제는 아침 도시락이었다. 먹고, 모니터할 시간이 턱없이 부족했다.

부랴부랴 출근 준비를 마치고 나가는 길에 현관 앞에 배달된 오늘의 도시락을 가방에 넣었다.

얼른 출근해서 회사 휴게실에서 먹고 빨리 모니터할 요량이었다.

계단을 두세 칸씩 뛰어넘으며 1층으로 내려가 빌라 밖 세상으로 냅다 뛰었다.

뛰고 또 뛰고를 반복하며 가까스로 9시가 되기 20분 전에 회사에 도착했다.

"헉헉, 안녕하세요!"

이미 다 와 있는 직원들을 향해 인사를 건넸다.

"어! 지우 씨 좋은 아침!"

"굿모닝!"
"에고, 숨넘어가겠네! 숨 좀 돌려요."

다들 벌써 열일 모드이지만 눈을 마주쳐 미소를 보내 주었다. 따뜻하다. 따뜻해. 사기가 충전되는 기분이었다.

역시 우리 팀은 팀장님만 빼면 사람 냄새 폴폴 나면서도 일도 잘하는 베스트 팀!

"오늘은 웬일로 이렇게 늦었어?"

자리에 앉아 숨도 고르기 전에 준영이 또 꼬투리를 잡았다.

"늦잠······."
"늦잠? 그 단어 너한테 너무 낯설다."
"그러게······. 별일이 다 있지."
"그러게······. 정말 별일은 없고?"
"어?"

갑자기 준영이 별일은 없냐고 묻는데 괜히 제 발이 저려 혼났다.

"벼… 별일은… 그런 게 어딨어······."
"으응······."
"참, 나 도시락을 아직 못 먹어서 휴게실에서 먹으려고."

대충 둘러대고 얼른 도시락을 꺼내 들었다. 시간이 얼마 없었기 때문에 마음이 급했다.

윤 과장님께 말씀을 드리고 사무실을 나와 휴게실에 앉는데, 준영이 쪼르륵 커피를 들고 따라 나왔다.

"안 바빠?"

"바쁘지. 그래서 마시는 거야. 커피."

"아… 알았어……."

마음은 급하지만, 일 때문에 먹는 도시락이니 천천히 음미하며 모니터 용지에 하나하나 체크를 해 나갔다.

"그래서 어제 잘 들어갔어?"

"응……. 2차는 어땠어?"

도시락 먹으랴, 모니터하랴, 정신이 없어 준영의 눈도 바라보지 못한 채 대답하고 물었다.

"그냥 뭐… 너랑 팀장님이랑 빠지니까… 더, 더 재밌었지, 뭐."

"뭐? 와, 완전 서운하네. 나도 가고 싶었단 말야."

"그랬어? 근데 왜 간 건데?"

여기서 가고 싶었다는 말이 왜 나오니, 서지우……. 팀장님께 결혼은 비밀로 하자고 해 놓고 자꾸 내가 이렇게 치밀하지가 못하다니.

"아… 그럴 일이 있었어……. 집… 집안일……."

오늘따라 집요하게 묻는 최준영. 설마 너 뭐 알고 이러는 건 아니지? 아님, 설마 나한테 무슨 냄새나나? 결혼 앞둔 여자 냄새?

"집안일? 또 누가 사고 쳤어? 어머니? 아님 지아 누나?"

후, 다행이다. 그럼 그렇지, 어제 정해진 결혼 소식을 네가 알쏘냐.

"아니, 그런 거 아니야."

내가 사고 쳤어. 결혼한다고 말해 버렸거든. 무려 차혜성 팀장님과의 결혼이다. 하지만 준영아, 말할 수 없는 비밀이란다.

"서지우, 힘든 일 있으면 혼자 앓지 말고 이 오빠한테 꼭 얘기해라."

준영과는 오랫동안 친구로 지내며 서로의 사정을 훤히 다 알고 있었다. 여자 셋이 사는 집에 큰일이 있을 때면 한 번씩 와서 도와주기도 했고.

이 와중에 도시락을 거의 다 먹어 가는 내 머리를 준영이가 쓰담쓰담 했다.

"야, 머리 망가진댔지. 그리고 그놈의 오빠 소리 좀 그만해. 내가 생일 빠르거든?"

준영의 마음이 고마우면서도 괜히 낯간지러워 티격태격하는 나였다. 그런데 어디선가 싸늘한 시선이 느껴졌다.

고개를 살짝 옆으로 돌려 보니 팀장님이 서 있었다.

"아… 안녕하십니까……."

자리에서 엉거주춤 일어나 인사를 했다. 아마추어처럼 당황한 거 다 티 내면서.

"안녕하세요, 팀장님."

나와 달리 준영은 어제 함께 회식을 해서 그런지 친근한 말투로 인사를 했다.

"네, 서지우 사원. 출근하자마자 보고서 올리라고 했을 텐데요."

뾰족한 말투가 가슴에 콕콕 박혔다. 내 다시는 늦잠을 자나 봐라······.

"아, 죄송합니다. 죄송합니다. 금방 올라가겠습니다."

최대한 머리를 조아리며 대답을 했다. 그러자 더 인상을 쓰는 팀장님.

"그렇게까지 할 필요는 없습니다. 이따 봅시다."

머리를 조아렸던 것은 온갖 아르바이트를 하며 컴플레인을 하는 손님을 한두 번 겪어 본 것이 아니라 몸에 밴 습관이기도 했다.

"나 지금 흉했어?"

쌩하고 팀장님이 지나가 버린 다음 준영에게 물었다. 그의 표정 때문이었다. 내가 머리를 조아린 것이 그렇게도 못 볼 꼴이었나.

"어."

아, 이런. 준영이 보기에도 그랬나 보다.

"서지우, 여기 식당 아니고 카페 아니거든. 적당히 해."

"알겠어······."

사실 팀장님한테 죄송하다고 할 때는 오히려 아무렇지 않다고 생각했는데, 팀장님의 찡그린 인상 때문에 갑자기 좀 서글퍼졌다.

뭔 몸에 밴 '을' 근성이 이렇게도 많은 것인지. 나는 왜 이렇게 살아왔는지.

"나 얼른 정리하고 보고하러 다녀올게."

거의 다 먹은 도시락을 정리하고 모니터 용지를 챙겨 들었다.

"응. 서지우, 찡그린 표정에서 찡그릴 일이 나오고 웃는 표정에서 웃을 일 생긴다. 얼굴 펴."

이 따뜻한 녀석아. 그래서 난 네가 내 친구인 게 고맙다. 체력은 골골대도 마음만은 언제나 구김 없이 밝고 긍정적인 준영이.

준영을 향해 혀를 내밀고 익살스러운 표정을 짓고는 휴게실을 나섰다.

'양치질도 했고, 보고서도 다 챙겼고… 또 뭐 빠진 거 없나?'

보고하러 가는 길은 언제나 긴장이 되었다. 혹시 또 무슨 실수나 하지 않을지 지레 걱정도 되었다.

땡-

엘리베이터가 드디어 50층에 도착했다.

와아-

50층 전체를 둘러싸고 있는 통유리에서 햇살이 한가득 들어와 실내를 비췄다. 그리고 통유리 너머로 내려다보이는 서울의 활기찬 아침 풍경.

 매일 아침 보고 때문에 50층에 들르지만, 올 때마다 감탄을 자아내게 했다.

 어두침침까지는 아니지만 뭐 살짝 톤 다운된 다른 층의 분위기와는 차원이 다른 50층이었다.

 이렇게 5층과 50층이 다르듯, 나와 팀장님은 다른 세계의 사람이라는 생각이 들었다. 이 거리는 결혼을 하더라도 좁혀지긴 어렵겠지.

 똑똑-

 안타깝게도 전망을 제대로 구경할 여유가 없었다. 아까 휴게실에서 보았던 싸늘한 표정의 팀장님을 떠올리며 팀장님 방에 노크를 했다.

 짧게 "네."라는 말이 안에서 들려왔다.

 문을 열고 들어가니 역시나 후광을 달고 열일 중이신 팀장님이었다.

 H푸드의 연예인. 근래 인기 1위인 로맨스 소설의 주인공이 실사가 있다면 진정 이런 얼굴일 것이다. 만찢남이 아닌 소찢남.

 이런 분과 내가 결혼한 사실이 알려진다면, 아마 안티가 생길지도 모를 일이었다. 그의 탄탄한 팬들이 나를 가만두지 않겠지. 입방아에 넣고 꾹꾹 찧으리라. 생각만 해도 끔찍한 일이다.

살짝만 고개를 숙여 인사한 다음, 보고서를 팀장님 책상에 올렸다. 바로 매의 눈으로 스캔하는 팀장님.

내리깐 눈 위에 드리운 눈썹이 참으로 길기도 하다. 보고서를 넘기는 그 손은 또 어찌나 고운지. 이래서 다들 팀장님 얼굴 한 번이라도 제대로 보고 싶다고 하는구나 싶었다.

그건 그렇고, 보고서를 보고 뭐라고 하실지 괜히 심장이 쿵쿵댔다.

"희한한 재주가 있네요. 도시락 평가에 맛보다 다른 게 더 많네요. 매번."

솔직히 도시락의 맛은 다 평균 이상이었다. 그런데 제품 디자이너가 만들었다는 도시락 케이스가 생각보다 별로였고, 눈에 띄지 않았고, 안전성에 의심이 되었고, 식욕을 더 끌어올리지 못했다.

뭐, 더 많았지만 여기까지.

"흥미롭군요. 서지우 사원의 보고서를 마케팅 부서와 공유할 생각입니다."

"좋게 봐 주셔서 감사합니다."

와, 흥미롭다니! 게다가 공유할 정도의 보고서라니! 팀장님의 긍정적인 반응에 아침에 꿀꿀했던 기분이 순식간에 좋아졌다. 괜히 웃음이 삐져나와 참느라 혼이 났을 정도.

한참 일 이야기가 오고 간 다음 보고가 거의 다 끝났다고 생각했을 때였다.

"이따 퇴근 후에 다른 약속 잡지 마세요."

"네?"

분위기 좋다가 별안간 무슨 얘기야, 이건?

"아니, 당분간 쭉 그래야 할 겁니다."

"무슨 말씀이신지……."

"오늘 퇴근하고 나랑 갈 곳이 있습니다."

묻는 말에는 대답하지 않고 자기 할 말만 하는 팀장님을 보며 나도 모르게 미간이 찌푸려졌다.

"어딜 간다는 말씀이신가요?"

나도 모르게 목소리가 날카롭게 나왔다.

"우리 집이요."

"네? 팀장님 집이요?"

예상외의 답에 어안이 벙벙한 상태였다.

"아니, 서지우 사원과 내가 살 곳 말입니다."

그 우리가 팀장님과 나라는 말씀? 헐!

"에에? 벌써…요?"

이번엔 매우 절망적인 목소리로 대꾸해 버렸다.

"벌써라뇨. 결혼 준비가 뭐 친구랑 노닥거리면서 잠깐 써내는 보고서 같은 줄 압니까?"

설마 아까 준영이랑 휴게실에 있었던 것 때문인가?

삐친 듯, 꼬인 듯 보이는 저 말투는 뭔지. 그리고 내가 기어들어 가게 말하긴 했지만, 딱딱 잘라 내는 팀장님이었다.

아, 완전 까칠해.

"아니, 약속은 보통 상식적으로 전날 정도에는 잡아야지, 너무 갑작스럽잖아요."

"오늘 약속 있습니까?"

"히잉… 아니요."

하필이면 오늘 약속도 없냐고! 얼굴을 있는 대로 찡그리며 대답을 했다.

"퇴근 후에 보죠. 그리고 휴대폰으로 파일 하나 보낼 테니 잘 받아 두세요. 이상."

어쨌든 결혼에 관해서는 상사와 부하 관계도 아닌데, 너무 일방적인 거 아냐?

"팀장님 다음번엔 이런 스케줄은 같이 정했으면 합니다."

외모는 잘생겼으면서 말본새는 그 반대다.

"어쩌죠. 벌써 일정 다 잡아 놨거든요."

"네? 헐……."

누가 열혈 기획자 아니랄까 봐.

"미안하게 됐습니다."

"뭐, 생각해 보니 별로 내키지도 않는 결혼인데, 일거리 줘서 좋네요. 그럼 저는 이만 가 보겠습니다."

괜히 거슬리는 마음에 자존심만 세우는 나였다.

"잘됐군요. 다음 보고 때 보죠."

첫, 그도 지지 않는다.

팀장님 방을 나오자마자 휴대폰에서 알림이 울렸다. 이따 보낸다더니 당장 보내온 파일 하나.

제목을 보자마자 식겁했다.

결혼 준비 스케줄러

파일을 열어 보니 캘린더에 일정이 빼곡히 적혀 있었다. 뷰티케어 일정과 상견례 및 가족 행사 일정, 웨딩 촬영, 드레스 셀렉하는 날까지……

꼼꼼하게 일하기로 소문난 팀장님인 건 알고 있었지만, 결혼까지 이렇게 치밀하게 스케줄을 짜 놓다니 입이 딱 벌어졌다.

오늘 퇴근 후의 첫 일정이 결혼 준비의 시작을 알리는 오프닝 행사인가 싶을 정도였다.

그나저나 어떤 집일까.

팀장님과 내가 잠시나마 살게 될 집.

궁금하긴 하네…….

50층에서 내려오니 혼이 쏙 다 빠져 버린 느낌이었다.

카페인 보충이 시급해 탕비실에서 커피 한잔을 내려 들고는 자리에 앉았다.

잡생각을 잊는 데는 일만큼 좋은 게 없으니까.

잔뜩 쌓인 일감을 하나하나 분류한 뒤, 급한 것부터 살펴보고 있었다.

"지우 씨, 오늘 점심 같이 해요!"

한창 일에 빠져 점심시간이 다가오는지도 모르고 있었는데, 뒤에서 이 과장님이 큰 소리로 나를 부르셨다.

"아, 넵. 알겠습니다."

사내 멘토와의 첫 식사 약속이었다. 사실 궁금한 것도 많고, 조언 얻고 싶은 것도 많아서 내심 기다리고 있던 터였다.

"오호- 오늘 드디어 이 과장이 지우 씨 멘토 노릇 좀 톡톡히 하나? 벌써 이 과장보다 일은 더 잘하는 것 같은데. 하하!"

윤 과장님이 통쾌하게 웃으며 말했다.

"이 과장님 그간 너무 무심했어서 오늘 진짜 맛있는 거 사주셔야겠다."

박 대리님도 거들었다.

"그럼요. 지우 씨가 먹고 싶은 거 다 사 줄 작정이니 모두 걱정들 마세요."

이 과장님이 소란한 좌중을 평정시켰다.

"서지우 좋겠네!"

준영은 옆에서 눈썹을 들썩이며 나를 보고 입을 삐쭉거리며 나지막한 소리로 말했다.

훗- 은근 점심시간이 기다려졌다.

드디어 하던 일을 대충 마무리하고 미소를 짓고 나를 기다리시는 이 과장님을 따라나섰다.

"지우 씨, 뭐 좋아해요?"

"아, 저 짜장면 좋아해요."

"짜장면이라……. 오케이, 갑시다. 기가 막힌 데가 있어요."

"우와… 기대돼요, 이 과장님."

이게 말로만 듣던 직장 생활의 묘미 중 하나 아니던가. 일과 일 사이에 끼어 있는 축복의 점심시간에 친절한 상사와 회사 근처의 숨은 맛집에서 먹는 맛있는 점심!

"네, 사장님. 두 명 갑니다."

심지어 예약하는 센스를 발휘하시는 매너가 철철 넘치시는 이 과장님이었다. 과장님과 나는 회사 뒷골목을 몇 번 돌아 홍등이 나부끼는 중국집에 다다랐다.

"와, 가게만 보아도 짜장면이 맛있을 것 같아요, 과장님."

"하핫, 들어가죠."

설레는 마음으로 과장님과 함께 가게 안으로 들어갔다.

자리에 앉자마자 식탁에 짜장면 두 개와 탕수육이 차려졌다.

"에고, 저 짜장면이면 되는데, 탕수육까지 시켜 주시고."

말은 이렇게 하면서도 입꼬리가 쓱 올라가는 건 어쩔 수 없었다.

"아이고, 우리 신입에게 이 정도는 대접해야 멘토 체면이 살죠. 맛있게 먹어요, 지우 씨."

"네, 헤헷. 잘 먹겠습니다."

이런 친절한 사내 멘토가 있다니 안 먹어도 배가 부른 것 같은 느낌이었다.

"어떻게, 회사 생활은 할 만해요?"

천천히 면발을 들어 올려 먹던 과장님이 젓가락질을 멈추고 물었다.

"네. 아직 정신없지만, 그래서 더 재밌어요."

입 안 가득 채운 짜장면 때문에 볼이 빵빵한 상태라 살짝 입을 가리며 대답했다.

오랜만에 먹는 짜장면 맛이 얼마나 맛있던지.

"오~~ 멋지다, 우리 열정 신입."

"워낙 꿈에 그리던 회사였거든요."

"아… 그랬군요. 근데 H푸드가 왜 그렇게 지우 씨의 꿈의 기업이 된 거예요? 궁금하네."

"대답 들으면 실망하실 텐데……."

"……?"

"편의점 도시락이 너무 맛있어서요. 그래서 마니아 됐거든요. 헤헷."

"큭큭, 생각보다 소박한 대답이네요."

"와, 근데 이 짜장면도 너무 맛있네요."

"그냥 궁금해서 묻는 건데 H푸드 '짜신'이랑 비교해서는 어때요?"

"어휴, 짜신이 최고죠! 과장님두 참."

주방장이 들을세라 작은 목소리 대답했다.

"그거 내가 기획한 거거든."

"와, 진짜요? 대박. 저도 그런 멋진 제품 기획해 보고 싶어요!"

"앞으로 징그럽게 하게 될 겁니다. 하하하!"

생각보다 편한 이 과장님과의 대화가 물 흐르듯 흘러갔다.

"참, 팀장님은 만나 뵈니 어때요?"

갑자기 이 과장님의 입에서 팀장님 이야기가 나왔다.

"워낙 철두철미하고 하고자 하는 일엔 끝까지 무섭게 달려드는 성격이라……. 근데 입사하자마자 지우 씨한테 일이 갔네요."

"캑, 캑캐액."

계속되는 팀장님 이야기에 나도 모르게 입에 물었던 짜장면이 튀어나올 뻔한 것을 간신히 막다가 사레에 걸려 버렸다.

하… 아마추어처럼 그러지 말자고 했잖아, 서지우! 최대한 팀장님 이야기가 나와도 침착하자. 회사에서는 약혼자가 아니고 그야말로 팀장님이라고!

아무튼 하고자 하는 일에 끝까지 달려드는 성격, 벌써 알아봤죠. 결혼을 아주 밀어붙이더라고요.

"괜찮아요? 여기 물……."

팀장님이 당황하며 물을 건넸다.

"에고, 죄송해요. 큼큼. 큼큼……. 이제 괜찮은 것 같아요."

"죄송하긴요. 갑자기 잘 먹고 있는데 내가 괜한 이야기를 꺼냈나 봐요. 쉽지 않았죠? 팀장님 대하기가."

이렇게 얘기하면서도 이 과장님의 눈빛은 여전히 궁금증이 가득했다. 팀장님에 대한 이야기가 왜 그렇게 궁금한 거야? 내겐 세상에서 가장 불편한 이야기인데!

"뭐… 좀 표현이 까칠하시긴 한데요. 제가 소신껏 쓴 보고서를 긍정적으로 받아들여 주셔서 재미있게 하고 있어요."

팀장님 얘기는 여기까지 하죠, 과장님.

더는 위험합니다.

"'아침을 부탁해'는 진행이 어디까지 된 거예요?"

"저도 자세히는 모르지만, 아직은 계속 제품 개발 중인 것 같아요. 출시까지는 좀 걸릴 것 같아요."

"그렇겠죠. 워낙 완벽하지 않으면 내보내지 않으시는 분이니……."

"아… 그렇군요……."

"일하다가 어려운 거 있으면 언제든 도움 요청해요. 힘닿는 데까지 도울게요."

이 과장님은 생각보다 팀장님 그리고 '아침을 부탁해' 프로젝트에 관심이 많으셨다. 워낙 내 할 일은 내가 다 끝내야 하는 성격이라 부탁할 일은 없겠지만, 그래도 도와주신다는 말에 괜히 든든한 기분이 들었다.

"과장님, 후식 커피는 제가 쏠게요!"

"괜찮아요. 커피도 내가 사야죠."

"근처에 괜찮은 카페가 있거든요. 커피 맛 진짜 좋아요."

맛있는 식사가 끝나고 나는 이 과장님과 중국집에서 멀지 않은 'go on' 카페에 들렀다.

"오… 이런 카페가 있었군요. 분위기가 괜찮네요. 훗- 지우 씨 뭐 마실래요?"

"아, 저는 라떼요."

"음, 그럼 카페라떼랑 아이스아메리카노 한 잔씩 주세요."

이 과장님이 카운터로 가 주문을 했다. 나도 그 옆에 따라 나온 상황.

사장님은 내게 눈을 찡긋거렸다.

'오오… 괜찮네…….'

눈짓으로 과장님을 가리키며 나에게 말을 하는 사장님.

'여친 있는 듯…….'

내가 과장님 네 번째 손가락의 반지를 눈으로 가리켰다. 사장님은 곧 김샜다는 표정을 지었다. 나는 우리의 무음 대화가 웃기고도 슬퍼 억지로 웃음을 참느라 혼났다.

"감사합니다. 수고하세요!"

'go on' 카페 사장님께 소리 내어 인사를 하고는 이 과장님과 회사로 향했다. 매일 일하러 왔던 카페에 손님으로 오니 기분이 참 묘했다.

과장님과 나는 손에 커피 한 잔씩을 들고 회사로 향했다.
"안녕하십니까."
"안녕하세요."
과장님과 함께 회사 정문을 통과해 들어가는데 여기저기서 인사하는 소리가 들렸다.

누군데 이렇게 요란하게 여러 사람이 인사를 하나 싶어 고개를 뒤로 돌리니 팀장님이 우리 바로 뒤에 들어오고 있었다. 외부에서 식사를 마치고 온 모양이었다.

팀장님은 빠른 걸음으로 지나가며 나와 과장님을 차가운 시선으로 쓰윽 쳐다보았다. 아침에 준영과 함께 있을 때 봤던 장면이 머리에 데자뷔처럼 스쳤다.

아, 진짜 눈빛이 왜 저러냐. 썩은 미소에 이은 싸늘한 눈빛이라니!

50층에 있어서 자주 못 보리라는 것은 나의 착각이었다. 아주 그냥 여기저기에서 자주 보이는데, 누가 팀장님 얼굴 보기 힘들다고 한 거야?

이 과장님과의 훈훈했던 점심시간이 지나고 오후 시간은 쏜살같이 빠르게 지나갔다. 그럴수록 나는 다시 긴장되기 시작했다.

하… 일도 많은데, 퇴근하고 언제 집을 보러 가……. 같이 있는 것도 불편하고… 휴…….

 마음속으로는 시곗바늘을 붙잡고 싶었지만, 기어이 제 할 일을 해내는 시계는 6시를 훌쩍 넘었다는 사실을 알려 주었다.

Rrrrrrr.

[주차장에서 보죠.]

 기어코 단출하고도 건조한 팀장님의 메시지가 도착했다.

[네!]

 나 역시 단출하고도 건조한 회신을 보냈다. 다분히 의도적으로. 내 마음도 이렇다 이거야!

 "휴……."

 나도 모르게 깊은 한숨을 내쉬었다. 다행히 과장님들은 다 퇴근했지만 대리님들과 준영이 있는데, 신입 주제에 먼저 간다고 하는 것도 좀 민망했다. 그래도 어쩌겠는가. 팀장님이 나오라는데.

 "준영아, 나 먼저 갈게. 일이 좀 있어서……. 저어… 먼저 들어가 보겠습니다."

 간신히 의자에 붙은 엉덩이를 떼고 슬쩍 일어났다.

 "서지우, 뭔 일?"

 "집… 집안일……!"

 "흠… 요즘 일이 많은 것 같네……. 내일은 늦잠 자지 말고……. 아, 내가 일어나자마자 아침에 전화해 줄까? 좀 귀찮긴 해도 동기 좋다는 게 뭐냐. 과 동기, 입사 동기!"

"아니! 오늘이 처음이자 마지막 늦잠이었을 거야. 간다!"

"그래? 어… 알았어……. 잘 들어가라."

허리를 연신 구부렸다 펴며 사무실 밖으로 나왔다. 복도로 나와 사람들이 잘 안 다니는 구석진 곳의 엘리베이터를 탈 생각이었다.

"아니, 아무리 생각해도 이거 너무 일방적인 거 아냐? 내가 그 제안을 받아들였다고 해도 뭐 이리 주도권을 자기가 가지고 있냐고!"

혼잣말을 하며 직원들이 거의 이용하지 않는 길을 터벅터벅 걷고 있었다.

"서지우 사원, 뭐 하죠. 뭐 합시다! 후… 진짜 내가 숨막… 꺄악!"

너무 놀라 온몸에 소름이 쫙 끼쳤다.

아무도 없을 것이라고 생각한 모퉁이에 누군가 떡하니 서 있는 것이 아닌가.

생각지도 못한 장면이라 깜짝 놀랐는데, 보니까 이 과장님이었다.

"이… 이 과장님! 퇴근하신 줄 알았는데……."

"아… 어디 좀 들렀다가 지금 퇴근하는 길입니다. 지우 씨는 왜 이쪽으로……."

"아… 하하. 요즘 회사 구조 익히고 있거든요! 여기저기

막 돌아다녀 보는 중이에요. 하하! 그럼 저는 다시 저쪽으로……. 들어가세요!"

어디서 이런 임기응변이 나왔는지 주저리주저리 떠들어 대며 다른 쪽 엘리베이터를 향해 급히 몸을 틀었다.

"후……."

하마터면 괜한 의심을 살 뻔했다는 생각을 하며 짧은 안도의 한숨을 내쉬었다.

간신히 지하 주차장으로 들어간 후 좌우를 살피며 팀장님 차를 찾았다.

갑자기 번쩍이는 헤드라이트.

네, 네, 갑니다.

무슨 비밀 요원이라도 되는 양 주위를 살피고 조심스럽게 팀장님 차에 올랐다.

아, 진짜 이러고 어떻게 살아. 1년을. 힝 - 생각만 해도 아찔하고 피곤하다.

"안녕하세요."

누가 들을세라 팀장님에게 모기만 한 소리로 인사를 했다.

"밖에서 안 들립니다."

아, 맞다. 여기 차 안이지!

나도 모르게 정체를 들키면 안 된다는 생각에 했던 행동이었는데 그걸 또 아주 까칠하게 받아들이는 팀장님이었다.

순간, 갑자기 주차장에 들어서는 회사 사람들의 웅성거리는 소리가 들렸다.

"헉!"

급히 몸을 아래로 숙였다.

"서지우 사원, 무슨 잠복근무 합니까? 사람들 갔어요. 똑바로 앉으세요."

"아니! 누가 볼까 봐 그러죠. 진짜 뭐가 이렇게 대담해요. 약속을 지킬 생각은 있으신 건가요? 휴."

나도 제법 팀장님 앞에서 할 말을 하는 여자가 되어 가고 있었다. 자꾸 다그치기만 하니까 너무하잖아!

"자연스럽게 하는 게 더 낫습니다. 그렇게 하면 오히려 더 오해를 살 수 있어요."

살짝 흥분한 나와 달리 그의 목소리 톤은 무척 차분했다.

그래서 더욱 민망한 느낌.

그사이 팀장님의 차가 빠르게 회사 주차장을 빠져나왔다.

차는 좀 밀렸지만, 퇴근이라는 자체가 주는 즐거움 덕분에 기분이 금세 좋아졌다.

지난번 비로 봄꽃이 좀 떨어져서 아쉬웠지만, 그런대로 아직 봄기운이 완연해 거리엔 생동감이 있었다. 해도 제법 길어져 날이 아직 밝았고.

"팀장님, 근데, 그 집이 어느 쪽이에요?"

봄 정취에 취하다 보니 이제야 목적지가 어딘지도 모르고 끌려간다는 생각이 들었다. 무려 신혼이라는 타이틀을 달고 있는 그 집 말이다. 도대체 할아버지들은 어떤 집을 팀장님과 나의 집으로 준비해 두셨을까. 어디에. 어떤 모습으로.

"부암동으로 갑니다."

팀장님의 대답을 듣자 가슴에 무언가 쿵 내려앉는 기분이 들었다. 어쩐지 차가 가는 방향이 낯설지 않다 했다.

부암동이라니…….

그곳은 내게 정겹고, 아련한 동네였다. 어린 시절 우리 집이 있었으며 이름만으로도 마음을 옥죄던 나사가 풀어지게 만드는 곳.

갑자기 괜히 마음이 울컥하고 심장박동 수가 빠르게 뛰는 것 같았다. 팀장님 때문이라기보다는 얼른 만나고 싶은 그 동네 때문에.

하도 사는 게 버겁다 보니 그곳을 아예 잊고 살았다고 해도 과언이 아니다. 지금 모습은 예전 그대로일까, 아니면 많이 바뀌었을까 몹시 궁금해졌다.

"신혼집 동네 이름 듣고 감격했습니까?"

내 마음이 표정에 드러났는지 그에 걸맞은 질문을 던지는 그였다.

"아, 뭐 조금요. 근데, 어떻게 아셨어요?"

내 마음이 보여요?

"표정이 그래 보여서요. 그런데 부암동 좋아합니까?"

"네. 어릴 때 살던 동네예요."

"저희 할아버지 집도 그쪽이었습니다."
"그러셨구나……."
"하, 벌써 감격하면 어쩌나. 거기 가서는 기절하겠습니다."
"왜요?"
"가 보면, 가 보면 알게 되겠죠."
알 수 없는 말을 하며 라디오를 트는 팀장님이었다.

난 너와 같은 차를 타고 난 너와 같은 곳을 보고
난 너와 같이 같은 곳으로
그곳은 천국일 거야.

이 타이밍에 이런 노래라니.
갑자기 자기도 머쓱한지 창문을 스르륵 여는 팀장님. 밖에서 불어오는 바람에 팀장님의 향기가 코에 전해졌다. 오늘도 역시나 시원하고 깨끗한 향이다.
이 타이밍에 이런 향기라니.
그나저나 팀장님과 같은 집에 산다는 것은 어떤 느낌일까.
일단 잠시 결혼하는 것이니까 침실 두 개에 화장실 두 개여야겠지? 그러면 뭐, 기숙사 룸메이트 정도로 생각하면 되려나……. 후, 그나저나 참 상상만으로도 불편한 느낌인데…….
퇴근길 러시아워를 뚫고 다다른 부암동 언저리는 내 기억

속 그곳과는 많이 달라져 있었다. 한적했던 동네 초입은 많은 가게들로 북적였다.

격세지감을 느끼며 창밖 풍경을 신기하게 바라보았다. 차는 그곳을 지나쳐 단독주택이 군데군데 보이는 골목길에 들어섰다. 한적한 오르막길이었다.

이 길 어디쯤에 팀장님과 나의 집이 있단다.

차가 멈출 때가 된 것 같은데도 여전히 차는 위쪽으로 올라가고 있었다.

"자, 도착했습니다."

드디어 차는 오를 대로 오른 골목길 꼭대기에 멈춰 섰다. 차에서 내려 팀장님과 멀찍이 떨어진 채로 앞에 놓인 계단을 걸어 올라갔다.

진짜 신혼집도 아닌데 이상하게 마음이 설레고 긴장이 되었다.

혹시라도 너무 부담스럽게 크고 화려한 집이라면 백번 사양할 각오는 하고 왔다. 아무리 1년이지만, 서로서로 단출한 살림으로 편하게 있다가 헤어지는 게 좋지 않을까.

팀장님이 계단 끝에 있는 집 대문을 열었다.

문이 열렸다.

열린 문으로 들어오는 향긋한 꽃 내음이 코끝에 스쳤다.

으음…….

하…….

이 집에서 처음 맞닥뜨린 향기가 참 좋았다. 기분 좋은 냄새 때문인지 가슴이 괜히 콩닥콩닥거렸다.

대문 안으로 들어가자 우리를 제일 먼저 반긴 건 푸릇푸릇한 잔디가 있는 마당이었다. 그곳에 놓인 예쁜 그네 벤치가 바람에 미세하게 흔들리고 있었다.

그다음은 아담한 잔디 뒤에 펼쳐진 집 한 채.

빨간 지붕의 이층집이었다. 아담하고 예쁜 집.

세상에…….

이 집은 마치 어릴 때 언니와 가지고 놀던 인형 집 빨간 지붕 이층집의 실사판 같았다. 우리는 앙증맞고 귀여운 그 집을 참 좋아했었다.

게다가 잔디가 깔려 있는 마당에서 빙빙 돌며 주변을 바라보니 집 뒤로 북악산이 있고 인왕산이 정면에 보였다.

지대가 높아 내려다보이는 풍경 저쪽 언저리에는 아직 다 떨어지지 않은 벚나무들이 솜뭉치처럼 군락을 이루고 있는 전경이 황홀하게 펼쳐져 있었다.

이 집은 말하자면 겉에서만 보았는데도 완전히 혼을 쏙 빼놓는 집이었다.

역시 할아버지들이 보통 허술하게 작전을 짜신 것이 아닌 것 같았다.

살고 싶게 만드는 집.

여기서 살면 행복할 것 같은 그런 집.

이런! 백년해로하고 싶게 만들 것만 같은 집이었다!
"마음에 듭니까."
정신을 못 차리고 집의 외관을 살펴보는 내게 팀장님이 물었다.
"오… 뭐, 나름… 살 만하네요."
살 만한 정도가 아니라 좋아도 너무 좋네요……. 근데 그래 봤자 1년짜리 전세 같은 집 아닙니까.
그리 호들갑 떨면서 좋아하면 뭐 하나 싶어 감정을 최대한 절제하고 그냥 대충 대답을 해 버렸다.
"언제까지 그렇게 멍하니 바라만 볼 겁니까. 안에도 봐야죠."
팀장님이 한참을 넋 놓고 집과 그 주변을 바라보고 있던 내 팔을 끌어당겼다.
그의 힘에 이끌려 빨간 지붕 이층집의 1층 현관에 도착했다.
원목으로 견고하고 세련되게 만들어진 현관. 팀장님이 비밀번호를 눌러 집의 봉인을 해제했다.
마치 실바니안 인형이라도 된 듯 그 집 안에 들어가 내부를 둘러보았다. 집 안은 의외로 오리엔탈 느낌의 인테리어가 되어 있었다.
편안해 보이는 패브릭 장식이 곳곳에 있었고, 뜨개 스툴과 원목 테이블 그리고 패브릭 소파가 거실을 채우고 있었다. 1층에는 그렇게 거실 그리고 깔끔하게 꾸며진 화장실 하나와 아기자기하게 꾸며진 주방이 있었다.

모든 것에 더 손댈 것도 없을 만큼 취향 저격인 상태.

"2층에도 한번 가 볼게요."

집을 더 둘러보고 싶은 마음이 앞서 먼저 계단을 올라가며 말했다.

어릴 때 가지고 놀던 인형의 집 실내에 들어가 보는 진기한 경험이라도 하는 듯 나는 살짝 신이 났다. 그래서 적극적으로 집 안을 살펴보기 시작했다.

그런데 내가 집 안을 둘러볼 때마다 팀장님이 자꾸 내 반응을 살피는 것 같아 신경이 쓰였다. 살짝 불안해 보이는 표정이라 더욱더.

실내에 있는 계단을 통해 2층에 오르니 그곳에 방 두 개와 화장실이 있었다.

아마도 각자의 방이겠지?

의심의 여지없이 2층에 있는 방문 하나를 열었다.

여기가 팀장님 방인가…….

그곳에는 굉장히 푹신하고 편안해 보이는 큰 침대가 놓여 있었다. 그리고 한쪽 옆에는 책상과 책장이 함께 놓여 있을 만큼 제법 큰 방이었다.

근데 침대가 너무 큰데… 설마?

순간 나도 모르게 팀장님과 함께 이 방에 있는 몹쓸 상상을 하고 말았다.

으~~ 진짜 결혼도 아니면서 왜 이래!

머리를 좌우로 흔들어 방금 상상했던 것을 털어 내었다.

흠… 그렇다면 여기가 내 방이란 말이지……

그 옆에 딱 붙어 있는 나머지 방 하나의 문을 열었다.

"으잉?"

허무하고 어이없게 기대를 저버린 이 방은 빈방이었다. 정말 아무것도 없이 텅 빈 방.

뭐지? 이거 대단히 뭔가 잘못된 것 같은데? 나는 어디서 자고? 어디서 쉬라고? 자기는 혼자 그렇게 크고 편안한 침대에서 자겠다 이건가?

갑자기 실망감이 파도처럼 밀려왔다. 호화스러운 것을 고사하겠다는 마음으로 왔으나, 이건 뭐 아무것도 없으니 그냥 빈 독방인가. 와, 너무 싸늘하네.

그때, 1층을 둘러보고 뒤따라온 팀장님이 문을 열고 있는 내 뒤에 섰다.

"팀장님, 이 방이 제 방이죠?"

뒤를 돌아 그를 바라보며 때아닌 방주인 확인 중인 나였다.

"아니에요."

아니라고?

"그럼 여기 옆방인가요? 제일 큰방? 설마?"

그럼 이 방이 팀장님 방이야? 완전 심플한 스타일이신가? 이부자리만 놓고 주무시는?

"결혼한 부부에게 자기 방이 어디 있습니까. 그 방이 우리 방입니다."

"네에? 지난번에 분명 순결은 지켜 주신다고!"

당황해 막 내뱉고 보니 괜히 부끄러워져 얼굴이 화끈거렸다.

"아무튼 그거 좀 이상한데요. 진짜 부부도 아니잖아요."

처음부터 확실히 하자고!

그 구름처럼 폭신해서 옆에 누가 눕기만 해도 같이 출렁일 것 같은-물론 좋은 침대는 그렇지 않다고 하니, 나의 생각입니다만-그 침대에서 진정 우리가 함께 잔단 말이에요?

"아니, 1년간 결혼한 시늉만 하면 된다면서요? 출생 신고랑……."

"혼인 신고겠죠."

"아, 맞다."

하, 최근에 왜 개나 고양이는 출생 신고를 안 하냐던 지아 언니와 한바탕 설전을 벌인 탓이었다. 혼인 신고를 출생 신고라고 말해 버리다니.

"그렇게도 싫습니까? 나랑 한방 쓰는 게."

"어휴, 당연하죠. 다시 말하지만 진짜 결혼도 아닌데! 아무리 팀장님이 우리 회사 연예인이라고 해도, 나, 나를 진심으로 사랑하는 사람하고 하는 결혼을 아직 꿈꾸고 있다고요."

"1년만 결혼 생활 하는 거 우리 부모님은 모르십니다. 사실, 서지우 사원 배려 차원에서 제안한 거고요. 경영권이라는 다소 민감한 문제가 있어서 그렇습니다. 방 두 개로 침대를 꾸미면 우리 부모님이 어떻게 생각하시겠습니까. 이해… 라는 거 좀 해 줄 수 없겠습니까?"

"에에? 헐……!"

이건 뭔가 불공평했다. 우리 집에 와서는 그렇게 1년 살고 이혼한다고 하더니, 본인 부모님께는 그냥 결혼해서 살겠다고 한 거야? 설마 평생?

어쩐지 누구 보내지도 않고 우리 집에 친히 혼자 와서 이야기할 때부터 좀 이상하긴 했다. 우리 집만 대충 돈으로 입막음하고 자기 가족부터 해서 그쪽 집안에는 완벽한 결혼으로 보이려는 것이었다. 그걸 배려라고 포장하다니.

진짜 치밀하고 치사하네…….

이 결혼, 정말 쉽지 않겠다는 생각이 들었다.

"와, 뭔가 좀 억울한데요? 암튼 생각은 좀 해 보겠습니다."

하도 진지하게 나오는 팀장님의 눈빛과 말 때문에 다른 방책을 찾기 전에는 일단 넘어가기로 했다.

"그리고 이 방은 결혼식하고 와서 보면 채워져 있을 겁니다."

'아직 인테리어가 덜 끝난 거였던 거야? 흠…….'

고개를 갸우뚱거리며 마저 2층을 둘러보았다. 방 앞으로 작은 거실이 있고, 그 거실에 발코니로 향하는 문 하나가 더 있었다.

그 문을 열고 발코니로 나가니 시원한 바람에 꽃향기가 함께 날아와 코끝에 스쳤다. 이 집에 처음 들어설 때 맡았던 그 향기. 여기서 보니 아까 보았던 벚꽃 군락이 더 잘 보였다. 무척 아름다웠다.

이제 해가 서서히 하늘을 붉게 물들이며 서쪽으로 넘어가고 있었다. 팀장님도 어느새 내 옆으로 와 함께 노을 지는 풍경을 바라보았다.

"근데, 진짜 기억 안 납니까? 어릴 때 같이 놀았던 것……."
"글쎄요. 워낙 눈코 뜰 새 없이 살아왔거든요. 옛 추억에 잠길 시간도 없어요. 그래서 그런지 다 잊어버렸나 봐요. 참, 팀장님은 이 집 어떠세요?"
"하… 이렇게 작은 집은 생전 처음 살아봅니다. 어째 우리 할아버지께서 내 취향은 하나도 고려하지 않으신 건지."
실바니안 빨간 지붕 이층집, 아니 이제 곧 내가 살게 될 집 때문인지, 코끝에 스치는 꽃향기 때문인지, 서쪽으로 넘어가는 노을 때문인지 마음이 일렁이며 따뜻해졌다.

팀장님과의 대화도 조금 편해진 느낌이다.

꼬르륵-

이 좋은 분위기를 깨는 커다란 울림. 그것이 내 배 속에서 새어 나왔다.

들었나? 못 들었겠지? 하, 배꼽시계는 자기 할 일을 절대 잊지 않는구나.

"품, 벌써 8시가 다 되어 가네요. 식사나 하러 갑시다."

앗, 들었나 봐. 으~ 창피해……

"네? 어휴, 저는 괜찮아요. 집에 가서 먹으면 돼요."

불편해! 같이 먹는 거 불편하다고!

"왜요. 이 과장님이랑은 괜찮고, 나랑은 안 됩니까?"

아, 아까 점심시간에 이 과장님이랑 식사하고 오는 길에 정문에서 딱 마주쳤었지. 그걸 가지고 또 이렇게 꼬투리라니.

"이 과장님은 제 멘토시거든요."

"멘토보다 예비 남편이 더 강력하죠. 갑시다. 여기 아래에 만둣국 잘하는 데를 알아요."

헐? 만둣국?

만둣국이라는 말에 거부하던 말과 달리 몸이 먼저 앞으로 나갔다. 짜장면은 아니지만, 배가 고프니 시장이 반찬 아니겠는가.

팀장님과 나는 집에서 나와 나란히 골목길에 발걸음을 놓았다. 팀장님 옆에서 한 1.5미터쯤 떨어져 걸었다. 안 그랬다간 계속해서 요동치는 꼬르륵 소리 때문에 망신을 당할 것만 같았기 때문이었다.

그새 어둑해진 골목길에 하나둘 가로등이 켜졌다. 그 아래로 바람을 타고 떨어지는 벚꽃이 참 예뻤다. 길엔 금세 꽃 융단이 깔렸다.

그때, 길 반대 방향에 두 사람이 걸어오고 있었다. 팔짱을 꼭 낀 채 올라오는 연인. 아마도 함께 귀가하는 신혼부부인 것 같았다. 편안하고 밝은 표정의 두 사람. 서로에게 딱 붙어 있는 모습이 정말 애틋해 보였다.

문득, 팀장님과 나 사이에 있는 휑한 공간을 바라보았다. 아무래도 이 공간이 우리 사이를 대신 이야기해 주는 것 같았다.

후-

사랑으로 결혼한 사람 간의 거리가 '0'라면, 우리처럼 낯선 두 사람의 정략결혼의 거리는 '1.5미터'쯤 되리라. 그들의 모습이 참 부럽기도 하고 우리의 모습이 참 쓸쓸했다.

우리는 끝까지 이렇게 거리를 유지한 채 만둣국집에 도착했다. 이곳은 주택을 개조해 만든 식당이었다. 예쁜 꽃과 예쁜 그릇으로 인테리어를 해 눈을 단번에 사로잡는 곳이었다. 우리는 2층 창가 자리로 안내를 받고 음식을 기다렸다.

창을 통해 부암동의 아름다운 풍경이 눈에 들어왔다. 이런 식당이 있다니, 참 예쁘다.

우리는 어색함에 하염없이 창밖만 바라보았다.

"뭐 나에 대해 궁금한 거 있습니까?"

정적을 깨고 그가 먼저 말을 걸었다.

"음… 궁금한 거라……. 아! 카페는 이제 왜 안 가시는 거예요?"

수민 사장님이 전에 궁금해한 질문이 갑자기 떠올라서 물었다.

"서지우 씨가 없으니까요."

"네?"

뭐야. 갑자기 사람 뜬금없이 심쿵하게!

"페퍼민트를 그렇게 타 주는 사람이 없으니까 더 이상 갈 이유가 없네요."

아… 그래서 그런 거예요? 내가 아니라 페퍼민트구나. 뭐 그거 사 먹으러 왔었으니까 당연한 건데, 괜히 쿵한 내 심장이 잘못했네!

가만히 생각해 보니 궁금할 것도 없는 문제였는데 뭘 기대한 거지?

"아니, 차가 다 똑같지 제가 탄다고 뭐 다를까……. 근데 그럴 것 같긴 했어요."

알 수 없는 실망감에 말이 은근 뾰로통하게 튀어나왔다.

"만둣국 나왔습니다."

말을 마치자마자 하얗고 딱 봐도 무거운 사기그릇에 담긴 만둣국이 나왔다.

"우와……."

정갈한 음식의 진수를 보여 주는 비주얼이었다.

국물을 한번 떠 먹어 보니 상당히 심심한 맛이었다. 팀장님을 살짝 쳐다보니 만두를 건져 초간장에 탁 찍어 반쯤 베어 물었다. 배가 고픈 나머지 허겁지겁 국물 맛부터 보는 나와는 달리 매사가 차분하고 침착한 사람이라는 걸 알 수 있는 장면이었다.

"그런데 두통이 엄청 심하신가 봐요."

나도 바람개비처럼 모양을 하고 떠 있는 만두를 하나 들어 초간장에 찍은 다음 베어 물면서 물었다.

"네. 원래 조금씩 있었는데, 입사하면서부터 좀 심해졌어요."

"일을 시작하시면서 스트레스를 많이 받으셨나 봐요. 보통 두통은 신경성이라고들 하잖아요."

"좀 예민한 편이긴 합니다. 아무래도 일반 직원들과 처한 상황이나 환경이 다르다 보니 신경 쓸 일이 더 많았고."

"처한 상황과 환경이 더 좋은 거 아닌가라고 생각했는데 오히려 스트레스였다니 의외네요. 전 팀장님이 막 야망 있고 그런 줄 알았어요. 뭐든지 마음대로 할 수 있는 위치이기도 하시고."

"글쎄요……. 평범한 게 가장 좋은 것 같은데, 사실 나도 그렇게 살고 싶고. 개인적으로 하고 싶은 일도 있었지만 숙명처럼 겪어 내야 할 일들이 있으니까요."

그의 말을 듣는 순간, 아빠가 떠올랐다. 할아버지의 사업을 어쩔 수 없는 책임감으로 견디다 그 무게를 감당하지 못했던 우리 아빠. 어쩌면 조이제과가 부도 위기에 처해 힘들어진 것이 아니라, 경영을 맡게 된 그 순간부터 내내 스트레스를 받았겠지. 내 앞에 있는 팀장님처럼. 매일 집 마당 한쪽에 담배꽁초가 괜히 수북이 쌓인 게 아니었을 것이다.

"그냥……."

갑자기 울컥해져 입을 뗐다.

"네? 그냥?"

그가 무슨 소리냐는 듯 눈을 동그랗게 뜨고 되물었다.

"좀 즐겨 보세요, 팀장님."

"아… 홋-"

"신입 주제에 이런 말 하는 거 좀 웃기지만, 좋은 환경에 태어나신 건 맞는 거고 좋은 게 좋은 거다, 그렇게 생각하시고 스트레스 좀 덜 받으시면 좋겠어요. 그리고 영 아니다 싶으면 더 깊이 발을 들이지 마시고 차라리 빼는 게 정신 건강에 나아요."

"지금 나 걱정해 주는 겁니까?"

"뭐… 네."

"홋-"

"이참에 결혼도 다시 생각해 보세요. 굳이 일이 적성에 안 맞으시면 H푸드홀딩스 주식 같은 거 필요 없는 거 아니에요?"

"그럼, 서지우 사원은 그거 포기할 수 있습니까?"
"네?"

그까짓 것 안 받아도 그만이라고 생각해 놓고 머뭇거리는 나는 또 뭔지.

"아니면, 돈도 많으신데 명의를 찾아서 두통을 좀 해결해 보시는 게 어때요."

아까 물어본 대답은 뒤로하고 참 색다른 해결책을 모색해 보는 나였다.

"뭐, 찾아도 가 봤죠. 소용은 없었네요. 운동을 하면 좀 나아지기도 해서 운동을 하게 됐고."

"아…그래서 작정하고 피트니스 룸을 만드셨군요."

사무실에 웬 럭셔리 피트니스 룸이야라면서 어이없게 생각했는데 알고 보니 사연이 있는 곳이었다.

"그리고 서지우 사원이 타 주는 페퍼민트 차가 정말 효과가 좋았어요."

"아… 원래 페퍼민트가 두통 완화 효과가 있는 거라니까요."

그나저나 맛있게 먹고 있는 팀장님에 비해 나는 만둣국에 별 맛을 못 느끼고 있었다. 배가 그렇게나 고팠고 평소 좋아하는 만두라 기대도 했는데, 앞에 앉은 사람이 아무래도 편한 상대가 아니고 아빠 생각도 나는 바람에 밥이 코로 넘어가는지 입으로 넘어가는지도 몰랐기 때문이다.

"그것만 부탁할게요. 결혼하면… 아침에 그 차를 타 줬으면 좋겠는데. 정 내키지 않으면 말고요."

"어휴, 아니에요. 그야 뭐 어려운 일도 아닌데."

아픈 사람은 살리고 봐야지. 나도 인정은 있는 사람이라고. 그나저나 어쩐지 페퍼민트 잎이 필요할 것 같더라니, 이렇게 쓰이게 되는구나 싶었다.

그나저나 이 만둣국, 한 번 두 번 먹다 보니 심심한 맛이 은근 계속 당기는 맛이었다.

"서지우 사원은 뭐 부탁할 거 없습니까?"

"음… 저는 뭐 비밀만 잘 지켜 주시면 좋을 것 같아요."

"아, 나는 또 하나 있습니다. 지내다가 힘든 점 있으면 얼마든지, 언제든 얘기해요."

팀장님의 말에 갑자기 바늘이 심장에 박히는 것처럼 따가웠다. 사실, 그건 나의 고질병과 같은 것이었다.

가족에게 힘든 감정을 삼키는 것.

아버지가 돌아가신 후, 가족을 지키기 위해 내가 갖춰야 했던 나름의 덕목 같은 것이었다.

힘들어도 힘들다고 말하지 않는 것.

슬퍼도 슬프다고 말하지 않는 것.

속상해도 속상하다고 말하지 않는 것.

갖고 싶은 것이 있어도 갖고 싶다고 말하지 않는 것.

하기 싫어도 싫다고 말하지 않는 것.

가족을 위해서라면.

나는 지금 문득 해야 할 이야기가 떠올랐다.

"저… 팀장님, H푸드홀딩스 주식 말인데요. 그거 결혼 생활 시작점이 아닌 끝난 후에 받았으면 좋겠어요. 꼭 쓸데가 있어서 잘 묶어 둬야 할 것 같아요. 아무도 건들지 못하게."

"음… 그러죠. 뭐, 언제든 마음이 바뀌면 얘기해 줘요. 암튼 명의는 철저히 지우 씨 거로 할 겁니다. 변호사에게 이야기해 둘게요."

"고맙습니다."

"이 만둣국, 서지우 사원을 닮았네요."

네? 태어나서 또 이런 이야기는 처음 들어 봅니다. 내가 만둣국을? 어떤 부분이? 내가 만두처럼 볼이 빵빵하게 생겼나요?

"속이 편안해지네요."

이거 칭찬인가?

내 속은 편치 않지만 팀장님 속은 편안하다고 하니 나쁜 뜻은 아니겠지. 알쏭달쏭한 팀장님의 말을 그저 흘려들었다.

식사를 마치고 계산을 하는 팀장님에게 중년의 직원분이 말을 건넸다.

"어쩜 부부가 이렇게 선남선녀야. 신혼인가 봐요?"

"아, 네. 아직 결혼은 안 했습니다만……."

"으응, 그러시구나. 아이고, 둘이 결혼해서 애기 낳으면 엄청 예쁠 것 같아. 아기 모델 시켜요. 모델."

"훗, 네에."

어차피 해 봤자 가짜 결혼인데 왜 아기 이야기에 웃는 거야? 가뜩이나 웃음 아끼시는 분이… 별일이다.

만둣국을 신나게 먹고 잔뜩 무거워진 몸으로 오르막을 오르려니 숨이 차올랐다. 아까 내려올 때는 몰랐는데.

하, 이 길 차 없이는 오르기 힘들겠다.

빨간 지붕 이층집이 너무 예쁘고, 그곳에서 바라보는 마을 전경이 아름다웠으나 오르막길이라는 복병이 있었다.

평소에 운동을 많이 한 까닭인지 팀장님은 뒤늦게 나왔는데 벌써 내 옆에 섰다. 힘든 기색 하나 없는 얼굴이었다.

"내일 아침 보고는 9시에 하고 퇴근 후에는 웨딩 플래너 만나러 갈 겁니다. 그리고 내가 보낸 파일 확인은 했습니까?"

오늘 일정이 끝나자마자 빡빡한 내일 일정을 생각해야 하다니 얄궂은 나날이다.

"헉헉, 네. 확인했어요. 헉, 내일 보고는… 어머! 어떡해! 팀장님, 저 회사에 USB 놓고 왔어요. 거기에 '아침을 부탁해' 파일이랑 제 개인정보 들어 있는 건데! 으악, 저 회사로 다시 가야 할 것 같아요."

버스나 지하철을 탈 생각으로 가던 길을 돌아 내려가려고 몸을 틀었다.

"내가 데려다줄게요."

그런 나를 그가 붙잡았다.

"괜찮아요. 많이 늦었는데 들어가서 쉬세요."

"9시밖에 안 됐는데, 뭐가 늦었다는 겁니까. 안 그러면 더 신경 쓰여요. 그런 거 딱 질색입니다."

"괜찮은데……."

급한 마음에 힘든 줄도 모르고 오르막을 단숨에 올라 팀장님과 함께 회사로 향했다.

"주차장으로 안 내려가고 여기 정문 앞에서 기다릴게요. 얼른 가지고 와요. 늦었는데, 집에도 데려다줄 테니."

아까는 9시밖에 안 됐다며 초저녁인 것처럼 얘기해 놓고는 늦었다네……. 아무튼 고개를 끄덕이고는 회사로 들어가 사원증을 대고 1층을 통과해 엘리베이터를 타고 5층으로 향했다.

땡-

5층에는 모두들 퇴근을 했는지 복도가 모두 소등되어 있는 상태였다. 아무도 없는 사무실은 처음이라 괜히 스산한 느낌이 온몸을 감쌌다. 구두를 안 신었기에 망정이지 이 정적에 또각거리는 소리까지 났다면 괜히 스스로 섬뜩했을 것 같았다.

그런데, 우리 팀 사무실이 가까워 오자 어둠 속에서 내용을 알 수 없는 누군가의 목소리가 들려왔다.

사무실에 도달하니 그 소리는 우리 팀 방에서 들려오는 소리였고, 내가 아는 목소리였다.

순간, 나는 뭔가 이상한 느낌이 들어 코너에서 유리창을 통해 그 안을 살짝 들여다보았다.

어? 이 과장님?

사내 멘토인 이 과장님이 심각한 얼굴로 전화 통화를 하고 있었다. 그것도 내 책상 앞에서.

## 7.

### 전투적 결혼 준비

불도 켜지 않은 사무실 안에서 내 책상에 있는 컴퓨터 모니터가 과장님의 얼굴을 비추고 있었다.

나는 손으로 입을 막았다.

왜? 내 책상에서? 도대체 뭘 보고 계신 거지?

이 과장의 모습이 수상쩍어 사무실을 나갈 때까지 지켜보는 것이 좋다 생각했다.

숨죽여 이 과장님을 바라보고 있는데, 한참 후에 통화가 끝났는지 문을 열고 유유자적 사라지셨다.

심장이 벌렁거리는 것을 간신히 부여잡고, 시간이 조금 지난 다음에 사무실 안으로 들어갔다. 그리고 내 책상을 살폈다. 모든 것은 아까 나갈 때 모습 그대로였다.

뭐지…….

이 과장님의 행동이 석연치 않았지만 무슨 일이 있는 것인지 감이 잡히지 않았다.

얼른 책상 서랍을 열어 USB가 있는지 확인했다.

'후-'

그것 역시 다행히 놨던 자리에 그대로 있었다.

문을 닫고 돌아서는 순간, 자신을 바라보는 시선이 느껴졌다. 설마 하고 돌아보니 검은 물체가 뒤에 바짝 붙어 그녀를 쳐다보고 있었다.

"꺅!"

나도 모르게 소리를 지르고 말았다.

"서지우 사원, 괜찮아요?"

온몸이 파르르 떠는 와중에 귓가에 익숙한 목소리가 온몸을 관통해 들려왔다.

내 양쪽 팔을 두 손으로 잡고 있는 사람, 내 뒤에 있던 사람은 팀장님이었다.

깜깜한 사무실에서 이 과장님의 섬뜩한 모습을 목격한 것에 이어 괴한을 만난 줄 알고 공포심이 극에 달한 상태였다.

"어흑……. 깜짝 놀랐잖아요."

긴장이 확 풀어지면서 다리에 힘이 풀려 자리에 주저앉고 말았다.

"아니, USB만 가지러 간 사람이 너무 안 나오니까 걱정……."

말을 다 마치지 못한 팀장님이 무릎을 구부려 앉아 내 등을 토닥였다.

"하악… 후……."

"나예요… 놀라게 해서 미안해요……."

토닥토닥.

"괜찮아요……."

토닥토닥.

아무 말 없이 잠시 그렇게 팀장님이 내 등을 토닥이는 소리를 들었다. 심장이 그 박자와 맞아질 때까지.

'분명 출근하자마자 보고를 올리라고 했을 텐데…….'

혜성이 자신의 방으로 출근하기 전에 5층을 들렀다. 그녀와 결혼을 한다는 생각 때문인지 부쩍 더 신경이 쓰여 저도 모르게 발걸음이 이쪽으로 움직였다. 그런데 그의 눈에 들어온 것은 휴게실에서 도시락을 먹으며 준영과 이야기를 나누는 그녀의 모습이었다.

'어랏…….'

준영이 지우의 머리를 쓰다듬었다.

'지금 뭐 하는 거야?'

준영의 행동에 괜히 기분이 상한 혜성의 얼굴에 그 기분이 고스란히 묻어났다. 그의 시선을 느꼈는지 지우가 말까지 더듬으며 인사를 해 왔다.

보고가 늦어진다고 핀잔을 줬더니 머리를 조아리며 죄송하다고 말하는 지우의 모습에서 혜성은 괜히 마음이 울컥했다. 왠지 몸에 밴 듯한 행동 같아 보였기 때문이었다.

혜성은 마음과 달리 자꾸 지우에게 건네는 말이 직선처럼 뾰족하게 나왔다. 마음을 쉽게 들켜 버렸다가는 가뜩이나 복잡한 상황에 지우의 마음마저 갈 곳을 잃고 헤매리라.

지우에게 천천히, 진득하게 그리고 신중하게 그렇게 다가가리라 마음을 먹은 혜성이었다. 지우를 위해서 그리고 그녀와의 진짜 결혼을 위해서.

부담스럽지는 않게, 그러나 좀 더 따뜻하게 지우를 대하고 싶은데, 그것이 참 쉽지 않았다.

'오호라… 재밌네…….'

얼마 지나지 않아 혜성이 그녀가 작성해 온 보고서를 들여다보고 있었다.

지우는 혜성이 입사 면접 때부터 눈여겨봤던 직원이기도 했다. 입사 과제로 제출한 기획안에서 유능한 기획자가 될 가능성이 보였기 때문이었다.

혜성은 트렌드를 잘 반영하면서도 참신한 지우의 아이디어가 마음에 쏙 들었다.

이 재미있는 보고서를 괜히 더 한참 바라보며 그녀를 조금 더 붙잡아 두고 싶은 생각이 들었지만, 잔뜩 긴장한 모습으로 서 있는 지우 때문에 이쯤에서 그만두기로 했다.

'아무래도 오늘 가는 게 좋겠다.'

자꾸 자신의 마음을 살랑이고, 신경 쓰이게 하는 그녀에게 오늘 부암동 신혼집을 보여 줘야겠다는 생각이 문득 들어 약속을 잡아 버린 그였다.

혜성이 밖에서 점심 식사를 하고 들어오는데 1층 로비에 지우가 이 과장과 함께 커피를 마시며 엘리베이터로 향하고 있었다.

자꾸 지우 주변의 인물들에 예민해지는 것에 혜성은 스스로도 낯설었다. 전에 사귀었던 여자들에게는 이런 감정이 없었기 때문이었다.

사실, 혜성은 할아버지 유언장에 나와 있는 주소를 따라 신혼집에 먼저 한 번 다녀왔었다.

그 집을 딱 본 순간, 참 지우와 어울리는 집이라는 생각이 들었다. 모든 것이 아기자기하고 예쁜 인테리어로 꾸며져 있었기에.

집을 본 그녀의 반응이 너무 궁금했다. 이 집을 좋아할까? 아니면 별로라고 할까.

서둘러 그녀와 함께 이 집을 찾았다. 그런데 그녀의 반응이 시원찮았다. 멍하니 집을 바라보는 그녀, 심지어 큰 침대가 놓여 있는 방을 보고는 당황하는 얼굴이었다. 그리고 아무것도 없는 방을 보고는 거의 아연실색 수준.

이 방은 혜성이 지우에게 선물로 줄 방이었다. 결혼하고 난 뒤 보여 주고 싶어 아껴 두는 중이었다.

하지만, 그걸 알 리 없는 지우의 얼굴이 참 불안해 보였다.

혜성은 2층 발코니에서 지는 노을을 바라보는 지우 곁에 다가갔다. 두 사람 눈앞에 펼쳐진 구름이 붉게 물든 풍경이 참 아름다웠다.

꼬르륵-

그런데, 어떤 귀여운 소리가 지우의 배 속을 뚫고 나왔다. 혜성에게서 '풉' 하고 웃음이 삐져나왔다. 저녁도 거르고 집을 보다 보니 아무래도 배가 몹시 고팠나 본데, 자신이 불편해서 밥 먹자는 이야기도 못 하나 싶었다.

혜성은 근처에 있는 맛집으로 그녀를 인도했다. 조금 걸어가면 되는 거리라 차를 두고 걸어가기로 했는데, 지우가 저만치 멀리 떨어져 걸었다.

식사를 하다 어색한 기운을 좀 뺄 겸 혜성이 지우와 대화를 시도했다. 그런데 스트레스를 받지 말라고 이야기하며 굉장히 진지하게 조언해 주는 그녀의 모습이 참 귀엽게 느껴졌다.

마치 두통이 혜성에게 큰일이라도 가져다줄 것처럼 여기는 지우였다. 그는 자신의 두통에 관심이 많은 그녀를 보며 기분이 참 이상했다. 누군가와 함께 나눌 수 있는 고통이 아니라고 생각했는데, 지우와 이야기를 하면서 마치 두통이 사라져 버릴 것 같은 느낌마저 들었다.

'지우야, 어쩌냐… 자꾸 내 마음이 생각보다 빠르게 널 향해 가고 있는 것 같다…….'

식사를 마치고 혜성이 지우를 집에 데려다주려는데 그녀가 갑자기 회사에 USB를 놓고 왔단다.

혜성은 이제 지우가 하루라도 덜렁대지 않으면 아쉬울 지경이었다. 이름 하여 서지우 중독. 오늘은 무슨 일이 일어날지 기대하는 재미가 쏠쏠할 정도였다. 점점 그녀에게 빠져들어가는 중이었다.

혜성은 그런 지우를 태우고 다시 회사로 갔다. 안 그랬다가는 더 신경이 쓰여 잠도 못 잘 것 같아서.

'어? 퇴근이 늦으시네…….'

정문에 잠시 차를 대고 기다리는데, 이 과장이 이제야 회사를 나오는 모습이 보였다. 그런데 정작 기다리고 있는 지우는 나올 기미가 없었다.

혜성은 괜히 기분이 이상해져 급히 주차를 하고 회사 안으로 들어갔다. 5층 기획팀 방 앞에 서 있는데 갑자기 열리는 문, 그리고 나타난 지우.

자신을 보고는 귀신이라도 본 듯 소스라치게 놀라는 그녀. 심지어 파르르 떨더니 바닥에 풀썩 주저앉는 것이 아닌가.

당황한 혜성은 몸을 굽혀 지우의 등을 토닥였다.

아무래도 낯선 집이 그녀의 집이 될 거라는 사실과 더불어, 불편한 자신과의 식사 시간 때문에 내내 긴장했을 그녀였다. 그런데 적막이 감도는 회사에 불쑥 나타난 자신이 괴한이라도 되는 줄 알고 놀란 건 아닌가 싶어 혜성은 괜히 미안한 마음이 들었다.
"나예요… 놀라게 해서 미안해요……. 미안… 미안해요……."

"서지우! 얼굴이 왜 그래?"
"어? 내 얼굴이 왜?"
일찍 출근해 업무를 시작하려는데 막 도착한 준영이 심각한 얼굴로 물었다.
"다크서클이 턱까지 내려온 것 같은데? 어제 무슨 큰일 있었던 거야?"
"어제? 어? 아니. 큰일은. 작은 일밖에 없었어, 조금 피곤한 일밖에."
준영에게 대충 둘러대고 책상 위에 놓인 작은 손거울을 들어 얼굴을 살피며 매만졌다.
어제 밤늦게 집에 들어온 데다가 종일 긴장까지 해서 피곤했는데 밤에는 악몽까지 꾼 터였다. 잠을 잔 건지 만 건지 모르겠으니까 얼굴이 이 모양이지.
순간, 어젯밤에 보았던 이 과장님의 얼굴이 떠올라 고개를 들고 그를 바라보았다.

늘 같은 모습으로 열심히 일하고 있는 그.

에이- 별일 아니겠지.

썩 개운하진 않았지만 무던해지려 무척 애썼다.

"자기- 이제 피부 관리 좀 해야겠다. 회사 다니는 게 뭐, 학교 다니고 알바 조금 하는 거랑은 다르거든. 관리 안 해 주면 훅 간다, 지우 씨."

옆에서 박 대리님도 한마디 거들었다.

"대리님, 커피 드실래요?"

"아뇨. 난 벌써 마셨어. 다녀와."

"그럼 저 커피 한잔만 하고 올게요. 지우야, 가자."

준영이 내 팔을 끌었다.

"아, 괜찮은데. 지금 일 바빠."

"얼른-"

마지못해 그를 따라나섰다.

"자-"

"어? 커피 아니네."

준영이 정체불명의 컵을 건넸다. 받아 들자마자 손에 온기가 퍼졌다.

"응. 꿀물."

"이런 건 또 어디서 났어?"

달큰한 향을 맡으며 그에게 물었다.

"나 먹으려고 몇 개 사다 놨었다."

"근데, 나 어제 술 안 마셨거든?"

"그냥 커피보단 나을 것 같아서. 진짜 뭐 힘든 일 있는 거 아니지?"

"그럼……."

"지우야… 나는……."

"어?"

"아니다. 이것도 좀 먹어 봐."

"이건 또 뭐야?"

"직장인의 필수품이지. 홍삼 한 포 마셔."

"오늘 뭐야. 왜 이렇게 잘해 줘."

"나도 골골대는데 옆에서 너까지 골골대면 내가 일하기가 아주 곤란할 것 같아서 그런다. 기운 좀 차려라."

말은 그렇게 해도 나를 위해 주는 그의 마음이 고마웠다. 나는 입가에 자연스레 미소를 띠면서도 눈을 살짝 우습게 흘겨보고는 그의 팔을 붙잡고 사무실로 돌아왔다.

띠링띠리링-

정신없이 일에 몰두하고 있는 시각 알림이 울렸다.

[골든에스테틱 - 7시]

이것은 한 달 후에 있을 나의 결혼식을 상기시키는 알림이었다.

시간이 벌써 이렇게 되었네…….

시계를 보니 퇴근 시간을 좀 넘었다. 치밀해 마지않는 팀장님에게 말려 모든 것이 정신없이 흐르고 있었다.

'분명 결혼식을 가을에 한다고 하지 않았어요?'
'잘 살펴보니 가을에가 아니라 가을 안에입니다. 어차피 해야 할 결혼 미루면 뭐 합니까. 다음 달에 하는 거로 하죠.'
'쳇! 그럼 뭐 끝나는 것도 빨라지니까 나쁘지 않네요.'

팀장님은 아침 도시락 프로젝트로 쉴 새 없이 바쁘면서도 결혼식 진행을 서둘렀다. 쇠뿔도 단김에 빼려는 건지, 원. 그나마 결혼을 빨리하면 이혼도 더 빨라지겠지 싶어 차라리 잘된 일이라 여긴 나였다.

퇴근을 하려고 주섬주섬 짐을 챙겼다.
"서지우! 오랜만에 치맥 어때? 콜?"
속도 모르는 준영은 얘기만 들어도 침이 꼴깍 넘어가는 치맥 이야기를 꺼냈다.
"코올…하고 싶지만, 오늘은 안 돼."
"왜? 또 일찍 들어가 봐야 해?"
아쉬운 듯 이야기했지만 뭐, 이런 일에 익숙하기도 한 준영이었다. 알바를 여러 개 뛸 때도 늘 내 쪽에서 약속을 거절하곤 했으니.
"으응. 좀 피곤하네… 쉴까 봐."
양심에 찔리는 거짓말을 하고는 준영이 눈치를 쓱 봤다. 눈치… 못 챘겠지?

"그래… 몰골이 오늘은 좀 들어가서 쉬는 게 낫겠다. 아. 그러니까 일도 좀 작작 해. 그 프로젝트 혼자 다 하는 것도 아니고 너무 혼이 쏙 빠지도록 열심히 하니까 몸이 축나지 안 나냐고……. 진짜… 쫌!"

이 와중에 열심히 일한다고 혼내는 그였다.

그래, 나는 혼나도 싸다. 싸!

절친한테 거사를 비밀로 하고 있으니!

"야! 야! 열심히 해서 쭉쭉 뻗어 나가야지! 너도 치맥 대신 몸에 좋은 것 좀 먹고 골골대지 마. 그리고 설렁설렁 일하다가는 쥐도 새도 모르게 자리가 없어지는 수가 있다고! 암튼, 난 간다! 내일 봐!"

마음과 달리 준영에게 삐딱한 소리를 내며 사무실에서 나왔다.

진짜 결혼도 아닌데, 무슨 얼어 죽을 웨딩케어야! 괜히 투덜대며 휴대폰에 저장된 피부숍을 찾았다.

"신부님께 저희 에스테틱의 스페셜 웨딩케어로 피부를 가꿔 드릴 거예요. 기본적으로 진생베리가 들어간 페이셜 엠플로 얼굴부터 해서 어깨 관리에 등 관리, 체중 관리까지 들어갑니다."

"헐, 결혼식이 무슨 미스코리아 대회도 아니고 그런 걸 다 해야 해요?"

"그럼요. 결혼식에서 가장 아름다워야 할 분이니까요. 예비 신랑분께서 얼마나 제일 좋은 거로만 꼼꼼히 예약을 해 두셨는지, 내내 예비 신부님을 사랑하는 게 느껴져서 무척 부러웠답니다."

일 때문에 바쁘다면서 이런 건 또 언제 예약을 한 건지. 차혜성 팀장님! 결혼에 대한 집착이 대단하다. 대단해! 게다가 연기도 훌륭하시고!

"하… 그랬군요. 꼼꼼해도 너무 꼼꼼해서. 어후~ 그냥 적당히 해 주세요. 진짜 저는 뭐 특별히 외모에 대한 큰 욕심이 없어서."

"어머어머! 그랬다간 저희가 예비 신랑님 얼굴을 어떻게 봐요. 최선을 다해서 할 테니 예비 신랑님께 잘 받았다고 이야기해 주세요. 그럼 이쪽으로 누워 보실까요?"

마사지는 생전 처음이라 어정쩡하게 베드에 누워 손을 모으고 숨만 겨우 쉬고 있었다.

"부담 갖지 마시고 편안하게 누우세요."

전문가의 손길이 얼굴에 곱게 스쳤다. 엄청 비싸다는 엠플도 아끼지 않고 얼굴에 충분히 부어 마사지를 하는 그들이었다.

"이쪽에 엎드려서 누워 보시겠어요?"

얼굴 마사지가 끝나고 장소를 옮겨 이번엔 어깨와 등 마사지를 할 차례였다.

또 다른 전문가의 손길이 뭉친 어깨와 등에 닿았다.

대박… 진짜 시원하다. 큭큭.

굳은 근육들이 풀리며 마음의 긴장까지 풀어지니 잠이 쏟아져 스르르 눈이 감겨 버렸다.

하암-

"신부님!"

"신부님!"

"신부님, 오늘 케어 끝났습니다."

직원의 부드러운 말에 잠에서 깨서 보니 마사지가 끝나 있었다.

"와아- 감사합니다."

몸이 어찌나 가뿐한지 오늘 하루의 피로가 싹 풀리는 느낌이었다.

옷을 갈아입고 거울을 보니, 푸석했던 얼굴에 생기가 돌았다.

마사지 한 번으로 목선도 더 매끈해진 것 같았다. 목을 쭉쭉 빼고 고개를 돌려 가며 거울 속 내 모습을 살펴보았다.

오오- 괜찮은데?

이래서 웨딩패키지로 마사지, 마사지 하나 보다.

이런 대접을 또 언제 받아 보나!

이곳에 올 때만 해도 꽁했던 마음이 스르르 풀렸다. 이쯤 되면 차 팀장의 배려가 고마울 지경이었다.

[뷰티 케어 잘 받았습니까?]

거울을 다시 쓱 보고 나오려는데 휴대폰이 울렸다. 팀장님의 메시지였다.

양반은 못 되십니다. 방금 그쪽 생각 중이었는데!

[네. 되게 좋네요. 덕분에 좋은 시간 가졌어요.]

[내일 일정 차질 없이 체크해 두세요. 시간 약속 늦는 건 딱 질색입니다. 아, 차라리 내가 데리러 가는 편이 낫겠군요. 3시에 봅시다.]

내일? 주말이네? 또 뭐 하는 날이지?

황급히 전에 팀장님과 웨딩 플래너와 함께 짠 일정표 파일을 열어 보니 내일은 웨딩의 꽃이라는 드레스를 고르는 날이었다.

하… 팀장님 앞에서 웨딩드레스 입을 걸 생각하니 또 앞이 캄캄해졌다.

어색해! 으~ 어색할 거야! 어떡해!

결혼을 하겠다고 대뜸 말한 내 입이 방정이다. 지난번 만둣집에서 이 엄청난 일을 되돌릴 기회를 놓친 것도 나라고! 누굴 탓하리.

휴대폰만 붙들고 발을 쿵쿵 치던 중 갑자기 좋은 아이디어가 떠올랐다.

[그냥 숍으로 제가 바로 갈게요. 절대, 진짜, 진심으로 안 늦을 테니 걱정 마시고요.]

메시지를 보내고 나서 나는 집으로 가려던 방향을 틀어 'go on' 카페로 향했다. 마사지 덕에 하루가 다시 시작한 기분이라 오랜만에 사장님을 보러 가야겠다는 생각이 들었기 때문이었다. 카페로 향하는 발걸음이 가벼웠다. 마사지 때문인지 반가운 사람을 만난다는 설렘 때문인지.

땡땡-
"어서 오세- 꺅! 지우 언니!"
경아가 격하게 반겼고, 그 소리를 들은 사장님도 거의 버선발로 나오는 수준으로 카페 문 앞까지 나와 반겼다.
세상에 엄마와 언니보다 나를 더 반기는 두 사람. 그 고마움을 언제 보답할는지. 물론 소개팅으로.
"잘 지내셨어요?"
텅 빈 카페를 둘러보며 질문이 좀 잘못됐다는 걸 뒤늦게 인지했다.
"보다시피-"
역시나.
"웬 프랜차이즈 카페가 이리 많이 생긴다니, 진짜. 그래도 뭐, 입에 풀칠 정도는 하니까 괜찮아. 지우 너는 잘 지냈어? 어머~~ 왜 이렇게 예뻐졌어?"
"제가요? 설마요?"
마사지 받은 게 티가 나긴 나나 보다.

"응. 야근을 밥 먹듯이 하는 것치고는 피부가 너무 좋은데?"

"하하! 그런가요?"

"응. 너 화장품도 잘 안 쓰잖아. 그래서 그런가? 나도 당분간 좀 끊어 볼까나……. 근데, 뭐 좀 먹을래?"

"그거 먹을까요?"

"역시! 그래. 우리 셋 모이면 그게 최고지. 오케이! 경아야, 그거 함 시켜 봐."

"오케이- 알겠습니다."

경아의 주문으로 곧 남대문 최고 매운 떡볶이가 도착했다. 우리는 오늘 하루 피로를 제대로 풀어 보겠다고 작정이라도 한 듯, 카페 문을 닫고 소주 한 병을 곁들였다.

"회사 생활은 어때? 그렇게 바빠? 그리고 그 팀장 머시기랑은 어떻게 됐어?"

사장님이 본격 질문을 시작했다.

"언니! 나도 나도 듣고 싶다."

그 옆에 바짝 붙은 경아까지.

"훗- 두 사람 그 얘기가 가장 궁금하죠?"

"그러엄. 남의 썸 이야기 듣는 게 세상에서 제일 재밌잖아."

"에이… 썸은 무슨요……."

"아직 썸까지도 못 간 거야? 어우-"

사장님의 얼굴에 실망한 표정이 역력했다.

"사장님, 언니 성격 알잖아요. 대시를 그리 받아도 고귀하게 지켜 오신 몸 아닙니까. 썸까지 가는 것도 대단한 일이죠."

'사실은! 저 그분이랑 결혼해요! 그것도 2주 뒤에 말이죠! 지금 엄청 좋은 퀄리티의 마사지를 받아서 얼굴이 이리 달라진 거랍니다!'

입은 모든 걸 털어놓고 싶어 근질근질했다. 그야말로 두 사람의 궁금증을 엄청나게 충족시켜 줄 수 있는 이야기일 텐데.

"요즘 팀장님이 기획하시는 프로젝트 때문에 굉장히 바쁘시거든요."

하지만 차마 털어놓을 수 없는 사실 앞에 팀장님 이야기에는 빗장을 쳐 버렸다.

"그거 혹시 너랑 같이 하는 프로젝트 아냐?"

"어머. 어떻게 아셨어요, 사장님?"

"같은 팀이라며."

"아!"

역시 이 구역 구멍도 너다, 서지우!

"하하하, 뭐 같이 하긴 하는데, 각자 바쁘고 그래요."

"언니, 원래 사내 연애는 일하다가 눈 맞는 거 아냐?"

"눈앞에 대어가 있는데 그걸 왜 놓쳐? 누가 채 가기 전에 잡아야 임자다. 전쟁 통에도 피어날 사랑은 다 피어나는데, 그깟 프로젝트가 대수냐고."

"하하하하… 사장님, 너무 웃겨요. 근데 저희는 그런 거 아니에요. 서로 호감 가는 스타일도 아니고……."

"내가 볼 때 너희 인연이 보통은 아닌 것 같아 말이지. 그렇게 초장부터 속옷 트는 사이가 보통 사이냐고?"

"악! 사장님!"

겨우 잊고 있던 그 사건을 다시 소환하는 사장님이었다.

그러고 보니 이제 한집에서 살면… 속옷 빨래는 어디다 말린담?

"암튼, 우리의 희망은 지우 너다. 지우와 우리의 사랑을 위해서!"

짠-

짠-

카페에 들렀다 집에 들어가니 역시나 암전 상태였다.

조용히 들어가 씻고 누운 다음 새 노트 하나를 폈다.

웨딩 플래너 말인즉, 야외 웨딩은 두 사람이 콘셉트를 잡아야 한단다. 둘의 이야기가 담긴 특별한 웨딩이 되어야 한다고.

빨간 지붕 이층집 마당에서 할 스몰웨딩이었고 결혼식까지 얼마 남지 않았기 때문에 어떤 식으로 결혼식을 꾸밀지 서둘러 기획을 해야 했다.

'보자… 빨간 지붕 이층집 정원이… 이렇게 있다고 치면…….'

노트에 얼마 전에 본 빨간 지붕 이층집 정원을 그렸다.

결혼식이 이루어질 곳이었다.

결혼식을 위한 구상도를 그리고 필요한 소품도 적어 두었다.

진짜 결혼식도 아닌데, 나름 야외 결혼식을 계획해 보는 재미가 쏠쏠했다.

그래도 팀장님 부모님은 진짜로 알고 계시는 결혼식이니 스몰웨딩이라도 이왕이면 그럴싸하게 해 볼까.

팀장님 못지않게 나도 열혈 기획자니까. 나는 곧 야외 웨딩 기획에 열을 올렸다. 결혼식을 기대하는 건 아니지만, 역시 기획이라면 어떤 기획이라도 즐거워! 라고 합리화를 하면서.

"어머, 신부님! 일찍 오셨네요!"

드레스숍에 도착했을 때는 무려 약속 시간보다 한 시간이나 빠른 시간이었다. 다행히 숍 실내가 조용했다.

"혹시 다른 분 예약이 돼 있을까 봐 걱정하면서 왔는데… 아무도 없는 거 맞죠?"

좋은 아이디어란 먼저 와서 선수를 치고 빠지는 거였다.

혹시라도 다른 사람 시간과 겹쳐 버리면 말짱 꽝이라는 생각이었지만, 그래도 감행해 보기로 했는데, 둘러보니 대략 성공 기운이 보였다. 다른 신부는 없는 것 같으니까.

"호호, 네, 신부님. 이 시간에는 없어요. 저희가 일부러 스케줄을 넉넉히 잡는 편이라서요. 근데, 예비 신랑분은요?"

"시간 맞춰서 올 거예요. 워낙 바쁜 분이셔서. 제가 여유 있게 먼저 좀 보려고요. 헷."

"아~ 그러시구나. 하긴 충분히 보셔야 맘에 드시는 걸 고르실 수 있을 거예요. 잘 오셨네요. 그럼 이쪽으로."

친절한 직원의 안내에 따라가니 순백색의 웨딩드레스가 한가득 진열되어 있었다.

"우와-"

감탄이 절로 나올 만큼 화려하고 눈부신 드레스들이었다.

다들 왜 드레스를 입는 게 로망이라고 하는지 알겠네!

너무 예쁘잖아!

드레스를 보고 있자니 진짜 신부가 된 것처럼 괜히 마음이 설레었다.

"음, 신부님께서 아직 어리시고 군살 없이 날씬한 몸매여서 좀 사랑스럽고 상큼한 느낌의 드레스가 있는 이쪽 라인을 추천드려요. 야외 웨딩과도 잘 맞고요. 암튼 여기에서 세 벌 정도 고르시면 입혀 봐 드릴게요."

"네. 제가 한번 볼게요."

평소에 꾸미는 거에는 1도 관심이 없는 나였지만, 그렇다고 아주 취향이 없는 것은 아니었다. 나름 교복처럼 옷을 입었어도 꽤 엄선한 옷이었기에 가능했지! 암!

직원이 추천해 준 쪽부터 해서 천천히 드레스를 살펴보았다.

오프 숄더에 소매가 레이스로 되어 있는 A라인 드레스, 인어의 꼬리처럼 퍼지는 머메이드라인, 화려한 벨라인의 드레스 등등 눈이 휘둥그레질 만한 드레스들이 줄을 이었다. 하나 그녀의 눈에 띈 것은 따로 있었다.

가슴 바로 아래서부터 자연스럽게 떨어지는 라인인 엠파이어 드레스!

밥을 많이 먹어도 티가 안 나겠어!

게다가 심플한 디자인이 무척 마음에 들었다.

그래도 세 벌을 입어 볼 기회가 있으니 입어나 보자, 하고 다른 드레스들도 함께 고른 후 착용해 보았다.

막상 드레스를 입어 보니 진짜 신부가 된 것처럼 마음이 몰랑몰랑해졌다.

"와아, 신부님 너무 아름다우세요."

거울이 사방에 붙어 있는 곳에서 나를 세운 숍 헬퍼가 적극적인 리액션을 해 주었다.

봐 주는 신랑은 없지만 웨딩드레스를 입고 거울을 보니 기분이 참 묘했다.

팀장님이랑 같이 안 와서 다행이야!

이런 내 속살들을 다 보일 생각을 하니! 어후!

그때였다.

"어머! 신랑님 오셨다!"

약속 시간보다 30분이나 일찍 그가 도착했다.

아니, 왜!

팀장님은 내가 먼저 도착한 것을 알고는 살짝 당황한 것 같았다.

나 역시 예상치 못한 팀장님의 등장에 괜히 선반 위에 올려놓은 꿀단지에서 꿀을 몰래 퍼먹다 걸린 사람처럼 당황스러워하고 있었다.

그는 숍 직원들에게 간단히 인사하고는 내가 있는 곳으로 가까이 왔다.

"음, 괜찮네요. 나름."

저벅저벅 걸어 드레스를 입은 신부를 가장 잘 볼 수 있는 스팟에서 그가 무던하게 말을 내뱉었다.

괜찮네요? 나름?

참 아무렇지 않게 말하는 남자.

"이걸로 합시다."

내가 찜한 거긴 하지만, 본인이 정하는 이 본새는 뭡니까!

뭐, 눈에 별을 달고 바라볼 것까지는 기대도 안 했다. 애초에 혼자 입어 보고 갈 생각이었으니. 그래도 그렇지, 웨딩드레스를 본 소감이 영 실망스러웠다.

"아뇨. 하나 더 입어 보려고요."

괜히 오기가 발동한 나는 다시 드레스가 걸려 있는 곳으로 들어가 매혹미를 풍기는 드레스를 골라 입었다.

나와 전혀 어울리지 않을 그것.

드레스를 입고 괜히 두근거리는 마음으로 밖으로 나갔다. 그의 반응을 은근 기대하는 마음이 뭔지는 모르겠지만.

으응? 그런데 이번에는 어째 아무 말도 없이 그저 뚫어져라 바라만 보는 그였다.

뭐야, 어딜 보는 거야? 가슴 골? 좀 섹시하긴 하지?

그는 급기야 현기증이 나는지 손가락으로 관자놀이를 눌렀다.

흐음, 갑자기 두통이 또 왔나?

팀장님이 좋아하는 여자도 아닌데, 화려한 리액션을 기대한 내가 바보였다.

팀장님의 반응이 재미없어 숍 헬퍼에게 내 의사를 전하고는 돌아섰다.

"흠, 아까 입어 본 게 낫네요. 그거로 할게요."

암튼 똑같은 거로 정하는 거지만, 내가 정합니다!

계속 서 있기가 민망해 재빨리 옷을 갈아입으러 안으로 들어갔다.

옷을 갈아입고 나오는데 팀장님이 바로 코앞에서 기다리고 있었다.

"아이코! 깜짝이야!"

"뭘 이렇게 놀랍니까."

"아니, 문 바로 밖에서 기다리고 계시는 줄 몰랐죠."

"홀에 사람들이 너무 많아 좀 어색해서……."

남자라고는 혼자뿐인 웨딩 드레스숍 빈 공간에 혼자 앉아 있기가 민망해 여기까지 와서 기다리고 있었던 모양이었다.

"신랑님이 너무 사랑꾼이시네요. 신부님 피팅룸에 있는 시간을 못 기다리시고. 호호!"

팀장님과 밖으로 나가니 속도 모르는 스태프들이 미소를 지으며 말했다.

당신들을 향한 낯가림이랍니다. 애석하게도 사랑꾼 아니고요. 후…….

"하하… 네……."

셀렉한 드레스를 다시 한번 확인하고 가봉 날짜를 잡은 다음, 팀장님과 함께 웨딩숍에서 나왔다. 내내 말없이 내 곁에 딱 붙어 있다 나오는 그를 보니 피식 웃음이 났다. 역시 은근 사람 의존적인 면이 있었다. 윤 과장님 심리 테스트가 용하네!

"일찍 와서 혼자 하느라 고생 많았습니다. 안 그래도 오후에 일이 있어서 시간이 얼마 없던 참이었거든요. 집에는 데려다줄게요. 생각보다 빨리 끝나서 그 정도 여유는 있거든요."

 저녁까진 아니더라도 차라도 한잔 같이 할 줄 알았더니, 역시나 바쁘신 몸이었다. 그런데 괜히 서운한 이 마음은 또 뭔지 모르겠네.

"네. 좋아요."

 어젯밤에 작성한 결혼식장 기획안에 대해 차 안에서나마 이야기를 나눌까 싶어 선뜻 대답을 해 버렸다.

"팀장님, 정원이 작지 않아서 스몰웨딩 하기에는 완전 제격인 거 같아요. 나름 어떻게 꾸밀지 생각해 봤는데요. 메인 무대는 현관 쪽이고, 하객 테이블을 양쪽……."

"알아서. 서지우 사원이 알아서 좋은 대로 합시다. 맡기겠습니다."

"그럼 막 제 취향껏 꾸밀 테니 나중에 딴소리하시기 없기에요!"

 너무 혼자 신나게 설명했나 싶어서 살짝 김이 샜다. 쳇! 차라리 혼자 하는 게 백번 낫지!

 꺼냈던 노트를 덮고 허무하게 창밖을 바라보고 있었다.

"아무튼 기대되네요."

"네?"

 이건 또 무슨 소리야?

"결혼식 말입니다. 아까 보니 뭐 예뻐서."

"네에?"

 아까는 감흥도 없어 보이더니 갑자기 예고도 없이 심장을 쿵 내려앉게 만드네?

"드레스가-"

 아… 그럼 그렇지!

"쳇! 비싼 드레스라 진짜 급이 다르긴 하더라고요."

"훗-"

"잘 어울렸습니다. 서지우 사원이랑."

 어후, 이 남자, 사람을 들었다 놨다 한다.

"내일은 웨딩 촬영인 거 알죠?"

 한 달 후 결혼이라 일정이 빡빡해도 너무 빡빡한 상황이었다.

 극한 결혼 체험기야. 이건!

"네. 알고 있어요. 굳이 이런 것까지 해야 되나 싶긴 한데."

"부모님이 성화여서 어쩔 수가 없네요. 가장 예쁠 때를 사진으로 꼭 찍어서 간직해야 한다고 하시기에. 아무튼 이번엔 혼자 미리 가도 소용이 없을 텐데."

 악- 내 작전 눈치챈 거야?

 팀장님의 말에 마음이 찔려 잠시 말을 잃었다.

"주변에 얘기 들어 보니까, 웨딩 촬영이라는 게 두 사람의 호흡이 안 맞으면 더디게 촬영된다고 하더군요. 최대한 빨리 끝낼 수 있게 협조하도록 해요."

"그럼요. 질질 끌어 좋을 거 없죠. 팀장님도 마찬가지예요."

어느덧 도착한 집 앞, 나를 내려 주고 돌아가는 팀장님의 차를 한참 동안 바라보았다.

하루도 거르지 않고 매일 얼굴을 보다 보니 그래도 처음보다는 그를 대하는 것이 편해진 것도 같았다. 음, 아주 조금.

"지우야-"

팀장님의 차가 안 보일 때까지 바라보다가 집으로 돌아가려는데, 익숙한 목소리가 귀에 꽂혔다.

화들짝 놀라 뒤를 돌아보았다.

"어? 뭐야? 말도 없이."

준영이 팀장님이 떠난 그 골목길로 올라오고 있었.

설마, 봤나?

"뭘 그렇게 멍하니 보고 있었냐?"

휴- 못 봤네. 다행이다.

"어. 그냥. 그냥……! 우리 집 앞 골목길이 오늘따라 되게 예쁘게 보여서. 이런 골목길 이제 흔치 않잖아. 그치?"

"음… 그렇긴 하지."

"근데 연락도 없이 왜 왔어?"

"아. 네가 요즘 맨날 집안일 많다고 나랑 안 놀아 주니까, 내가 친히 왔다. 주말이라 늘어지게 낮잠을 잤더니 피곤도 싹 풀렸고."

"그랬어? 저녁이나 같이 먹을까? 나 배고픈데."
"그럴까? 가자! 오빠가 맛있는 거 쏜다."
준영은 나를 이끌고 한 중국집엘 데려갔다. 당연히 오늘 저녁 메뉴도 짜장면.
짜장면을 젓가락에 크게 말아 입에 쏙 넣는데 감은 두 눈 안에서 폭죽이 터졌다.
"준영아- 이런 말 조금 그렇지만."
"어?"
"넌 정말 최고야."
"아- 그럴 줄 알았어."
"짜장면 맛집 찾아내는 데는 귀신이라니까. 대박 맛있다. 어떻게 짜장면이 집마다 이렇게 다르며 매력이 터지냐고. 진짜 짜장을 만드신 분에게 난 진심 어린 존경을 보내고 싶어."
"큭큭, 뭘 또 존경까지. 맛있게 많이 먹어라, 서지우."
자고로 행복이란 멀리 있는 것이 아니었다. 마음 편한 친구와 맛있는 한 끼 식사. 이런 거지.
엊그제 팀장님과 함께했던 불편한 저녁 식사를 떠올리며 고개를 좌우로 흔들었다. 내가 무슨 부귀영화를 누리겠다고 위험천만한 영화를 찍는지 모르겠다 싶어 마음이 복잡했다.
그나저나 녀석을 만나고 있는데, 왜 또 그 인간 생각을 하고 있는지.
"지우야, 전부터 궁금한 게 있었는데."

짜장면을 들어 올려 후루룩 먹고 있는 내게 준영이 말을 걸었다.

"뭐?"

우물-

"넌 언제쯤 결혼하고 싶어?"

"뭐? 푸읍풉풉- 풉!"

입 안에서 잘근 씹히고 있던 짜장면의 파편이 그의 얼굴에 튀었다.

"아, 더러워. 뭐야, 서지우."

"아, 미안. 갑자기 밥 잘 먹고 있는데, 그게 무슨 뚱딴지같은 질문이냐?"

마음이 찔려서 그런 것을 엄한 준영이 탓으로 돌리는 나였다.

식탁 위에 있는 휴지 여러 장을 급히 뽑아 그의 얼굴을 쓱쓱 문질러 닦았다.

"아- 살살. 누가 될진 몰라도 이런 너를 데리고 사는 남자는 참."

"참, 뭐!"

"고생길이 훤하다. 세상에 이런 허당 여자가 없거든."

"그러게나 말이다. 쳇!"

그의 말에 난 미간을 찌푸리며 휴지를 내려놓았다.

"아무튼, 나는 네가 빨리 결혼을 하는 게 좋을 것 같아."

"왜?"

그건 또 뭔 소리야.

"그냥… 이제 집안일 때문에 더 힘들지 않았으면 좋겠어서."

아…….

그의 말이 이제야 이해가 갔다. 요 며칠 집안일이 있다고 둘러대는 바람에 엄마와 언니에게 시달린 줄 오해한 그였다.

"나, 괜찮아, 준영아. 그리고… 미안해."

"네가 뭐가 미안해?"

그가 의아하게 물었다.

"그냥… 신경 쓰이게 해서."

"그거 내 취미야. 너한테 신경 쓰는 거."

"캬- 취미 한번 재미없다. 좀 생산적이고 건설적인 걸로 이번 기회에 바꿔 봐. 아- 잘 먹었다. 고맙다, 친구!"

준영과 오랜만에 회포를 풀고 제법 직장인답게 회사 이야기도 나누며 즐거운 시간을 보냈다.

"여기서 헤어지자."

집으로 난 골목길 시작점에서 걸음을 멈춘 후 준영에게 말했다.

"가자. 집 코앞까지 데려다줄게."

"아- 됐어. 거의 다 왔잖아."

"너무 늦었는데……. 알겠다. 알겠어! 서지우, 나 간다."

얼른 가라고 등을 떠미니 마지못해 준영이 등 뒤로 손을 흔들며 갔다.

"참, 준영아!"

"어?"

"이제······."

"뭐야. 표정이 왜 이렇게 비장해?"

"이렇게 불쑥 찾아오지 말라고."

"어? 왜?"

"그냥 약속하고 만나자. 이렇게 만나는 거 그냥 좀 불편해."

"어? 그랬어? 그···래··· 알겠어."

"그리고 지겹지도 않냐? 주중에도 회사에서 매일 보면서 주말까지!"

"그러네. 이 오빠도 참 유별나다. 그치? 암튼 그럼 내일 푹 쉬고, 월요일에 회사에서 봐. 서지우! 나 진짜 간다."

"응··· 잘 가······!"

준영아, 이제 곧 이 집에 내가 없을 거거든······. 아무리 기다려도 내가 오지 않을 거니까 그러지 말라고······.

그를 보내고 주황빛 가로등이 밝히는 골목길을 터벅터벅 걸어갔다.

오늘도 하루가 참 길었다. 웨딩 촬영도 힘들었지만, 더 힘든 건 자꾸 숨겨야 하는 비밀이 생긴다는 것이었다.

회사에 입사하면 나름 핑크빛 미래가 펼쳐질 줄 알았는데, 세상살이가 왜 이렇게 복잡한지 모르겠다.

 "후……."

 까만 하늘을 올려다보고 한숨을 내쉬었다.

 걷다 보면 우리 집이 나오듯이 시간이 지나다 보면 이 답답한 일이 시원한 결말에 도달할까. 밝게 뜬 달을 보며 이런 내 마음을 토로해 보았다.

 타닥-

 갑자기 누군가 뒤에서 급히 움직이는 소리가 들려 뒤를 돌아보았다.

 "뭐지?"

 소리가 났던 쪽에 사람이 없었다. 이상하리만큼 적막한 공기만 남아 있을 뿐이었다.

 그런데 자세히 보니 전봇대 뒤에 누군가 몸을 숨기고 있는지 그림자가 살짝 비쳤다.

 "최준영? 준영아! 장난치지 말고……!"

 내가 말을 걸었지만, 그림자는 요동하지 않았다.

 괜히 섬뜩한 마음이 들어 얼른 집으로 후다닥 뛰어 들어갔다.

 "헉헉헉헉……."

 나는 현관문을 닫고 거친 숨을 몰아쉬었다.

✱

"지우야, 오늘 또 나가? 바쁘네? 하암……."

나갈 준비를 하고 있는데, 막 일어난 언니가 물었다.

"나 결혼 준비 때문에 바빠."

"1년짜리 결혼에 뭘 그리 많이 준비하는 거야? 하하하. 헛. 아, 맞다. 이렇게 큰 소리로 말하다가 다 들통나겠네. 그나저나 이 언니는 기대가 많이 된다. 우리 팔자 좀 펼 수 있나… 이제?"

혼자 북 치고 장구 치고 다 하네!

결혼하면 받을 수 있는 H푸드홀딩스 주식을 기대하는 언니의 모습에 괜히 씁쓸함이 밀려왔다.

"지우야, 끝나고 올 때 맛있는 것 좀 사 와! 엄마가 요즘 도통 입맛이 하나도 없네."

언제 나왔는지 엄마가 막 나가려는 내 등 뒤에 대고 말했다.

뭘 사다 줘야 우리 박숙희 여사님 입맛이 살아날지. 보통 고민이 아닌데, 일단 알았다고 대답하며 현관문을 닫았다.

오늘은 웨딩 촬영을 하는 날. 진짜 이런 것까지 해야 되나 싶었지만, 팀장님 부모님을 생각해 마음을 가다듬었다.

빌라 밖으로 나가니 몇 번 본 익숙한 차가 서 있었다.

"타요."

헛-

"데리러 오신 거예요?"

"스튜디오가 꽤 멀어서 혹시 늦으면 혼자 기다리는 거는 딱 질색이라."

뭐가 그리 질색인 게 많으신지.

"아… 네, 네……."

주춤거리던 행동거지를 다잡고 팀장님 차에 올랐다. 어제도 함께 있었지만, 여전히 어색한 우리. 하염없이 창밖을 보며 아직 시작도 안 한 웨딩 촬영이 얼른 끝나기만을 바랐다.

휴-

그나저나 이틀 있는 쉬는 날이 꼬박 결혼 준비에 희생되고 있다는 사실이 안타까워 창밖을 보며 한숨을 내쉬었다.

"도착했습니다."

그의 말에 우리는 차에서 내려 스튜디오 안으로 향했다.

직원의 안내에 따라 팀장님과 헤어져 대기실로 들어갔다.

그곳에서 웨딩 촬영용 드레스를 입고, 풀 메이크업과 헤어 손질을 하고 나니 대충 꾸미고 스튜디오에 왔던 사람은 온데간데없고, 새로운 사람이 거울 속에 있었다.

"우와……."

이렇게 화장발, 헤어발, 옷발은 엄청난 거였다.

서지우 이렇게 꾸미니까 예쁜데? 드레스숍에서 몇 벌 입어봤다고 드레스를 입는 것도 제법 어색하지 않았다.

헛-

준비를 마치고 촬영장으로 나가니 팀장님이 먼저 준비를 마치고 나와 있었다.

안 그래도 원판이 좋은데 거기에 화장발, 헤어발, 옷발을 더하니 세상 혼자 사는 사람이 되어 버린 팀장님.

그의 수려한 모습에 숨이 멎는 줄 알았다.

"뭘 그렇게 멍하니 서 있습니까. 우리 시간 많지 않습니다."

그래, 그렇게 말이라도 못되게 해야 내가 정신을 좀 차리겠다!

"네. 가요."

자연광과 조명이 가득한 스튜디오는 세트장별로 분위기가 달랐다. 우아한 분위기부터 발랄한 분위기까지. 진짜 촬영이라면 정말 재미있을 것 같은 느낌. 그러나 우리의 현실은?

"이번에는 신랑님이 신부님 어깨에 손을 올리시고요. 고개를 살짝 틀어서……. 신랑, 신부님. 하, 만나자마자 결혼하는 사입니까? 두 분 왜 이렇게 스킨십이 어색해요?"

사진작가의 말에 팀장님과 나는 진땀을 빼고 있었다.

"협조하죠."

팀장님이 복화술로 내게 말했다.

"후, 알겠어요."

빨리 끝내려면 어쩔 수 없지.

이 순간 나는 여배우다! 라고 생각하자!

"이번엔 마주 보시고요. 서로의 눈을 보시고요……!"

서로 다른 곳을 보던 팀장님과 나의 시선이 한 군데로 모아졌다. 이렇게 가까운 거리에서 그의 눈을 보는 건 처음이었다. 크고 깊은 눈, 살짝 긴장감이 서려 있어 눈을 여러 번 깜박이는 그였다.

어라? 자세히 보니 그의 눈동자에 내 모습이 비쳤다. 눈은 또 왜 이렇게 큰 거야?

왜 괜히 심장을 두근거리게 만드냐고…….

"오케이!"

"휴-"

오케이라는 말은 이곳에서 구원이라는 말과도 같았다.

"신랑분이 의자에 앉으시고, 신부님이 신랑님 무릎에 살짝……!"

아아- 나 무거울 텐데!

내 우려와 달리 나의 무게를 가볍게 받아들이는 팀장님이었다. 허벅지가 탄탄하네!

포즈 하나하나를 취할 때마다 진짜 손발이 오그라들어 없어져 버릴 것 같았다. 또 팀장님의 몸은 왜 이리 좋은지 스킨십을 할 때마다 괜히 두근거렸다. 거의 도를 닦는 심정으로 미션들을 클리어해 나가는 수준이었다.

"오케이!"

"후-"

"신랑님, 신부님을 번쩍 안아 드시고요. 두 분이 마주 보시고."

아니, 뭘 이렇게 자꾸 마주 보래! 1년 치 아이컨택 할 것을 오늘 다 하는 느낌이었다.

그런데 자주 마주 보다 보니 처음에는 살짝 긴장하던 그의 눈빛이 제법 과감해져 나를 뚫어져라 쳐다보았다.

심장아, 제발 나대지 마!

"자동차 보닛 위에 앉으시고요. 마주 보시고… 진짜 뽀뽀 갑니다!"

진짜 뽀뽀?

하는 척 아니고? 막 망설이던 찰나였다.

'읍.'

그때 순결한 내 입에 팀장님의 입술이 살짝 겹쳤다.

팀장님의 탄탄한 가슴에 올려 있는 내 손에 그의 심장박동이 느껴졌다.

굉장히 빠른 비트였다.

심장 소리가 느껴지자 내 심장도 걷잡을 수 없이 빨리 뛰었다.

고작 가벼운 입맞춤 하나에 괜히 온몸에 전기가 흐르는 듯 짜릿한 느낌이 들었다.

나…만… 그런가?

후- 왜 이래, 서지우.

팀장님도 분위기에 홀려서인지 더욱 그윽한 눈으로 나를 바라보았다. 그 눈빛이 사뭇 진지해 나도 모르게 빠져들 것만 같았다.

혜성도 그녀를 보며 가슴이 이상해지는 듯했다. 분명 어렸을 때의 그 지우랑은 달라졌다 생각하는데, 오늘 보니 여전히 그때처럼 귀엽고 사랑스러운 지우로 느껴져 왜인지 심장이 간질거렸다.

이 결혼은 사랑으로 하는 결혼이 아니고 계약 결혼인데. 그녀에게 마음을 주면 나중에 나만 괴로워질 텐데. 웨딩 촬영의 효과인지 아님 서지우에게 이미 빠져 버린 건지 계속 시선을 뗄 수가 없었다.

'안 돼. 이러다간 지우에게 용서 못 할 짓 저지르겠네.'

계속 입술을 맞대던 혜성은 자신의 입술이 그녀의 입술을 삼키려 벌리려는 걸 느끼고 후다닥 입술을 뗐다.

"오케이! 마지막 신이 가장 자연스럽고 좋았네요. 후~ 수고 많으셨습니다."

오케이 사인이 떨어지자 나는 한숨을 크게 쉬었다.

와, 어쩌나. 한 번 더 하라면 정말 힘들 것 같네······!

"뭐야? 뭐 사 오라더니 벌써 다 자고 있는 거야?"

어김없이 불 꺼진 집 안에 들어가면서 중얼거렸다.

한쪽 손에 든 한방 통닭을 주방 테이블 위에 올려 두고 씻을 준비를 했다.

피곤했던 하루를 마무리할 시간이었다.

이제 결혼식이 3일 남은 건가…….

샤워기에서 쏟아지는 물줄기를 맞으며 결혼식이 며칠 남았는지 헤아려 보았다. 웨딩 촬영까지 마치고 왔는데도 고작 3일 남은 결혼식이 실감나지 않았다.

극한 결혼 준비로 주말이 통째로 날아가고 바로 월요일을 맞이하기 전날 밤이었다.

잠자리에 누워 오늘 있었던 일들을 다시 한번 눈앞에 그려 보았다. 언제나 잠자리에 들기 전에 그러하듯이.

하…….

피곤한 건 맞는데 갑자기 웨딩 촬영 마지막 컷이 생각나 민망함에 혼자 이불 끝을 잡아 입가로 당겼다.

특히 진지했던 팀장님의 눈빛은 무척 인상적이어서 아직도 잔상이 둥둥 떠다닐 정도였다.

당시에도 느꼈지만 다시 돌아보아도 오늘 일어난 일은 어쩔 줄 모르겠다가도 설레고, 당황스러웠다가도 심장이 쿵했던 오만 가지 감정들이 들쑥날쑥한 이색 웨딩 촬영 체험임이 분명했다.

과연 웨딩 촬영 때 나처럼 이런 다양한 감정을 느껴 본 신부가 있을까?

팀장님 덕분에 별 특별한 경험을 다 해 본다 싶었다.

어쩌면 이건 시작에 불과할 수도 있을 것이다.

과연 팀장님과 한집에 살게 된다면 우리는 매일 어떤 감정으로 서로를 바라보게 될까. 팀장님과 같은 집에 산다는 건 어떤 느낌일까.

어쩌면 조금 친해질 수도 있을까?

아니면 정략결혼이라는 큰 벽을 사이에 두고 무심히 살아갈까? 그리고 1년 뒤에 무사히 헤어질 수 있을까.

생각이 많아지는 밤이었다.

Rrrrrr.

[뭐 합니까.]

휴대폰이 울려 보니 팀장님의 메시지가 도착했다.

그쪽 생각 중이었어요. 정확히는 그쪽과의 결혼 생각.

[자려고 누웠어요. 왜요?]

[내일 보고 9시인 거 잊지 말라고 말입니다.]

뭐야? 그걸 왜 잊어. 매일 하는 업무인데.

[걱정 마세요.]

[오늘 많이 피곤했을 텐데, 푹 잘 자요.]

팀장님의 메시지를 받은 나는 몸을 반쯤 일으켜 세워 휴대폰을 뚫어져라 쳐다보았다.

이런 친절한 메시지는 처음이라 내가 잘못 보고 있는 건가 싶어 자세히 확인 중이었다.

"푹. 잘. 자. 요?"

심장이 깊은 곳에서 작게 요동치는 것을 애써 무시했다. 아른거리는 아까 그 눈빛도 함께.

흠…….

분명 의미 없는 호의였을 텐데, 의미를 두지 말자 싶었다.

[팀장님도요.]

누워 있던 몸을 엎드린 자세로 바꾸고 답 메시지를 보내고 베개에 고개를 묻었다.

★

빨간 지붕 이층집 정원에 결혼식 데코를 맡은 업체 직원이 식장을 꾸미는 중이었다. 결혼식이 거행될 단상에 파스텔 톤의 갖가지 생화들이 멋지게 장식되었고, 그곳까지 이어진 행진의 길에는 장미 꽃잎이 흩뿌려져 있었다.

그야말로 꽃길.

잠시 뒤, 이 길을 차 팀장님과 함께 걷게 될 것이다.

오늘이 우리의 결혼식 날이니까.

애석하게도 1년 뒤쯤의 이혼을 염두에 둔 것이긴 하지만 말이다.

손수 준비한 식순지가 가족들이 앉을 테이블 위에 놓였다.

나와 팀장님의 결혼식은 화촉 점화 대신 샌드 세리머니, 신랑 신부는 동시 입장, 혼인 서약, 성혼 선언문 낭독, 행진으로 이루어진 간단한 결혼식이었다.

정원 한쪽에는 오늘 참석할 가족들을 위한 간단한 식사가 뷔페로 준비되어 있었다.

오늘 사회는 차 팀장님의 미국 친구가 해 주기로 했다.

팀장님 말에 의하면 사회만 봐주고 바로 떠날 거라 소문낼 일이 없는, 염려 없는 친구라고 했다.

식이 얼마 남지 않아 나는 빨간 지붕 이층집의 1층에 마련된 신부 대기실에 외로이 앉아 있었다.

초대한 이가 없으니 찾을 사람 없는 외로운 신부였다. 누군가에게라도 알려지지 않길 바라는 결혼이 맞지만, 막상 축하해 주는 지인 하나 없는 이 결혼식이 좀 서글펐다. 그리고 무사히 잘 마칠 수 있을지 걱정도 되고 마음이 싱숭생숭했다.

그때였다. 막 준비를 마친 차 팀장님이 문을 열고 천천히 걸어 들어왔다.

그의 걸음이 내게로 가까워질수록 자꾸 심장이 내려앉는 기분이었다.

"오셨어요?"

팀장님의 모습이 점점 가까워져 결국에는 내 치마 끝자락까지 다가왔다.

독특하면서도 세련된 블루 슈트에 귀여운 턱시도를 맨 그의 자태가 상당히 멋스러웠다. 그야말로 결혼식을 맞이해 더욱 빛나는 외모.

"괜찮아요?"

"아뇨. 기분 이상해요. 정말 이 결혼, 해도 되는 건지 이제 와서 엄청 망설여질 정도로."

"걱정 말아요. 지우 씨만 생각할게요. 어떻게 하면 이 결혼 생활을 좀 더 편안하게 할 수 있을지."

그가 무릎을 굽혀 내 앞에 섰다. 평소답지 않게 친절한 말투가 낯설었지만, 그의 말이 진심처럼 느껴져 마음이 조금 누그러졌다.

"긴장하지 말고 편하게 합시다. 어차피 부모님들만 모시고 하는 거니까."

"긴장을 안 하려고 해도 좀 떨리긴 하네요. 그래도 결혼식이니까."

진짜 결혼인 척하는 게 쉽지만은 않습니다요!

"훗- 사실 나도 좀 그렇긴 합니다. 하지만 잘해 봅시다, 우리."

그가 내게 미소를 지어 보였다. 부드러운 말투에 더해진 그것.

며칠 전에는 잘 자라는 메시지를 보내더니… 오늘은 걱정하지 말라, 잘해 보자라며 미소까지. 그가 자꾸 변하는 것 같아 내 마음도 파닥였다.

팀장님 덕분에 살짝 긴장했던 마음이 조금은 놓이는 기분이었고.

그러나저러나 이 결혼이 잘 끝나길 바라는 마음 때문이겠지!

"그럼, 같이 나가 볼까요? 신부님?"

그가 내게 손을 건넸다. 자꾸 다르게 보이는 그의 모습이 어색하기도 했지만, 최대한 자연스럽게 그의 손을 맞잡으려 노력했다.

어쨌든 팀장님 부모님에게는 완벽한 신부여야 하니까.

8.

너에게로 닿다

정원으로 나와 보니 아직 식장에 도착한 가족이 없었다.
"지우야!"
그때 엄마와 언니가 막 도착했다.
"어. 왔어!"
이 결혼이 어떤 결혼임을 뻔히 아는 두 사람. 그래도 그건 우리만의 비밀이고, 결혼식을 안전하게 치러야 하니까, 진짜 신부의 가족처럼 굉장히 화려하게 옷을 차려입고 왔다.
그리고 이 결혼이 어떤 결혼임을 전혀 모르는 차 팀장님 부모님이 바로 뒤에 오셨다.
"아이고, 사돈, 오셨어요. 큰일을 이렇게 간소하게 치러서 어쩝니까."

팀장님 어머니가 우리 엄마의 손을 맞잡으며 말했다. 나는 엄마가 어떻게 대꾸할지 몹시 걱정돼 마음이 쿵쿵거렸다.

"차 서방이 회사 사정이 그렇다 하니 저희야 그저 따를 수밖에요. 괜찮습니다. 저흰."

후……. 생각보다 훌륭한 엄마의 대처였다.

"어휴… 아무래도 아버님 유언대로 승계 절차만 잘 진행되면 다시 크게 올리는 것도 좋을 것 같아요. 저도 영 서운해서. 새아가가 이해를 해 줘서 참 다행입니다. 너무 예쁘게 잘 키우셨어요."

팀장님의 어머니는 아무래도 경영권 문제로 분란의 소지가 있어 이렇게 결혼식을 올리는 게 영 마음에 걸리는 눈치였다.

"호호, 뭐 또 그럴 필요까지 있나요."

엄마는 그저 1년 후에 받을 돈만 생각하시는 거지, 뭐.

오래전에 서로 알던 사이라 형식적이나마 반가운 인사들이 오갔다.

햇살이 비친 빨간 지붕 이층집 정원.

양가 어머니들이 분홍색, 파란색으로 물든 모래를 한 병에 붓는 샌드 세리머니가 끝나고 결혼식 단상으로 향하는 꽃길 끝에 차 팀장님과 내가 주인공으로 서 있었다.

"신랑, 신부가 동시에 입장하겠습니다."

사회자의 말이 끝나자마자 식장에 감미로운 음악 소리가

흘러나왔다. 이제 팀장님과 내가 나서야 할 차례.

순백의 드레스를 입은 나와 세련된 블루톤의 슈트를 입은 차 팀장님이 손을 맞잡고 단상을 향해 걸어 나갔다.

난생처음 걸어 보는 웨딩로드. 비록 1년짜리 결혼을 위한 발걸음이었지만, 마치 진짜 신부라도 되는 것처럼 마음이 사뭇 진지해졌다.

아마 어릴 때부터 지금까지 인연을 이어 왔다면, 어쩌면 첫사랑이 이루어졌다고 좋아했을지도 모를 일이었다.

하지만 현실은 안타깝게도 아직 낯설고 어색한 한 남자와의 결혼.

그런데 정말 왜 그런지 모르겠는데 살짝 설레는 결혼.


결혼을 준비하면 할수록 지우에 대한 혜성의 마음은 더욱 진실해지고 커져 갔다. 마치 세상에 존재하는 여자는 그녀 하나인 것처럼 여겨질 정도. 어쩌면 두 할아버지께서 미래를 내다보고 정해 준 정인은 아닐까 하는 마음도 들었다.

'오늘 정말 예쁘네. 우리 지우……..'

결혼식 당일 날, 혜성의 눈에 비친 그녀의 모습은 눈이 부시게 아름다웠다. 가슴이 벅찰 만큼.

'지우야, 만약, 네가 마음을 열어 준다면, 나, 이 결혼 진짜이고 싶다.'

혜성이 웨딩드레스를 입고 나온 지우를 보고 몇 번이고 마음속으로 이야기를 건넸다.
'결혼식이 끝나고 같은 집에 산다면 우리 좀 더 친해질 수 있을까? 내 마음을 너에게 솔직히 말할 수 있을 날이 올까? 그런 날이 얼른 다가왔으면 좋겠다.'

단상에 도착한 우리는 주례가 없는 관계로 사회자의 진행에 따라 다음 절차를 이어 나갔다.
"혼인 서약이 있겠습니다!"
팀장님이 단상 테이블에 놓아둔 혼인 서약문을 들었다.
사뭇 그의 표정이 긴장돼 보였다.
"어릴 적에 버릇처럼 하던 말이 운명이 되어 우리를 다시 만나게 했고, 사랑하게 했고, 결혼하게 했습니다. 순수했던 그 시절의 고백들이 어른이 된 우리의 고백이 되었습니다. 그래서 우리는 평생을 함께하기로 약속했습니다. 서로 닿은 마음이 멀어지지 않도록 그 마음에 변하지 않는 사랑을 담아 평생을 함께하겠습니다."
변하지 않는 사랑을 담아 평생을 함께하겠다……!
그가 서약을 읽어 내려가는 동안 심장이 뜨겁게 뛰는 것을 느꼈다.
연기에 이어 글짓기 수준도 뛰어난 그였다.
이렇게 감동을 주다니.
소설을 써도 잘 쓰겠는데?

혼인 서약을 듣는 내내 가슴이 뭉클했다.

어째서 이 서약이 진심처럼 느껴지는 것일까.

사람을 좀 헷갈리게 하는 재주가 있네. 우리 팀장님.

비행기에 타자마자 괜히 팀장님과 나란히 앉은 것이 어색해 눈을 감고 자는 척한다는 것이 진짜 잠이 들어 버렸다가 깼다. 잠깐이었지만 꿀처럼 달콤한 낮잠이었다.

-김포공항을 출발한 우리 비행기는 잠시 후 제주 공항에 도착할 예정입니다…….

한 시간 남짓 하늘을 날았던 비행기는 곧 제주에 우리를 내려 줄 모양이었다.

착륙을 준비하는 비행기 안에서 지난 한 달간의 시간이 주마등처럼 지나갔다.

'꼼꼼하게 준비를 해 줘서 잘 끝냈네요. 고마워요. 그래도 꽃 장식은 좀. 앞으론 함께 하는 일에는 내 취향도 좀 고려해 줬으면 하네요.'

창밖을 바라보며 공항으로 이동 중 내뱉은 팀장님의 딱딱한 말을 다시 떠올렸다. 적당한 칭찬에 꼭 한마디를 섞는 사람이었다.

 그러면 그렇지, 결혼식 내내 유독 친절하다 싶었던 그는 끝나자마자 본래의 모습으로 돌아왔다. 결혼식 전에는 긴장을 풀어 주려고 괜히 친절한 척했던 게 분명했다. 완벽한 결혼식을 위해서 말이지!

 어쨌든 오늘 결혼식은 큰 이벤트 없이 치러졌다.

 형식뿐인 결혼식이었지만, 마음은 괜히 싱숭생숭했다. 결혼식이라는 것 자체도 그렇지만, 생각보다 멋진 신랑이었던 팀장님의 모습은 왜 이리 잔상으로 남아 있는지.

 그래, 나도 인간이고 여자니까, 그렇게 꾸미고 나타난 남성에게 눈길이 갈 수도 있지.

 하지만, 딱 그것뿐이다.

 살짝 옆을 돌아보니 팀장님도 눈을 감고 있었다.

 휴대폰 비행기 모드를 해제하자 부르르 진동이 왔다.

 **[서지우, 제주도 출장이라니. 나도 데려가지. ㅠㅠ 잘 다녀와라. 내 선물 꼭 사 오고.]**

 준영의 메시지였다. 절친에게까지 이야기 못 하는 신혼여행이라니. 괜스레 양심이 찔려 답장도 못 하고 있다가 무심코 창밖을 보았다.

 후드득-

 쏴아-

 "어? 뭐야… 비가 왜 이렇게 많이 내리는 거야……."

비행기가 제주의 땅에 가까워지자 창문에 비가 스쳤다. 때리듯 세차게. 이건 그냥 가벼운 비가 아니다. 폭우다, 폭우!

아름다운 제주의 풍경에 세찬 비가 그려지니 나도 모르게 얼굴이 울상이 되었다.

물론 어떤 기대를 하고 온 신혼여행, 아니 출장…은 아니었지만, 그래도 왠지 아쉬운 마음이 드는 건 어쩔 수 없었다.

제주의 날씨가 변화무쌍한 건 알고 있었지만, 맑을 것이라던 기상 예보를 이렇게 뒤덮다니.

내 말에 깼는지 한참을 자고 있던 팀장님이 부스스 눈을 떠 창가에 앉았던 내 쪽으로 몸을 기울여 밖을 바라보았.

아악! 등이 닿았어!

허엇-

그런데 이상한 일이었다.

어째 등에 닿는 팀장님 몸의 감촉이 싫지 않았다.

뭐, 자리가 사람을 만든다더니, 정말 아내라도 된 느낌인가?

그래도 이건 아니지 싶어 이제 자세를 고쳐 앉으려는데 창밖을 바라보는 팀장님의 몸이 좀처럼 움직이지 않는다. 살짝 힘을 줘 밀어 보려고 했으나 꿈쩍도 하지 않는 그.

"크흠. 저기, 쫌."

살짝 헛기침을 하며 자세를 바로잡아 보려고 하니 그제야 팀장님이 굳은 몸을 풀고 좌석에 등을 기댔다.

괜스레 심장은 왜 아직까지 쿵쿵 빠르게 뛰는 건지.
"비가 많이 오네요."
그가 자기 자리에서 창밖을 바라보며 말했다.
"휴- 그러네요."
한숨이 절로 나옵니다.
"비 오는 날을 왜 이렇게 싫어합니까? 매번 비만 보면 얼굴을 이렇게 찡그리고."
정도껏 내리는 비도 아니고 거의 폭우 수준의 비를 보며 잔뜩 찌푸려진 내 미간에 팀장님의 섬섬옥수 같은 손가락이 닿았다.
헛, 겨우 손가락 하나에 심장이 왜 쿵하는 건지. 아무래도 오늘은 제정신이 아닌 것 같았다.
어쨌든 나의 미간이 그의 손가락 터치 덕분에 스르르 풀어졌다.
"비 오는 날은 길이 미끄럽잖아요. 그게 너무 싫어요."
비 오면 미끄럽고, 미끄러우면 넘어지기 쉬우니까요!
"아, 맞다. 지난번에도 넘어질 뻔했잖아요. 미끄러워도 그렇지, 막 걸음마를 시작한 돌쟁이도 아니고 균형 감각이 이렇게 없어서야……. 혹시 반고리관에 문제 있는 거 아니에요?"
"반고리관이요?"
아… 그것은 몸이 얼마나 회전하는지 감지하는 평형기관

아닌가.

한 번도 생각해 본 적 없었던 건데. 설마… 나 진짜 문제 있는 건가?

"검사를 한번 받아 볼까요?"

"풉, 뭡니까. 농담인데."

농담? 난 정말 진지한데.

팀장님이 웃는 얼굴로 나를 바라보았다.

웃는 모습이 이렇게 예뻤나? 괜히 심장이 한 번 더 주인 허락도 없이 요동쳤다. 정신 차려라, 서지우!

때마침 비행기가 착륙을 마치고 이내 사람들이 서둘러 선반 위의 짐을 꺼내며 실내가 어수선해졌다.

"나가 볼까요."

짐은 수화물로 다 부쳤기 때문에 꺼낼 짐이 없던 우리는 바로 통로로 나와 비행기를 빠져나갔다. 승무원의 인사를 받으며 나가는 순간, 짐짓 놀랐다.

헛-

내 손이 팀장님 손에 붙어 있었다.

어수선한 분위기 속에서 밖으로 빨리 나가야 한다는 생각에 정신이 하나도 없었는데, 그가 내 손을 잡고 이끌었던 것 같다.

같이 나가자고.

이 복잡한 상황, 그리고 이런 폭우 속을 헤쳐 나가 보자고.

팀장님도 무의식중에 한 행동에 과한 의미 설정 놀이를 하고 있는 나. 아무래도 진짜 정신을 차려야 하는 게 맞겠지.

비행기 밖으로 나오면서 나는 팀장님 손에 붙어 있던 내 손을 뗐다. 그래도 잊히진 않았다. 그 포근한 촉감. 결혼식이 이토록 사람 혼을 빼 놓는 것일까? 이런…….

"그렇게 멍하니 있지 말고, 안으로 들어와요."

제주 공항에 내리자 세찬 비바람이 우리를 맞이했다. 팀장님은 먼저 가방에서 우산을 꺼내 펴 들었다. 그리고 나에게 우산 안으로 들어오라는 손짓을 했다.

나는 검은 우산과 그 안에 숨긴 근사한 팀장님의 외모가 숨을 멎게 만들어 잠시 멍하게 있었던 것.

"얼른-"

다시 재촉하는 팀장님의 말에 나는 잠시 주춤했다. 2단으로 고이 접혀 있던 그 우산이 큰 편은 아니었다. 나까지 들어간다면 둘 다 머리 정도만 비를 피할 수 있을 것 같았다.

"얼른-"

또 한 번의 재촉.

"어휴, 알겠어요!"

나는 할 수 없이 그의 우산 안으로 들어갔다. 막상 우산 안으로 들어가니 다행히 보기보다는 좀 큰 우산이었다.

그런데도 키가 큰 팀장님은 몸을 숙여 우산을 아래로 들고 내가 비에 맞지 않도록 기울여 주었다.

"팀장님, 저쪽 팔에 비 다 맞으시겠어요…….."
"괜찮습니다. 신경 쓰지 마세요."

한쪽 팔에서 후드득 빗방울이 떨어져 딱 봐도 고급스러운 옷이 젖어 가는데 아랑곳하지 않는 팀장님이었다.

우산 안으로 들어오니 팀장님의 체온이 확 느껴졌다. 아까 창밖으로 함께 비를 바라볼 때처럼.

결혼을 하겠다고 한 그날. 그날도 이렇게 비가 내렸고, 팀장님과 함께 우산을 썼었다.

그러고 보니 팀장님과 함께한 날에는 유독 비가 자주 내렸다.

이런 비를 몰고 오는 남자 같으니라고. 나랑 정말 안 맞아!

"앗-"

딴생각을 하던 중 비가 고인 곳에 발이 푹 빠져 버렸다. 겉으로 보기보다 더 푹 꺼진 땅이었다.

팀장님이 내 어깨를 잡으며 나를 곧추세웠다. 그 힘이 너무 강하게 느껴져 나도 모르게 미간을 찌푸린 채 그를 바라보았다.

"같이 넘어질까 봐 그럽니다. 조심 좀 하세요, 쫌."

말은 모질게 해도 작은 물웅덩이에서 날 구해 준 팀장님이었다.

"아- 어떡해."

신고 있던 구두와 발을 감싸고 있던 스타킹이 처참하게 젖어 버렸다.

"으-"

아, 정말 축축하고 찝찝한 느낌.

멘탈이 다양한 방법으로 흔들리고 무너진다.

태어나서 처음으로 이렇게 예쁘게 꾸민다고 꾸민 날이었다.

그런데 제주도 비바람 때문에 손질된 머리는 부스스해졌고, 메이크업도 다 날아간 것 같고, 옷도 습한 느낌으로 무거웠다. 화룡정점으로 신발과 스타킹은 복구 불구 상태가 되어 버렸다.

한마디로 엉망진창이다.

그래도 팀장님과 함께 가던 길을 가야 했다. 마음은 이미 너덜너덜해졌지만.

우리는 폭우를 뚫고 미리 예약해 둔 차를 빌리러 갔다. 그리하여 마주친 차는 뚜껑 덮인 오픈카.

너도 비 오는 날엔 뽐내긴 어렵겠구나.

그래도 원래 예쁜 차는 뚜껑이 닫혀도 예쁘네!

"여기."

팀장님이 우산을 받쳐 주며 나를 보조석이 아닌 뒷좌석 문 앞에 세우며 고갯짓을 했다.

"여기 타라고요?"

"네. 그리고 바로 벗어요."

"네에?"

"벗으라고."

"뭘 벗어요. 미쳤어요?"

"미쳤다니… 무슨 생각을 하는 겁니까, 대체! 젖은 구두랑 스타킹 그렇게 신고 갈 겁니까. 그랬다간 백 프로 감기 걸립니다. 감기 옮는 거 완전 질색이라고요. 얼른 벗고 타요."

"아아… 난 또……."

괜히 머쓱해져 억지웃음을 지으며 뒷좌석에 올라탔다.

하마터면 팀장님을 변태로 오해할 뻔한 상황이었다. 그런데 가만히 생각해 보니 본인 감기 옮기 싫어서 그렇다는 말에 더 기가 찬다.

네, 네. 벗어 드리죠! 스타킹을 아주 홀딱!

신혼여행 첫날부터 아주 별꼴이다.

신발과 스타킹을 다 벗는 동안 팀장님은 차에 타지 않았다. 내가 창문을 두드리며 볼일을 마쳤다는 표시를 하자 그제야 운전석에 올랐다.

하늘이 뚫린 듯 폭우가 이어졌지만, 언제나 그렇듯 매사에 의연하고 차분하고 꼼꼼한 팀장님의 안전 운전으로 목적지에 무사히 도착했다. 우리가 이틀 동안 지낼 호텔이었다.

"우와-"

창밖에 드러난 멋스러운 호텔 정원과 화려한 건물 외관이 감탄을 자아냈다.

"잠시만 기다려요."

호텔 입구에서 발렛 직원이 차를 받기 위해 서 있었지만, 팀장님은 나와 그에게 잠시 기다리라는 말을 하고 사라졌다.

"자."

잠시 후에 도착한 그가 뒷문을 열고 몸을 숙여 바닥에 신발 한 켤레를 놓아 주었다. 앙증맞은 플랫 구두였다.

아까는 정작 괜찮냐는 말 한마디 없더니, 갑자기 이건 어디서 구해 온 거야? 재주도 좋네.

"와, 갑자기 이런 건 어디서 구해 오셨어요? 예쁘다."

"마침 로비에 신발 가게가 있었네요."

"대박. 감사합니다."

어쨌든 감사 인사는 해야지. 이런 금매너는 백번 칭찬받아 마땅한 일이었다.

"아무거나 집어 왔는데, 잘 맞네요. 신혼여행 선물이라고 칩시다."

선물? 이 짧은 시간에 사 온 거였어? 근데, 선물이면 선물이지 선물이라고 칩시다는 뭡니까!

"고맙게 받았다고 칠게요, 팀장님."

"앞으론 조심 좀 하세요."

고마운 건 고마운 건데, 은근 잔소리가 심하며 말투는 여전히 가슴을 콕콕 찌른다.

팀장님과 함께 호텔 1층 로비에 들어서니 한쪽에 명품 숍

이 있는 것이 보였다. 그 안에 진열되어 있는 구두의 모양새가 지금 신은 내 것과 비슷했다.

여기서 사 왔나 보네…….

슬쩍 지나가며 보니 신발 택에 붙은 0이 좀 많다 싶었다. 이거 너무 부담스러워지잖아?

사고 싶은 것, 필요한 것을 아무리 비싸도 아무렇지 않게 사는 수준의 사람.

그것이 당연한 팀장님과 그런 것이 익숙지도 않고, 불편한 마음이 드는 내가 과연 1년 동안 잘 지낼 수 있을까.

갑자기 마음이 무거워졌다.

직원의 안내를 받아 우리는 호텔 룸에 들어갔다. 고작 3일 묵을 방이 이렇게 크고 찬란한지. 입이 떡 벌어질 정도였다.

"나는 저쪽 룸을 쓸 테니, 서지우 사원은 이쪽에서 쉬어요."

"네에-"

팀장님이 룸 안에 있는 방 하나를 가리켰다. 룸 안에 무슨 방이 이렇게 몇 개씩이나 되는지. 돈이 얼마나 많으면 이런 사치를 부리는 거야? 방 하나이면 더 곤란하긴 하겠지만…….

근데 신혼집에서는 부부니까 같은 방을 써야 한다더니 신혼여행에서는 다른 방이네?

혹시나 했는데 역시나 부모님이나 누가 보아도 부부처럼

보여야 하는 상황 때문인 게 맞구나.

그러면 그렇지…….

"팀장님도 피곤하실 텐데 좀 쉬세요. 그럼 저는 이만……."

방으로 홀딱 들어가 짐을 풀었다. 눈을 들어 사방 어느 곳 하나 흐트러짐 없이 멋진 호텔 방을 보고 있자니, 다른 곳들의 모습은 어떤지 궁금해졌다.

이런 곳을 또 언제 와 보겠냐고.

옷도 갈아입지 않은 상태로 거실에 살짝 나와 호텔 룸 구경을 시작했다.

휙 둘러보니 고작 룸 하나가 엄마 집보다도 컸다. 소파나 장식장들도 딱 보아도 비싼 수입산이었다.

도대체 이런 방은 얼마짜리야? 궁금해 죽을 지경이었다. 휴대폰을 들고 호텔 이름을 넣어 검색해 보니 헐… 하룻밤에 무려 300만 원? 돈이 남아도는구나, 아주! 어휴, 이런 방에서 하룻밤 묵을 생각을 하니 부담감이 온몸에 감겼다. 잠이나 제대로 오겠어?

한참을 구경하는데도 코빼기도 안 비치는 팀장님. 방에서 잠들었나? 괜히 궁금한 이 심리는 뭔지.

그때였다. 문고리가 움직이는 소리가 들렸다.

앗! 나오려나 보다. 발뒤꿈치를 들고 얼른 내 방으로 향했다.

최대한 마주치지 않는 게 서로 편하리라.

문을 닫고 침대에 벌렁 누웠다. 이 방에서 나 혼자라는 사실이 이렇게 마음이 편할 수가 없었다.

"하… 정말 피곤한 하루였어……."

좋은 호텔이라 그런지 침구가 무척 안락했다. 마치 구름 위에 누운 것 같은 그런 포근한 기분이 들었다.

아침부터 결혼식 준비에, 본식에, 신혼여행에, 폭우에… 이동도 많이 하고 비까지 온 오늘 하루가 정말 길게 느껴졌다. 그리고 주체할 수 없는 피로가 밀려왔다.

"잠깐만… 잠깐만 눈 좀 붙이고 씻자."

분명 좀 전까지는 부담스러워서 잠을 못 잘 것 같다고 생각했었는데, 사람이 이렇게나 생각이 짧고, 한 치 앞을 못 본다는 생각이 들었다. 저절로 사르르 감기는 눈을 억지로 뜰 수가 없었다, 그러기엔 이 침대가 편안해도 너무 편안했다.

아… 괜히 고급 호텔이 아니구나.

으응?

살짝 정신이 들었는데 뭔가 기분이 이상했다. 잠깐 눈을 붙였으니, 여전히 하루가 지나지 않은 상태여야 하는데? 뭐, 좀 더 잤다고 쳐도 밤……? 그런데 이상하게 날이 고요하고 밝았다.

믿을 수 없지만 이건 대략 아침 느낌?

당황스러운 느낌에 눈을 떴는데, 나를 더욱 소스라치게 놀라게 한 건 따로 있었다. 바로 내 옆에서 자고 있는 누군가.

설마?

살금살금 가까이 다가가 이불을 들춰 얼굴을 쳐다보니 이 방을 함께 나눠 쓰고 있는 그분이 맞았다.

차혜성 팀장님! 대체 왜! 여기서! 얼굴을 홱 돌리고 보니 내 모습은 더 가관이었다. 곱게 잠옷으로는 언제 갈아입은 거야?

도대체 간밤에 무슨 일이 있었던 거지?

고개를 흔든 다음 다시 한번 내 눈앞에 곤히 자고 있는 남자를 바라보았다. 그리고 눈을 한 번 비벼 본 다음 다시 떴다. 그래도 앞에 있는 이 사람의 모습은 없어지지 않고 그대로였다.

게다가 잠옷을 입고 있는 내 모습도 그대로.

'꺄악~~~~'

두 손으로 입을 가리고 소리 없는 비명을 질렀다.

심장 소리가 가슴을 난도질하는 순간이었다.

대체 이게 무슨 일이냐고!

후- 다시 이불을 뒤집어쓰고 일단 쿵쿵거리는 심장을 진정시켰다. 이 상황을 어떻게 받아들여야 할지 생각이라는 것을 좀 해 봐야 할 것 같았다.

이불을 빠끔히 내리고 보니 엄청난 일이 일어난 방에 따뜻한 햇살이 새어 들어오기 시작했다. 고요하고 맑고 밝은 아침의 기운이 느껴졌다.

이런 날은 내가 제일 좋아하는 날이다. 날이 개어 해가 쨍하고 뜨는 날.

지금 이 당황스러운 침대 위 풍경만 제외하면 최고의 날이지.

분명 어제 예복을 입고 잠깐 눕는다는 것이 지금까지 이어진 것 같은데 어떻게 난 잠옷을 입고 있고, 팀장님은 내 옆에서 자고 있냐는 것이다.

도대체 뭐지? 설마 팀장님이 간밤에 들끓는 욕정을 이기지 못해 내 방에 들어와서 자고 있는 내 옷을 벗겼나?

아니면 내가 그것에 부응해 스스로 벗었나?

빨리 머리를 굴려 어제 일을 생각해 보자! 으음…….

와- 미치겠네. 술을 먹은 것도 아닌데, 아무리 생각하려고 해도 예복을 입고 누운 이후의 기억이 아무것도 없었다.

설마 물에 약이라도 타서 먹였나? 그리고 나랑 둘이? 헐. 으아아~~

그건 절대 용납 안 되는 범죄지. 암! 이혼감이야!

아님, 무의식중에 나도 좋다고 진짜 첫날밤을 보냈나? 흐음… 몸에 별 이상은 없는 것 같은데.

그리고 잠옷은 또 어떻게 이렇게 얌전하게 입고 있는 거냐고.

하, 혹시 팀장님 진짜 선수 아냐? 정신 줄 쏙 빼 놓는 선수?

진짜 뭐냐고……!

참! 나 속옷은 뭐 입고 있었더라?

잠옷을 들춰 속옷 상태를 확인해 보았다. 다행히 여행 온다고 그나마 상태 좋은 속옷을 착용 중이었다.

아무튼 지금은 이해가 가는 것이 하나도 없는 당황스러운 상황이었다.

어쨌건 의심스럽고 미심쩍었다. 어쩌면 팀장님이 양의 탈을 쓴 늑대일 수도 있겠다는 생각이 들었다.

잠옷을 입은 모습이 창피해 이불 밖으로 나가지도 못하고, 머릿속으로 별의별 생각을 다 하고 있었다.

나는 고개를 돌려 곤히 자고 있는 팀장님의 얼굴을 바라보았다.

커다랗고 깊은 눈이 긴 눈썹과 눈꺼풀에 가려져 있었다. 코도 예쁘고, 입도 예쁘고, 턱선도 멋지고, 목…….

안 되겠다. 이럴 게 아니라 살짝 나와서 얼른 옷을 갈아입는 게 좋겠어.

괜히 혼자 팀장님의 얼굴을 살피는 것이 민망해져 슬며시 이불을 들어 밖으로 나가려고 했다. 그때 잠결에 내 목을 감싸는 커다란 팔.

"어머! 팀장님! 왜 이러세요!"

나는 다급히 소리를 질렀다. 더 이상은 안 될 것 같았다. 이성이 있을 때 정신을 차려야 한다! 고장 난 듯 쿵쿵쿵거리는 심장을 억지로 진정시키고 팀장님을 부르며 목에 두른 팔을 풀었다.

"어? 언제 깼습니까?"

그가 부스스한 모습으로 눈을 가늘게 뜨며 물었다. 아직 피곤이 가시지 않은 얼굴이었다.

"방금요. 일단, 이거 놓으시고요. 근데 이거 무슨 상황인지 설명이 필요할 것 같은데요."

나는 따지듯 팀장님에게 물어 댔다. 이불 속에서 두 팔로 가슴을 감싸며.

아무리 팀장님의 부하직원에, 돈을 매개로 한 결혼에 끼어든 한 여자이지만 내 몸은 소중하다고요!

"으음… 하… 잠버릇…….."

"네? 잠버릇?"

"잠버릇 고약한 거 왜 결혼 전에 얘기 안 했습니까."

"네?"

이건 또 무슨 소리지? 아주 당당한 그의 말투에 순간 내 동공과 영혼이 한없이 흔들거렸다.

"알았으면 아예 다른 룸을 잡았을 텐데요."

"고약하단 얘긴 종종 들었지만, 그렇게 옆방까지 들릴 정도였어요?"

"네."

아니, 고급 호텔 방 방음이 이렇게 부실해서야! 안 되겠네. 이 호텔!

"흐음……."

"하도 시끄러워서 내가 잠을 완전 설쳤단 말입니다."

"아… 미안해요. 하지만, 그건 제가 일부러 그런 게 아니라……."

어젯밤에도 악몽을 꾸었나 보다. 뭐, 일상이기도 한 일이긴 했다. 잠들기 전에 기분 좋은 생각을 하지 않으면 더 자주 꾸곤 하는 악몽.

"어쨌든, 하도 시끄러워 어쩔 수 없이 와서 잘 자라고 토닥였더니 그제야 조용히 자더군요. 참 내. 애도 아니고."

"아… 근데요. 있잖아요. 이 옷은! 이 옷은 뭔데요?"

시끄럽게 한 건 미안한데, 잠옷은 어떻게 된 거냐고, 이 변태야!

눈에 힘을 주어 그를 바라보았다.

"아, 그거! 후… 잠옷은 혼자 일어나서 잠결에 갈아입은 거니까 오해 말아요. 나는 눈 가리고 있었습니다. 분명."

그러고 보니 캐리어에 비밀번호가 있으니, 팀장님이 그것까지 알고 풀 수는 없었다.

워낙 잘 때는 속옷도 안 입고 얇은 잠옷 하나만 걸치고 편하게 자자는 주의라, 어제 옷이 불편해 잠결에 혼자 옷을 갈아입고 잔 모양이었다. 너무 피곤한 나머지 팀장님이 방에 있는 줄도 모르고 말이다.

그 생각을 하니 머리부터 발끝까지 몸이 달아오르는 느낌이었다. 진짜 안 본 거 맞아? 눈 가렸다고 하고는 손가락 사이사이로 다 본 거 아냐? 어떻게 믿느냐고, 내가!

"암튼 그렇게까지 말씀하시니 믿어 볼게요. 그럼 저는 이만."

미안하다고 해야 할지, 고맙다고 해야 할지 조금 헷갈리는 상황이었지만, 일단은 그와 거리를 두는 게 좋을 듯싶었다.

이 민망한 상황에서 벗어나고자 침대 밖으로 나가려고 몸을 틀었다.

"혹시 몽유병 같은 거 있습니까?"

막 나가려는 내 등 뒤에 그의 물음이 꽂혔다.

"하… 그런 거 아니거든요. 아무튼 저 먼저 나가 볼게요."

"그래요. 나는 지금 상당히 피곤해서 여기서 조금 더 눈 붙일 생각입니다. 일 보세요."

팀장님은 내 침대에서 나올 생각이 없어 보였다. 나는 이불 밖으로 나와 옷이랑 화장품 파우치를 챙겨 들고 밖으로 나왔다.

룸 거실을 가득 비춘 햇살이 눈이 부실 정도였다.

나는 씻으러 가기 전에 거실에 있는 창밖의 풍경을 물끄러미 바라보았다.

"우와… 예쁘다……."

창밖으로 싱그러운 아침 햇살에 부딪혀 보석처럼 빛이 나는 바다, 그 위에 파란 하늘이 아름답게 펼쳐져 있었다.

"제주도는 제주도구나! 너무 예쁘다."

멋진 풍경을 보니 좀 전에 당황스러웠던 기분은 금방 날아가고 한껏 마음이 말랑말랑해졌다.

얼른 씻고 해변이라도 걸어야겠어!

혜성이 지우와 함께 머물 신혼여행지는 제주도였다.

두 사람은 간신히 출장을 명목으로 시간을 뺐다. 물론 혜성이 지우도 출장을 갈 수 있도록 애를 많이 썼다.

프로젝트 때문에 정말 바쁜 시기를 보내느라 지우가 결혼식을 위해 혼자 많이 애쓴 것에 비하면 적은 수고긴 했다.

결혼식 때문에 많이 피곤했는지 혜성은 신혼여행 겸 출장 행 비행기에 탑승한 지 얼마 되지 않아 잠이 들었다.

얼마쯤 지났을까. 갑자기 지우가 뭐라고 중얼거리는 바람에 그가 잠에서 깼다. 시간을 확인하니 제주도에 거의 도착할 시간. 지우도 아까 자는 것 같았는데, 언제 깼는지 씽씽한 얼굴로 하염없이 창밖을 바라보고 있었다.

'소나기인가…….'

혜성이 창밖을 바라보는 지우를 따라 밖을 바라보았다. 세찬 비바람이 비행기 창문에 부딪히고 있었다. 비 때문인지 기분이 좋지 않은 그녀와 달리 혜성은 이런 날씨를 대수롭지 않게 생각했다. 제주를 자주 찾는 그의 짐엔 우산도 있었고.

오늘 가장 중요한 건 지우와 함께 있다는 것이었다. 그 외에 마음 가는 건 아무것도 없었다.

착륙을 마친 비행기 안이 짐 내리는 사람과 이동하려는 사람들로 복잡해졌다.

비교적 단출한 짐만 꾸려 온 혜성과 지우가 그 무리 사이에 끼여 밖으로 나가려 했다.

혜성의 한 손엔 지우의 캐리어가 들려 있었고, 다른 손으로는 그녀의 손을 잡았다. 그녀와 떨어지지 않기 위해.

그런데 비행기를 빠져나오자마자 매몰차게 그의 손을 뿌리치는 지우.

후-

많이 불편했나 싶어 혜성이 눈썹을 한 번 위로 떴다 내렸다. 마음 같아서는 2박 3일 내내 손을 잡고 걷고 싶은데, 그녀의 마음이 자신의 마음과 같지 않으니.

공항 밖으로 나가니 과연 빗줄기가 세찼다. 혜성이 우산을 펴고 그녀가 안으로 들어오길 기다렸다.

그런데 웬일인지 멍하니 있는 그녀. 혜성은 그녀를 재촉해 함께 우산을 쓰고 차를 받기로 한 곳까지 같이 걸어갔다.

혜성은 자그마한 그녀와 한 우산을 쓰고 가는 기분이 썩 좋았다. 코끝에 스치는 그녀의 샴푸 향이 짙은 비 냄새를 뚫을 만큼 아찔했다.

그녀는 비 오는 날이 싫다지만, 혜성은 어째 비 오는 날이 좋아질 것만 같다. 그녀와의 거리를 좁혀 주는 고마운 날씨라서.

그나저나 비에 취약한 지우를 안 넘어지게 잘 잡아 줘야겠다는 생각을 하는 찰나 그녀의 발이 웅덩이에 빠졌.

'이런……'

웅덩이를 벗어난 그녀의 작은 발과 그 발을 감싸고 있던 조그마한 구두와 스타킹이 몽땅 젖어 버렸다. 그대로 놔뒀다가는 감기에 걸리기 십상이었다.

혜성은 안타까운 마음을 어쩌지 못하고 일단 차 있는 곳으로 그저 그녀와 함께 걸었다.

드디어 차 있는 곳에 다다르자 그가 지우에게 뒷좌석에 앉아 젖은 스타킹을 벗으라고 했다. 벗으라는 말에 소스라치게 놀라던 그녀의 모습이 어찌나 귀엽던지. 그는 지우가 젖은 신발과 스타킹을 편안히 벗을 수 있도록 한 다음, 얼른 숙소로 향했다.

두 사람이 2박 3일 동안 묵을 곳은 G호텔 로열스위트룸.

룸 안에는 크고 화려한 거실과 화장실이 각각 딸린 방이 두 개 있었다. 한 룸이지만 방이 두 개여서 정략결혼을 한 두 사람이 부담을 좀 덜며 지내기 딱 좋은 구조였다.

혜성은 긴 하루를 보내며 피곤했을 지우에게 룸 안에 있는 방 하나를 안내했다. 그리고 자신도 그 옆에 있는 방에 짐을 풀었다.

'지우가 나오면 같이 저녁 먹으러 가야겠다…….'

씻고 난 혜성이 편한 옷으로 갈아입고 거실에 나왔다. 지우도 좀 쉬고 거실로 나오리라는 기대를 안고 그녀를 기다리고 있었다.

정략결혼이라고 해도 처음으로 함께한 여행, 그리고 방은 다르지만 처음으로 한 공간에서 숨을 쉬고 지낸다는 느낌이 혜성을 참 설레게 만들었다.

그러나 아무리 시간이 지나도 나오지 않는 지우. 기다림이 길어지자 룸 거실 소파에 기대 지우를 기다리던 혜성도 고개를 꾸벅꾸벅 졸고 있었다.

"아악! 앗, 악!"

잠결에 들리는 이상한 소리에 혜성은 잠이 확 깼다. 그 소리가 나는 곳은 지우의 방이었다.

혜성은 깜짝 놀라 지우 방 문 앞에서 노크를 했다. 그러나 지우에게서 답이 없었다. 문을 살짝 열어 보니 지우가 쿨쿨 자며 이따금씩 괴로운 듯 괴성을 질렀다.

혜성은 더 이상 잠도 오지 않고 괴로워하는 그녀를 방치할 수도 없어 발걸음을 옮겼다. 그녀의 방은 어두웠다. 혜성은 은은하고 어두운 조명 하나만을 켰다.

그녀는 침대 위에서 이불도 덮지 않았고 옷도 아까 들어왔던 그 모습 그대로 누워 있었다. 그리고 무서운 꿈을 꾸고 있는지 비 오듯 땀을 흘려 입고 있는 옷이 다 젖어 들고 있었다.

"서지우 사원, 좀 일어나 봐요. 서지우… 지우 씨… 지우야……."

아무래도 지우를 깨워야 할 것 같았다. 혜성은 지우의 팔을 잡고 흔들었다. 여러 번 깨우자 갑자기 그녀가 벌떡 일어났다.

"헉! 일어났습니까?"

"옷이 너무 불편하잖아."

지우가 중얼거리며 갑자기 캐리어를 열더니 잠옷을 꺼내 혜성이 바라보는 그 앞에서 아무렇지 않게 지금 입고 있는 옷을 하나씩 벗었다.

재킷 하나, 블라우스 하나…….

혜성의 눈앞에 지우의 매끈한 두 팔이 시원하게 드러났다.

"앗, 서지우 사원, 지금 뭐 하는 겁니까."

혜성이 당황해 소리를 쳤다. 그런데 전혀 아랑곳하지 않는 지우가 급기야 스커트를 벗기 위해 허리춤에서 지퍼를 찾았다.

"서지우 씨!"

지우는 눈도 제대로 뜨지 않고 대답도 없이 하던 작업을 마저 하고 있었다.

"서지우 사원!"

이제 그녀의 스커트가 내려가기 일보 직전이었다.

"이런… 여… 여기서 이러시면 안 됩니다!"

혜성은 눈을 질끈 감고 고개를 돌려 버렸다. 지퍼가 내려가는 소리가 정적 속에 너무도 또렷이 들렸다. 그의 심장은 미친 듯 날뛰고 있었다. 뒤에서 지우가 나신으로 자신을 바라보고 있을 것만 같다.

상상만으로도 얼굴이 후끈 달아올랐다.

털썩 소리가 나기에 다시 슬며시 고개를 돌려 보니 지우는 어느새 잠옷으로 갈아입고 침대에 다시 벌러덩 누웠다.

"뭐야… 서지우… 사람 간 떨어지게나 만들고."

혜성은 꼭 쥐었던 주먹을 그제야 폈다. 얼마나 꽉 쥐고 있었던지 손이 저릴 지경이었다. 등줄기에 땀까지 맺힌 것 같았다. 심장은 또 어찌나 빠르게 뛰는지 심호흡으로 가다듬어야 할 정도였다.

"후……."

어쨌든 지우가 다시 안정을 찾은 것 같아 혜성은 자신도 정신을 차리고 그녀의 방을 나서려고 했다.

"앗! 악! 흑… 흑… 아파! 아프다고! 흑흑……."

방 문고리를 잡고 나가려는데, 등 뒤에서 들리는 소리. 옆방에서 이런 소리가 들린다면 등골이 오싹할 정도겠지만, 이

소리는 혜성의 마음을 울리는 소리였다.

돌아보니 지우가 또다시 흐느끼며 자고 있었다.

'지우야… 도대체 무슨 꿈을 꾸고 있는 거니……. 왜 그렇게 슬프게 우는 거야…….'

혜성은 발걸음을 다시 돌렸다. 그녀가 자고 있는 침대 머리맡으로 다가갔다. 그리고 지우의 머리를 쓰다듬었다.

"서지우 씨……."

"엄마… 제발… 그만……."

'엄마?'

지우의 눈에서 눈물이 흘러내려 베개를 적셨다. 혜성은 결국 지우 옆에 누웠다. 그리고 그녀를 안고 등을 토닥였다.

"지우야… 괜찮아……."

혜성은 어릴 때 잠들기 전 무서운 생각이 나면 베개를 들고 엄마 아빠 방으로 향했던 자신이 떠올랐다.

그럴 때면 엄마는 자신을 품에 안고 항상 괜찮다며 등을 토닥여 주셨다. 그 느낌이 너무 좋아 스르르 편안하게 잠이 들었던 그때를 생각하며 그녀도 좀 괜찮아지길 바랐다.

샤워기에서 내려오는 물줄기를 맞으며 아침에 보았던 팀장님의 얼굴을 떠올렸다. 팀장님은 잠을 설쳤다고 말했지만 깊게 잠이 든 듯 평온한 얼굴이었다.

 아기처럼 쌔근쌔근 자고 있는 모습.

 감은 두 눈에 펼쳐진 빗자루 같은 눈썹이 감탄을 자아냈다.

 샤워볼에 바디워시를 묻혀 거품을 내 온몸 구석구석을 닦으면서도 팀장님을 떠올렸다.

 갑자기 내 목을 감싸던 기다랗고 묵직한 팔.

 그리고 코끝에 확 퍼진 그만의 향.

 손에 샴푸를 덜어 머리를 감으면서도 팀장님이 졸린 듯 반쯤 뜬 눈으로 나를 바라보며 "어? 깼습니까." 하던 모습이 떠올랐다.

 복잡한 도시를 떠나 여행 비스름한 것을 하다 보니 생각이 자꾸 단순해지는지 왜 한 가지만 떠올리냐고. 으- 차혜성!

 아까 한 침대에 누워 있던 팀장님과 나 사이의 거리는 20센티조차 되지 않았다.

 아마 그래서겠지. 그래서 자꾸 아른거리는 거겠지. 코앞에서 일어난 일이라, 생각지도 못한 일이라 인상에 더 박혀서 그런 거겠지.

 나름 합리화를 시키며 자꾸 떠오르는 팀장님의 얼굴을 애써 지우려 했다. 하지만, 같은 공간 안에 있는 팀장님을 눈앞에서 지우는 것은 쉽지 않았다.

 그래. 아까 창 너머로 보였던 제주의 하늘과 바다를 생각하자. 너무 예뻤잖아.

그런데 그 위에 동동 떠 있는 팀장님 얼굴.

읍스.

화장실에서 다 씻고 목욕 가운을 걸친 후, 문을 빠끔히 열어 거실을 살폈다. 화장대가 있는 드레스룸에서 옷을 갈아입고 화장을 할 생각이었다.

'더 잔다고 했으니까 나오시진 않겠지?'

다행히 거실에 팀장님은 없었다. 정적이 흐르는 거실로 나왔다. 팀장님이 깰세라 조심조심 조용히 발가락 끝에 힘을 주고 사뿐사뿐 걸어 드레스룸으로 향했다.

"헛-"

내가 잤던 방을 지나가려는 찰나, 내 머릿속에 꽉 차 버린 그가 감은 머리를 털며 눈앞에 서 있었다.

"헛, 깜짝이야!"

나는 본능적으로 목욕 가운 가운데를 여몄다.

"뭘 그렇게 놀랍니까."

"더 주무신다고 했잖아요?"

"잠이 더는 안 와서……. 허, 근데 주무신다는 게 뭡니까. 누가 들으면 할아버지라도 되는 줄 알겠습니다. 고작 두 살 차이면서."

"두 살 차이면 대단히 크죠. 태어나서 나보다 밥을 먹어도 얼마나 더 먹었는데."

"품. 어디 나갈 겁니까. 제주 공장 방문은 오후라 지금 나갈 일은 없을 것 같은데."

"산책이요. 요 앞 바다가 예뻐서 안에만 있기 좀 아깝잖아요."

내 말에 팀장님은 고개를 쭉 빼고 거실 밖의 풍경을 살폈다.

"같이 가죠."

"네에?"

내 귀가 의심이 되는 순간이었다. 지금 같이 가자고 말하는 게 맞는 거겠지?

"같이 하자고요. 산책. 내 출장 일정도 오늘 오후라서."

"어후, 저 혼자 다녀와도 돼요. 간밤에 잠도 잘 못 주무셨는데 더 주무세요. 이대로는 오늘 업무에 지장 있으실 거예요. 양이라도 세면서 주무시는 게 낫죠."

"가죠."

"꼭… 가셔야겠어요?"

"네."

으악, 불편해. 불편하다고! 혼자 가는 게 편한데.

잠깐 가볍게 다녀오려던 계획에 팀장님이 불쑥 발을 얹었다.

동이 터 오른 지 얼마 되지 않은 시각, 호텔 앞 프라이빗 비치에는 사람이 많지 않았다. 간간이 우리처럼 산책을 즐기는 커플들이 몇 있었을 뿐.

어제는 그렇게 폭우가 쏟아지더니 오늘은 거짓말처럼 햇빛이 비치는 맑은 날이었다.

북적거리는 해안가라면 좀 덜했겠는데, 고요한 해변가를 단둘이 걷자니 아름다운 풍경보다 팀장님이 여간 신경 쓰이는 것이 아니었다.

혹시 또 이렇게 걷다가 넘어지진 않을지.

또 어떤 실수를 하지는 않을지.

엉뚱한 이야기가 튀어나오지는 않을지.

살랑 부는 봄바람에 머리 모양이 흐트러지지는 않을지.

하, 신경 쓰여!

그나저나 해변 위를 나란히 걷는 팀장님과 나 사이의 물리적 거리가 많이 가까워졌다는 생각이 들었다. 다시 떠올려도 민망하지만 뭐, 아까 침대에서는 말할 것도 없고.

흠… 한 달 전만 해도 이렇지는 않았는데.

괜히 걸을 때마다 살짝살짝 스치는 팀장님의 팔.

그럴 때마다 자꾸 정전기가 생기는 느낌이었다.

그래서 나는 자꾸 팀장님 반대쪽, 그러니까 바다 쪽으로 걸음을 놓으며 최대한 부딪히지 않도록 신경을 쓰고 있었다.

팀장님은 그러거나 말거나인 것 같은데, 나 혼자 이러고 있었다.

"어제는 그렇게 비바람이 세차더니 오늘은 바람도 바다도 거짓말처럼 잔잔하네요."

그가 먼 바다를 바라보며 먼저 말을 꺼냈다.

"바다를 이렇게 보니까 이래서 사람들이 제주도, 제주도 하는구나 싶어요. 바다가 정말 아름다워요."

"설마 제주도 안 와 봤어요?"

눈을 동그랗게 뜨고 묻는 그.

"어렸을 때 가족 여행으로 왔었다는데 기억이 잘 안 나요. 스무 살 이후로 치면 오늘이 처음에요. 안 와 본 거라고 해도 다름없죠."

그게 왜요!

"하… 요즘도 제주도를 생소하게 여기는 사람이 있었을 줄이야."

그가 고개를 내저었다.

"어머, 왜 없어요. 많죠. 팀장님이야 돈 많고 뭐 일 많아서 이런 데 자주 오시겠지만, 모든 사람들에게 이렇게 바다 건너 제주도 가는 일이 쉬운 건 아니죠."

"그렇군요……. 뭐, 자주 보다 보면 별거 아닙니다. 이런 풍경."

"쳇! 저는 봐도 봐도 안 질릴 것 같은데……. 한때는 여러 곳을 여행하는 것이 꿈이기도 했는데 살다 보니 쉽지 않았네요."

"흠… 제주에 H푸드 지사가 있으니까 지우 씨도 종종 오게 될 겁니다. 그건 그렇고. 자, 거기 서 봐요. 제주도 온 게 완전 처음은 아니라도 거의 처음이라고 하니까 사진 한 장 찍어 줄게요."

"사진이요? 어휴, 괜찮아요!"

갑자기 사진이라니? 어색하게 서서 사진 찍는 거 생각만 해도 오글거려.

그런데 저 남자 괜찮다는 내 말이 끝나기도 전에 저 앞에 가서 섰다. 어쩔 수 없이 어정쩡한 얼굴로 서 있었다. 갈 곳 잃은 손으로 브이까지 만들면서.

내 뒤엔 바다, 그리고 내 앞에는 내 사진을 찍어 주는 팀장님.

햇살에 눈이 부시면서도 팀장님을 바라보려 애썼다.

"웃어야지- 김-치-"

그의 말에 나는 입가에 어색한 미소를 띠었다.

무슨 사진을 이렇게 오래 찍는지 모래사장 위에 우뚝 서 있는 게 민망했지만, 팀장님이 계속 나를 바라보고 있다는 사실이 싫지만은 않았다.

나를 바라봐 주는 사람이 있다는 것.

그게 사랑받는 느낌이라면, 행복하겠지?

하지만 애석하게도 우리 두 사람은 가짜 결혼으로 이루어진 사이였다.

"잠깐만 움직이지 말고 그대로 서 봐요."

앞에서 사진을 찍던 팀장님이 갑자기 내 옆으로 다가왔다.

그러고는 휴대폰을 치켜 올렸다.

이것은 커플 셀카?

"티… 팀장님."

순간 나는 당황스러워 일그러진 얼굴로 팀장님을 불렀다. 팀장님 휴대폰에 그 모습이 고스란히 드러났다.

"부모님 보내 드리려고요. 진짜 신혼여행인 줄 아시는데 이런 거 하나쯤 보내 드려야 마음이 좋으시지 않겠어요? 찍습니다."

"아……."

"하… 웃어야지."

스, 스마…일.

팀장님이 손을 잡은 것도 아니고, 내 몸에 손을 댄 것도 아니었다. 그저 옆에서 함께 웃으며 사진을 찍은 것뿐이었는데 나는 웬일인지 숨을 쉴 수가 없었다.

후…….

사진을 다 찍고 팀장님이 사진을 확인하는 동안 그제야 참았던 숨을 몰래 몰아쉬었다.

"아, 너무 별로네. 신혼여행 사진 같지가 않아. 흠, 이렇게 찍어야 할 것 같은데. 괜찮아요?"

아니, 벌써 어깨에 손을 올리고서 괜찮냐니.

"얼른 찍으시기나 하세요!"

팀장님은 다시 사진을 찍고 휴대폰을 만지작거렸다.

그의 어깨에서 탈출한 나는 다시 호흡을 가다듬었다. 어깨만 잠시 붙잡았을 뿐인데도 느껴지는 이 박력 어쩔 거야!

부모님께 사진을 보내는지 팀장님은 휴대폰을 한참 동안 만지작거렸다. 나는 그 시간을 가만히 기다리기가 무료해 걷던 길을 다시 걸었다.

이제야 좀 더 이 아름다운 풍경과 오롯이 만날 수 있었다.

바다에 밟히는 부드러운 모래의 느낌.

아직은 조금 차갑게도 느껴지는 바닷바람.

"어, 너무 예쁘다."

걷다가 색이 영롱한 소라 껍데기를 발견했다.

"으악!"

껍데기를 주우려고 몸을 숙이는데, 갑자기 웅성대는 소리가 들리더니 언제 해변가에 나왔는지 한 무리의 사람들이 나타나 시끄럽게 대화를 하며 의도치 않게 나를 밀고 지나갔다.

"어머, 죄송합니다. 이를 어째."

중년의 아주머니가 풀썩 엉덩방아를 찧은 내게 한마디를 건네고는 다시 무리에 섞여 앞으로 나아갔다.

"으……."

넘어진 몸을 일으켜 세우려는데,

철썩-

갑자기 바람이 불었는지 큰 파도가 쳐 모래밭에서 일어나려는 내 엉덩이에 부딪혔다.

"아!"

젖었다. 싹 다 젖고 말았다.

무릎까지 내려오는 편한 면 원피스에 속옷까지 바닷물에 절여졌다.

하… 내가 그러면 그렇지.

오랜만에 온 제주도라서 신나게 놀고 싶었지만 평소 덜렁이 성격이라 조심, 또 조심하면서 행동했는데…….

진짜 억울하다.

봄 바다의 수온은 높지 않았다.

아랫도리를 강타하고 간 제주의 바닷물이 몹시 차가웠다.

"서지우 사원!"

팀장님이 나를 부르며 달려오고 있었다.

도망갈까?

나 너무 창피한데?

보자, 어디로 가야 하지?

호텔에서 비치로 향하던 문이 어디 있었지?

둘래둘래 호텔로 가는 길을 찾으려는데, 벌써 팀장님이 내 앞까지 와 있었다.

망했다.

이젠 나도 모르겠다.

"하하하하, 괜찮아요. 이거 주우려다가 저분들과 부딪혔네요."

나는 소라 껍데기를 들어 보이고, 한참 앞에 가고 있는 한 무리의 사람들을 가리켰다.

"이런……."

"에취!"

"하루도 사고를 안 치면 어디 덧나나 봅니다. 어휴, 얼른 들어가야겠네요."

아니, 이번 건은 억울하네요.

"아줌마가 막 갑자기 나타나서 궁둥이를 확 치고 갔다고요……. 에에에에이치!"

바닷물이 뚝뚝 떨어지는 원피스를 한 번 움켜쥐고 물을 짜낸 뒤, 억울한 표정으로 모래밭을 어정쩡한 자세로 걸으며 호텔 입구로 향했다.

바닷가에서 호텔로 들어가기 전에 모래를 터는 곳이 있어 걷는 동안 발과 신발에 잔뜩 묻은 모래를 씻어 내고 가려는데…….

물이 나오지 않는다.

자꾸 왜 이런 시련이!

"신발 벗어 봐요."

"여기."

팀장님은 내 신발 두 개를 가져가더니 모래밭을 향해 들고는 맞부딪히며 모래를 털어 냈다.

신발은 그렇다 쳐도 발이 문제였다. 씻어 낼 만한 것이 아무것도 없었다.

그렇다고 이렇게 들어가기에는 호텔에 민폐인 상황.

"자, 업혀요."

팀장님이 그 넓은 등을 갑자기 내 앞에 갖다 대었다.

"아, 아니에요, 팀장님. 지금 옷이 많이 젖어서 업히면 팀장님 옷까지 버릴 것 같아요."

"그러면 모래가 잔뜩 묻은 발로 호텔에 들어갈 겁니까? 그거 엄연한 민폐예요. 민폐 끼치는 건 내가 아주 질색하는 일입니다."

"어휴… 그래도……."

"똥매너라는 소리 듣기 전에, 얼른."

"헐……."

에라, 모르겠다.

더 지체하다가는 팀장님의 넓은 등이 민망해질 것 같아서 두 눈을 질끈 감고 업혀 버렸다. 오늘은 아마도 유치원 때 이후로 누군가의 등에 처음 업혀 본 날로 기록될 것이다.

비행기에서는 팀장님과 손을 잡았고, 호텔에서는 한 침대에 눕기까지 했으며, 좀 전에는 어깨동무, 지금은 업히기까지. 다음은 어떤 일이 있을지 기대가 될 지경이었다. 아주 어이가 없게도.

팀장님은 나를 업고는 벌떡 일어났다. 그러고는 한쪽 팔로 나를 지탱하고 다른 쪽 손으로 내 발에 묻은 모래를 털어 냈다. 그리고 팔을 바꿔 다른 쪽 발도.

'아아, 민망해⋯⋯.'

죽을 것 같다, 진짜. 내 볼에 달걀을, 아니 메추리알을 톡 떨어뜨리면 지글지글 프라이가 될 거야.

그만큼 내 얼굴은 화끈거리며 불타올랐다.

"되⋯ 된 것 같아요."

팀장님은 그제야 나를 업은 자세 그대로 호텔로 향했다. 로비를 거쳐 우리 룸으로 가는 동안 다행히 마주친 사람이 거의 없었다.

팀장님은 나를 업은 채로 룸 도어를 열고, 내 방 화장실에 나를 내려놓았다.

"씻어요."

"고맙습니다."

드디어 팀장님 등에서 벗어난 나는 온몸에 퍼진 모래의 흔적들을 깨끗이 씻어 냈다.

아까 어이없게 넘어졌을 땐 좀 속이 상했는데, 팀장님이 옆에 온 다음에는 정신없이 상황이 흘러가 그런 기분조차 잊혀졌다.

그가 아니었으면 혼자 괜히 비참해하고 있을지도 모를 일이었다.

그나저나, 자의든 타의든 팀장님 앞에서 자꾸 덜렁대는 모습이 보여 좀 속상하긴 했다. 팀장님은 늘 완벽한 모습인데.

근데, 뭐야… 정말 너무 인간적이지 않잖아. 늘 완벽한 모습이라니.

말끔히 씻고 나니 기분이 한결 좋아졌다. 그리고 배가 고파 왔다. 생각해 보니 어제저녁부터 먹은 것이 없었다. 주린 배를 어쩌면 좋을까.

슬그머니 거실로 나와 보니 아직 팀장님은 씻고 계신 중인 것 같았다.

똑똑-

널찍한 룸을 하릴없이 배회하고 있는데, 느닷없이 노크 소리가 들렸다. 문 쪽에서 나는 소리였다.

어? 누구지.

난 부리나케 달려가 문을 빠끔 열었다.

## 9.
## 신경 쓰이고 걱정되는 사이

"룸서비스입니다."

잔잔한 미소를 띠고 조용히 방 안으로 들어온 사람. 그는 거실에 놓인 테이블에 하얀 테이블보를 새로 깔고, 색이 화려한 음식들을 순식간에 가득 세팅해 놓았다.

"맛있게 드시고 즐거운 시간 되십시오."

어릴 적 '북풍이 준 식탁보'라는 동화책을 읽은 적이 있었다. 그 동화에서는 "식탁보야, 식탁보야, 맛있는 음식을 내주렴." 하고 외치면 식탁보 가득 맛있는 음식이 수북이 차려졌었다.

대박.

내가 지금 마치 그 요술 식탁보를 가진 소년이 된 기분이라고!

한쪽엔 통통해 보이는 파우치 달걀과 갓 구워져 나와 황홀한 냄새를 풍기는 식빵과 크루아상, 구워진 갖가지 채소들과 베이컨, 소시지, 한 접시에 담긴 색이 예쁜 조각 과일들, 그리고 따끈한 커피와 시원한 생과일주스가 차려졌다.

다른 한쪽엔 네모반듯한 반기에 회, 구운 생선과 샐러드, 타마고 야끼, 절인 채소가 조금씩 담겨져 있었고 밥과 미소 된장국이 함께 놓여 있었다. 그림처럼 예쁜 일식 차림이었다.

이 허기에는 길거리 달걀빵도 세상 최고의 요리로 쳐줄 만한데, 눈앞의 음식들은 화려한 정찬이었다.

이런 음식을 보고 있자니, 배고픔은 참을 수 없이 강해졌다. 그래도 침을 꿀꺽 삼키고 입맛을 다시며 팀장님이 나오기만을 목이 빠지게 기다렸다.

"어? 벌써 왔네?"

씻고 나온 팀장님이 세팅된 음식을 눈으로 훑었다.

"어제저녁부터 먹은 게 없어서 말입니다. 아까 바다에 나가기 전에 룸서비스 신청해 놨었거든요. 맘에 드는 걸로 얼른 들어요. 참고로 난 이게 마음에 듭니다."

고르라면서?

그의 행동에 내 미간이 살짝 좁혀졌다 펴졌다.

"저도 이게 마음에 드네요."

나는 오기가 발동해 팀장님이 찜한 메뉴를 가리켰다. 도시락처럼 생긴 반기에 담긴 일식이었다.

"말하고 보니 이게 더 맛있어 보였는데 잘됐네요."

팀장님은 양식 브런치를 보며 미소를 지었다. 내 선택이 참으로 마음에 드는 눈치였다.

뭔가 당한 것 같은 이 기분은 뭐지? 팀장님이 아주 내 머리 꼭대기에 올라와 있는 느낌이었다.

팀장님이 의자에 앉자 시원한 향이 확 퍼졌다. 팀장님 냄새. 아무래도 이런 향의 바디워시를 쓰는 모양이었다.

점점 이 향이 익숙해져 간다.

맡을수록 기분 좋아지는 향.

아직 물기가 남아 있는 팀장님의 머리엔 아무것도 발라져 있지 않은 자연의 상태 그대로였다.

회사에서는 볼 수 없는 흐트러진 머리.

이제야 좀 스무 살 후반대 보통 청년 같은 모습이 보였다. 회사에서는 보통 늙은이인 척을 해야 말이지!

아무튼 팀장님도 맛있는 음식 앞에서는 기분이 좋아지는 보통 사람이 분명했다.

"근데, 언제까지 팀장님, 팀장님 할 겁니까."

마주 앉아 아침을 먹으며 팀장님이 말문을 열었다.

"그럼 팀장님을 팀장님이라고 하지 뭐라고 해요."

나는 브런치 맛에 푹 빠져 정신없이 젓가락을 왔다 갔다 하며 바삐 움직이다 말고 되물었다.

"우리 부모님 앞에서도 그럴 겁니까. 그럼 다 눈치채실 텐데요."

"음… 그건 팀장님도 마찬가지면서. 매일 서지우 사원, 서지우 사원."

"아, 내가 그랬습니까. 암튼 회사 밖에서 쓸 호칭을 정하는 게 좋겠네요."

"음, 뭐라고 할까요?"

"서지우 사원이… 아, 지우 씨가 한번 생각해 보세요."

"음… 일단, 저는 사원은 빼고 이름을 불러 주시는 게 좋을 것 같은데……."

"지우…야? 이렇게?"

"으음……."

막상 팀장님이 '지우야'라고 말을 놓으며 부르자 기분이 묘해졌다. 이거 너무 친근감 느껴지는데? 그런 건 좀 위험해!

"그, 글쎄요."

"이름 불러 달라면서요……. 그럼 지우 씨?"

"차라리 그게 낫겠네요."

"오호, 계속 존대를 해 달라 이건가요?"

"거리감을 두기에는 그게 나을 것 같아서요."

"그럼 나는 혜성 오빠 갑시다. 지우 씨 존대는 해 줄 테니."

푸흡!

 손으로 입을 막아서 다행이었다. 안 그랬으면 입 안에 있던 음식 파편들이 팀장님의 얼굴에 보기 흉하게 튀었을 것이다.

 "아니면, 여보야? 자기야? 가 나으면 그거로 해도 무방합니다."

 팀장님 오늘 기분이 좋으신가? 농담이 과하시네.

 "노… 농담이시죠?"

 "진심입니다. 어쨌건 부부로 보여야 하는 입장이잖아요, 우리. 보통 연상과 결혼한 여자들이 남편을 그렇게들 부르는 것 같아서 예를 들어 본 겁니다."

 정색을 하고 말하는 팀장님이었다. 나 혼자 또 오버액션한 모양이었다. 흠, 가만히 생각해 보니 그렇긴 했다. 아무래도 남편을 결혼 후에도 여전히 오빠, 자기, 여보 등으로 불렀다.

 그래도, 그거 다 너무 오글거리잖아.

 결혼하자마자 난관에 부딪혔다. 1년간의 결혼 생활이 쉽지만은 않으리라 생각했지만 말이다.

 이거 도통 호칭을 어떻게 해야 좋을지 묘안이 떠오르지 않았다.

 혜성 님? 여보님? 무슨 온라인도 아니고 님은 좀……. 오빠는 좀 그렇고 오라버니? 아아, 구한말도 아니고 오라버니는…….

 "팀장님, 너무 어렵네요. 조금 시간을 두고 생각해 볼게요."

"너무 지체는 말아요. 늦어도 신혼여행 끝나기 전에 정하도록 합시다."

팀장님의 무 자르듯 딱딱한 말 속에 슬며시 알 수 없는 아쉬움이 비쳤다. 하지만 어쩌겠는가. 나에게는 정말 어려운 문제인걸.

"나는 이거 먹고 제주 지사로 이동할 겁니다. 서지우 사원 업무가 있는 공장이랑은 방향이 다르긴 한데… 음, 내가 데려다주고 이동하는 게 좋겠네요."

아무래도 나를 믿지 못하는 눈치였다. 혼자 가라고 했다가는 어디 가서 길이나 잃어버리고 넘어지지는 않을지 하는.

"아, 괜찮아요. 아까 버스 편 알아 뒀어요. 혼자 갈 수 있어요."

"데려다줄게요. 신경 쓰이니까. 길 잃을까 봐, 넘어질까 봐."

누가 말립니까, 팀장님.

점심 같은 브런치를 맛있게 먹고 우리는 이제 본격적인 출장 업무에 나섰다. 지사는 호텔과 멀지 않은 곳에 있었고, 공장은 동쪽으로 좀 이동해야 하는 거리였다.

호텔에서 나서자 어제 우리가 빌렸던 오픈카가 나타났다. 팀장님은 보조석의 문을 친히 열어 주었다.

"벨트 매 줄게요."

"제가 할게요."

"벨트 매다가 또 무슨 사고라도 터질까 봐 그럽니다. 벨트가 끊어지든지 버클이 부서지든지."

"에이… 설마요."

아무리 사고뭉치라도 그렇지, 완전 마이너스 손은 아니라고요.

그런데 내 품을 스쳐 벨트를 끄집어내 매 주는 그의 행동에 괜히 숨이 멎을 것만 같았다. 의미 없이 하는 팀장님의 행동일 텐데. 아무래도 자체 심쿵 자제 주의보를 내려야겠다 싶었다.

내가 남자를 너무 못 만나 본 탓을 해 대며.

그런데 회사가 아닌 다른 곳에서 있어서, 그곳이 심지어 제주도여서 그런지, 형식뿐이라곤 하지만 결혼식을 치르고 와서 그런지 팀장님이 정말 평소와 다르게 느껴졌다.

보통 때는 정말 스치면 베일 것처럼 날카롭고 차가운 사람인데, 어제오늘은 왜인지 스치면 더 마음이 뭉그러지고 따뜻해지게 만드는 사람처럼 느껴졌다.

팀장님과 함께 탄 차는 제주의 해안가를 달렸다. 내비게이션에서는 분명 이 길이 아니라고 띠링띠링 소리를 낸 것 같은데, 팀장님은 아랑곳하지 않고 자기 갈 길을 갔다.

길을 잘못 들었다간 약속 시간에 늦을 것 같아 괜히 마음이 초조해졌다.

"팀장님, 내비가 자꾸 아니라는데요? 늦으면 안 되는데 불안해 죽겠어요."

"제주도에 자주 와서 길을 훤히 알고 있습니다. 이 길이 신호도 없고 아름답거든요. 걱정하지 마요."

내 마음을 읽었는지 팀장님이 먼저 이야기를 꺼냈다.

그제야 마음이 놓였다. 그러자 제주의 풍경이 눈에 들어오기 시작했다. 검은 바위에 부딪히는 파란 바다의 파도, 그 위에 펼쳐진 더 파란 하늘, 그리고 그림처럼 동동 떠 있는 구름이 너무 예뻤다.

지이익-

창밖을 한참 바라보는데 팀장님이 드디어 오픈카의 뚜껑을 열었다.

와, 이런 차는 이럴 때 아니면 내 평생 언제 타 보리.

"서울에서는 못 마시는 공기예요!"

팀장님이 큰 소리로 말했다. 오픈카의 뚜껑이 열리는 바람에 머리가 바람에 산발이 되어 날렸지만, 제주의 청량한 공기가 기분을 상쾌하게 만들었다.

괜히 가슴이 벅차올랐다.

그래, 지금은 이 기분만 생각하자.

나는 어깨를 누르고, 머릿속을 어지럽게 만드는 짐들을 잠시 잊기로 했다. 어쩌면 그것들은 오랜 시간 내 몸에 배어 굳이 벗어날 생각도 하지 않았던 일상이었다.

하지만, 지금은 그냥 서지우의 오늘만 생각하기로 했다.
"일 끝나면 메시지 보내세요. 데리러 올 테니까."
그가 차에서 내리는 나를 보고 말했다.
과도한 친절이 자꾸 의미 있게 느껴지는 이유는 뭘까.

"네, 오늘 잘 둘러봤고요. 본사에서 내린 지시 사항은 매뉴얼대로 잘 지켜 주시면 될 것 같아요. 오늘 너무 감사했습니다."
생각보다 수월하게 그리고 금방 업무가 끝났다. 아마 팀장님 업무는 두어 시간 뒤나 돼야 끝날 것 같아 공장 관계자분이 제주가 처음이면 꼭 들러 보라고 추천해 주신 숲길을 가볼 생각이었다.

[팀장님, 저 공장 일은 끝났고요. 여기 근처에 아름다운 숲길이 있다고 해서 좀 둘러보고 있을게요. 일 끝나면 연락 주세요. 그쪽에서 뵐까 봐요.]

팀장님에게 메시지를 보내고 걸어서 어렵지 않게 찾아온 숲길엔 삼나무가 빽빽했다. 뿜어져 나오는 피톤치드가 얼마나 많은지 머리가 아주 맑아지는 느낌이었다.
"우와… 너무 아름답다."
끝도 없이 이어지는 삼나무 숲길은 억겁의 세월 동안 꿋꿋이 자기의 자리를 지켜 온 듯 숭고하기까지 했다. 숲 사이마다 무성한 이름 모를 풀들도 신비로움을 품고 있었다.

팀장님이랑 같이 산책해도 좋을 뻔했네……. 피톤치드가 두통에 그렇게 좋다던데…….

아름다운 숲을 돌아보다 문득 팀장님을 생각했다. 그리고 보니 서울로 돌아가면 매일 페퍼민트 차를 타야 한다는 사실을 새삼 깨달았다. 그런데 희한하게도 최근에는 팀장님이 두통으로 괴로워하는 모습을 못 본 것 같았다.

숲을 다 돌아보는데 두 시간 정도 걸린 것 같았다. 지금쯤이면 팀장님도 일이 다 끝나셨을 것 같은데…….

다시 숲 입구로 돌아와 시계를 바라보며 팀장님을 기다렸다. 아까 이곳에서 기다리겠다고 했으니까 다른 곳으로 가면 길이 엇갈릴 것 같았다.

그런데, 팀장님이 연락이 더뎠다.

제법 날이 어둑어둑해졌다.

팀장님께 한참 전에 보낸 메시지 옆에 있는 숫자 '1'은 아직도 없어지지 않았다.

일이 길어지시나…….

이곳은 유명 관광지가 아닌 비밀의 숲 같은 곳이었다. 아까는 숲 전체를 전세라도 낸 듯 기분 좋게 산책을 했는데, 해가 지니 아름다운 숲에서 스산한 기운이 나오는 것만 같았다.

아직은 일교차가 심한 계절이다 보니 날이 어둑해짐과 동시에 기온도 확 내려가 몸까지 더 으슬으슬했다.

'더 이상은 안 되겠다…….'

언제 데리러 올지 모르는 팀장님을 마냥 기다릴 수만은 없었다.

[팀장님, 일이 늦어지시나 봐요. 제가 그냥 호텔로 갈게요. 신경 쓰지 마시고 호텔로 바로 오세요.]

나는 아직도 없어지지 않은 숫자 1이 적힌 메시지 아래 한 줄을 추가했다.

일 끝나면 언젠간 보겠지…….

이렇게 메시지를 보내 놓는 것이 덜 엇갈릴 것이다.

그리고 지도 앱을 켜 호텔로 가는 방법을 모색했다.

'이렇게 가서 이렇게 가면… 정류장이 나오겠구나. 다행히 호텔 바로 앞은 아니라도 근처까지 가는 게 있네.'

대충 길을 파악하고 나서 인적 하나 없는 낯선 길에 발걸음을 놓았다. 아까 올 때는 공장하고 가까운 것 같았는데, 어쩐 일인지 공장이 나타나지 않고 길을 빙빙 도는 느낌이었다.

길에는 어느새 땅거미가 짙게 깔렸다.

한 손에는 휴대폰을 켜고 계속해서 길을 맞춰 보고 있었는데, 자꾸 내가 가는 길이 아니라며 새로 고침이 되었다.

답답한 노릇이었다.

"어휴, 이래서 어떻게 오늘 안에 호텔에 가겠나."

땅이 꺼져라 한숨이 나왔다. 깜깜한 시골길을 걷자니 이곳이 제주인지 오지인지 분간도 안 갈 정도였다.

동물인지 곤충인지 알 수 없는 생명체의 소리가 이따금씩 들릴 때마다 등골이 오싹하고 무서웠지만, 최대한 마인드 컨트롤을 하며 열심히 길을 찾았다.

"엇! 저기다! 찾았다!"

드디어 길 건너편에 버스 정류장이 눈에 띄었다. 최근에 어떤 것을 보고 이렇게 반가워한 적은 없었던 것 같았다.

이번에도 안 나오면 '드럽게도 찾기 어렵게 해 놨네요'라고 앱 평가에 욕을 잔뜩 날려 주고픈 마음이 솟구쳤었지만, 용케도 그것만은 피하게 되었다. 이젠 이거라도 있어서 고맙다고 할 판이다.

얼른 정류장으로 가 그곳에 놓인 벤치에 앉았다.

숲 산책부터 시작해서 얼마나 많이 걸었는지 다리가 너무 아팠다.

"휴우-"

다리를 두드리며 버스를 기다리는데, 버스는 깜깜무소식이었다. 버스는커녕 자동차, 오토바이, 자전거 하나도 안 지나간다는 사실.

"어… 어……!"

너무 무료해 휴대폰을 들여다보고 있는데, 배터리가 부족하다는 메시지가 뜨더니 얼마 되지 않아 얄궂은 불빛 몇 번을 반짝이고는 꺼져 버렸다.

아까 지도 앱을 너무 많이 본 탓에 배터리가 빨리 닳은 모양이었다.

'휴대폰도 꺼지고, 날은 춥고…….'

낮에는 제법 날씨가 따뜻했는데, 저녁이 되니 바람이 많이 불었다. 이곳에서 보이지는 않지만 바다로부터 오는 듯 보이는 바람이 제법 강해 제주는 제주구나 싶었다.

몸을 웅크리고 앉아 다리를 덜덜 떨면서 하염없이 버스를 기다렸다.

"아, 그나저나 팀장님을 뭐라고 부르는 게 좋을까."

40분째 버스는 오지 않고, 멍 때리는 것도 지겨워져 문득 아까 팀장님과 한 대화가 떠올라 호칭 생각에 골몰을 하고 있었다.

"차혜성! 차혜성 씨, 혜성 씨, 혜성 선배? 혜성 오빠……. 혜성. 오빠?"

소리 내어 팀장님을 불러 보니 부르는 것마다 그 느낌이 달랐다. 특히 오빠를 붙여 부르니 정말 어릴 때부터 알아 왔던 사이 같은 느낌이 들었다.

정말 그때는 그렇게 부르는 게 당연했을 텐데…….

사실, 팀장님이 '혜성 오빠'라고 불러 달라고 했을 때 정말 깜짝 놀랐다. 나에게 '오빠'라는 칭호는 살면서 굉장히 아끼던 말 중의 하나였다.

고등학교를 다닐 때 야자가 끝나면 친구는 늘 대학생인 친오빠가 학교로 데리러 왔었다. 남매 사이가 어찌나 좋은지 그게 너무 부러워 나도 오빠가 있었으면 얼마나 좋았을까 했었다.

 나중에 언젠가 결혼해서 아이를 갖게 된다면, 첫째를 꼭 아들로 둘째는 딸로-뭐, 내 맘대로 되는 거 아닌 거 알지만-낳으리라 했었다.

 물론 나에게 오빠가 아닌 언니가 있긴 하다. 근데, 학교 다닐 때 언니를 갖고 싶어 하는 친구들도 많았지만 우리 언니 같은 언니는 사절이라고 말했을 정도니, 뭐.

 아, 맞다. 제주도 가서 선물 꼭 사 오라고 얘기했던 언니의 말이 불현듯 떠오르네.

 어쨌든 '오빠'라는 단어는 친오빠 버금갈 만한 연상의 이성에게만 붙여 주기로 마음을 먹었었다.

 그래서 대학생이 된 후, 과 선배들을 부를 때도 동기 여자애들이 '오빠'라고 서슴지 않고 불렀던 것에 반해 나는 꼬박꼬박 '선배'라고 붙였더랬지.

 그런데, 그 호칭 팀장님께 붙일 수 있을까?

 "혜성 오빠, 오빠야, 혜! 성! 어머… 별 너무 예쁘다."

 팀장님 이름을 부르다가 초저녁부터 내 머리 위, 그리고 이 깜깜한 시골길의 유일한 빛인 별이 딱 보였다.

 "참… 갑자기 등장한 별을 혜성이라고 하지. 이름이 생각보다 강렬하고 멋지네."

 그러고 보니 내 인생에도 갑자기 툭 튀어나온 팀장님이었다. 외모만은 별 뺨치게 아름다운 모습으로.

그나저나 너무 어렵다. 누군가를 부르는 일이 이렇게 엄청난 고민을 불러일으킬 만한 일인가.

결론이 나지 않는 생각을 계속해서 쳇바퀴 돌리듯 하고 있는데, '부우웅' 소리와 함께 옆에서 불빛이 반짝하고 비쳤다.

"왔다! 오예!"

한 시간 반 만에 드디어 버스가 도착했다. 얼른 버스에 올라 텅 빈 좌석 중 하나를 골라 앉았다.

다행히 버스 안은 히터를 틀었는지 따뜻했다. 그제야 몸이 좀 녹는 것 같았다.

팀장님은 이제 일이 끝났으려나…….

창밖을 보며 꺼져 버린 휴대폰을 만지작거렸다.

★

혜성은 신혼여행이라고 온 제주였는데, 같이 무언가를 할 수 있는 일정이 잡힌 것이 없어 마음에 좀 걸렸다. 그런데 지우가 아침 산책을 나간다는 것이 아닌가. 혜성은 지우와 같이 호텔 비치 산책도 좋겠다 싶어 함께 가겠다고 했다. 그랬더니 그녀의 표정이 진심으로 싫은 내색이다.

'하… 서지우, 너와 친해지는 일이 쉽지 않다.'

사람이 별로 없는 호텔 앞 비치는 산책에 제격이었다. 바람도 많이 불지 않았고, 딱 온화한 봄 날씨였다. 게다가 어제 내린 비 덕분인지 날은 더 맑고 투명했다.

혜성에게 이렇게 화창한 날보다 더 좋은 건 옆에 있는 지우였다. 그녀는 도무지 눈을 뗄 수 없게 만드는 재주가 있었다. 적어도 그의 생각 속에서는 말이다. 예쁘면서도 매번 덜렁대는 모습까지, 혜성에겐 그것마저 귀여우니 콩깍지가 씌어도 단단히 씌었다.

혜성은 이 행복한 순간을 사진으로 남겨야겠다고 생각했다. 그래서 부모님을 핑계로 팔을 쭉 뻗어 지우와 함께 사진을 찍었다.

이렇게 조그마한 휴대폰에 혜성과 지우의 추억이 저장되었다.

'그때 그 꼬마들이 이렇게나 자랐구나…….'

사진을 보니 감회가 새로웠다.

사진을 들여다보고 있는 사이 혼자 저만치 가 버린 지우에게서 무슨 소리가 났다. 얼른 고개를 들어 보니 파도가 스치는 모래사장에 털썩 주저앉은 그녀. 아무래도 넘어진 것 같았다.

'이런…….'

후다닥 달려가 보니 바닷물에 젖어 지우의 꼴이 말이 아니었다. 가녀린 그녀의 다리에 원피스가 딱 달라붙었다.

그런데 혜성이 보니 지우의 손에는 예쁜 소라 껍데기 하나가 들려 있었다. 겨우 이걸 주우려다가 지나가던 일행과 부딪혔단다.

이쯤 되면 넘어지는 게 지우의 취미이자 특기라고 해야 할 듯했다. 자의든 타의든.

재채기를 해 대는 모양이 아무래도 감기에 걸릴 것 같아 혜성은 얼른 그녀를 호텔로 데려가야겠다는 생각이 들었다.

"업혀요……."

일단 모래를 씻으려고 간 곳에서 물이 나오지 않았다. 혜성은 지우를 업고 호텔로 향했다. 그의 넓은 등을 뚫고 통통거리는 그녀의 심장 소리가 전해 왔다. 괜히 혜성의 심장도 그녀와 같은 비트로 뛰는 것 같았다. 마치 꼭 연결되어 있는 것처럼.

두 사람은 호텔로 돌아와 씻고 룸서비스로 브런치를 먹었다. 혜성은 무얼 먹었는지 관심도 두지 않았지만, 지우와 함께 하는 식사가 참 즐거웠다.

식사를 마치고 두 사람은 업무가 잡힌 오후 일정을 위해 밖으로 나섰다. 근데 늘 무조건 자신을 두고 혼자 하려 하는 그녀를 붙잡는 게 일이었다. 제주도 교통편을 잘 알지도 못하면서 무작정 나서려는 그녀를 겨우 말려 차에 태웠다.

아름다운 풍경, 시원한 바닷바람, 상쾌한 공기가 두 사람이 탄 오픈카 정면으로 다가왔다. 제주 길을 꿰뚫고 있는 혜성을 믿지 못하고 내비게이션만 보고 자꾸 길을 헤매는 건 아닌지 걱정하는 지우. 그는 그런 그녀의 모습이 참 귀여우면서도 서운했다.

'지우야, 나를 좀 믿어 봐-'

혜성은 지우를 제주 공장에 데려다주고 일이 끝난 다음 데리러 오겠다는 약속을 했다.

대낮에 시작된 제주 지사에서의 회의가 땅거미가 질 때까지 이어졌다.

"그럼, 제주 지사에서 단독으로 진행하는 관광객 도시락 패키지 상품 홍보에 각별히 힘써 주시길 바랍니다. 회의는 이만 마치죠. 후……."

혜성이 H푸드 제주 지사에서 길어진 회의를 마치고 숨을 고르고 있었다.

"팀장님, 밖에서 누가 급하게 찾으시는데요?"

서류를 챙기던 그에게 막 나가던 제주 지사 직원이 말을 전했다.

"누가?"

"잘 아는 분이라고만 하셔서……."

'이상하다. 제주도에서 날 아는 사람이 있었나?'

혜성이 짐 챙기던 손을 내려놓고 회의실 밖으로 나갔다.

"어? 어디 갔지? 분명 있었는데?"

혜성에게 말을 전하던 직원이 텅 빈 복도를 보고 당황해했다. 복도에는 사람은커녕 서늘한 정적만 감돌았다.

"흠……. 혹시 그분이 또 저를 찾으시면 연락 주시기 바랍니다."

"네. 알겠습니다, 팀장님."

다시 자리에 돌아와 짐을 챙기던 혜성이 이상한 느낌이 들어 보니 책상 위에 놓고 갔던 휴대폰이 보이지 않았다.

"혹시, 여기 두었던 제 휴대폰 보신 분 있으신가요?"

"아니요……. 혹시 휴대폰 없어지셨나요?"

"네. 분명 여기다 둔 것 같은데 보이지 않네요."

"저희도 같이 찾아보겠습니다."

"네. 감사합니다."

그가 아무리 찾아도 보이지 않아 곤란해하자 제주 지사 직원들도 함께 찾아보았지만 휴대폰은 어디에도 없었다. 휴대폰을 잃어버린 것도 문제였지만 당면한 문제는 지우와 연락이 안 된다는 것이었다.

"하… 전화번호도 모르고……."

혜성이 제주 지사에서 본사로 전화해 그녀의 연락처를 알아냈다. 하지만, 지우의 전화기는 꺼져 있었다.

'이상하다. 왜 전화가 꺼져 있지?'

또다시 이상한 일이 벌어졌지만 혜성은 일단 지우와 연락이 되는 것이 먼저였기에 제주 공장에 연락을 취하기로 했다.

"제주 공장장에게 전화 좀 걸어 주시죠."

황급히 지우가 업무를 보던 공장으로 전화를 걸었다.

-팀장님, 안녕하세요. 지우 씨는 벌써 간 지 한참 됐죠. 아, 참! 일 끝나고 근처 숲에 들른다고 했는데…….

"숲이라고요? 그곳 이름이 정확하게 뭡니까."

혜성은 부리나케 짐을 챙겨 공장장이 말한 숲으로 향했다.

휴대폰을 잃어버린 것이 우연이 아닌 것 같다는 생각이 드는데 지우와 연락도 되지 않으니 뭔가 석연치 않은 느낌이 들었다.

"윽-"

그때 갑자기 그에게 극심한 두통이 찾아왔다.

"팀장님! 괜찮으세요?"

옆에서 지켜보던 제주 지사 직원이 픽 쓰러질 것만 같은 그를 부축했다.

"괜찮습니다."

그는 가방에서 상비해 놓은 별 효과도 없는 두통약을 꺼내 먹었고, 머리를 조여 오는 두통을 참으며 운전대를 잡았다.

"지우야!"
"지우야!"

혜성은 간신히 도착한 숲에서 그녀의 이름을 수백 번 부르며 미친 사람처럼 돌아다녔다. 아무리 둘러보아도 그녀가 보이지 않아 애가 타들어 갔다.

'무슨 일 있는 건 아니겠지? 하… 지우야…….'

괜히 걱정되는 마음을 추슬러 보지만 소용없었다. 누군가 자신을 주시하고 있다는 생각에 낯선 곳에서 혹시라도 그녀가 무슨 사고는 당하지 않았나 걱정이 돼 마음이 더 암담했다.

숲을 샅샅이 뒤지고도 지우를 찾지 못한 혜성은 혹시나 하는 희망을 품고 호텔로 돌아왔다. 자신과 연락이 닿지 않아 혼자 호텔로 향했다면 지금쯤 오고도 남을 시각이었으니까.

그러나 혹시나 하는 희망은 또다시 절망으로 바뀌었다. 혜성은 또다시 그녀에게 전화를 걸어 보았지만 여전히 전원이 꺼져 있는 상태였다.

'지우야… 내가 너를 진짜 좋아하게 됐다고 말도 하지 못했는데… 대체 어디 있는 거니.'

답답한 마음에 지우와 다시 만난다면 더 늦지 않게 마음을 표현하리라 다짐했다.


버스는 한참을 달려 드디어 호텔 근처 정류장에 나를 내려 주었다.

"으후~! 추워."

버스에서 내리니 강한 바람이 온몸에 와서 부딪혔다. 정류장에서 호텔까지는 좀 걸어야 되는 거리였다.

겉옷을 단단히 여미고 고개를 숙이고 몸을 움츠려 앞으로 불어오는 바람에 대항하는 자세를 취한 후, 호텔을 향해 종종걸음을 쳤다.

조금만 가면 따뜻한 곳이 기다리고 있다는 생각으로 위안을 삼으면서 말이다.

그런데 갑자기 길 앞쪽에서 누군가가 급하게 뛰어오는 소리가 들렸다.

적막을 깨는 요란한 소리에 나는 수그렸던 고개를 번쩍 들었다.

'뭐지.'

소리가 나는 쪽을 향해 눈을 살짝 치켜들었다.

눈을 찌푸려 보니 키가 큰 남자의 형체인 것 같았다.

급한 일이 있는지 전속력으로 달…….

"지우야!"

그 남자는 내 이름을 부르며 잔뜩 웅크리고 있는 나를 와락 껴안았다.

아, 숨을 쉴 수가 없다.

너무 꼭… 껴안아서. 갈비뼈가 으스러질 듯이 껴안아서…….

시원한 향이 코끝에 스쳤다.

내가 아는 사람이네. 이 사람.

막 달려온 탓에 미친 듯이 뛰는 그의 심장 소리가 고스란히 내 가슴에 전달되었다.

"읍… 팀…장님? 팀장님?"

나는 간신히 고개를 뒤로 젖히며 그를 불렀다. 숨 막힌다고!

"괜찮은 거야?"

내가 팀장님을 부르자 그제야 몸을 옥죄었던 그의 팔이 풀어졌다.

'이 남자, 울었나?'

그의 눈망울이 너무 촉촉해 보였다. 막 인공 눈물이라도 한 바가지 들이부은 듯.

"네. 저 괜찮은데요? 무슨 일 있으세요? 참, 일은요……. 메시지 확인을 안 하셔서… 일이 길어지는 것 같아서 그냥……."

말을 아직 다 마치지 못했는데 팀장님은 다시 나를 꼭 안았다.

"걱정했어."

나는 침을 한 번 꿀꺽 삼켰다.

걱정했다고?

나… 정말 괜찮은데…….

"에에, 팀장님, 저 괜찮아요! 팀장님이야말로 괜찮으신 거예요?"

팔을 뻗어 팀장님과 내 사이를 벌린 다음 그의 눈을 바라보았다.

"큼… 커흠……."

내가 정말 괜찮고 아무렇지 않다는 것을 확인한 팀장님은 그제야 이성을 좀 찾았는지 헛기침을 몇 번 해 댔다.

"가죠."

아직 호텔까지 가려면 좀 더 걸어야 했다. 팀장님과 나는 나란히 걸었다. 그런데 그가 갑자기 걸음을 멈추더니 입고 있던 외투를 벗어 내게 걸쳤다.

"앗, 괜찮아요."

"입어요. 조그만 코가 빨개도 너무 빨갛습니다. 보기가 좀… 흠!"

보기가 흉한 거지? 지금? 흥!

그나저나 외투에는 아직 팀장님의 체온이 고스란히 남아 있었다. 참 따뜻했다.

"휴대폰을 잃어버렸어요. 회의가 길어지기도 했는데, 끝나고 잠깐 자리를 비운 사이에 휴대폰이 감쪽같이 사라져 버렸어요……."

"어머! 어떻게 그런 일이!"

"요즘 누군가 나를 주시하고 있다는 생각이 들어요. 좀 더 신경 썼어야 하는데……."

팀장님이 이야기를 하는데 얼마 전 집에 가던 길에 목격했던 정체를 알 수 없는 공포가 떠올라 몸에 소름이 쫙 끼쳤다.

설마 아니겠지…….

"그러셨군요. 어쩐지 메시지 확인이 더디다 했어요…….

그나저나 누가 그런 걸까요?"

"짐작 가는 사람이 있긴 한데… 확실하진 않아요."

"근데, 휴대폰에 이번 프로젝트와 관련된 파일이나 정보 같은 것이 있었나요?"

"음… 다행히 크게 중요한 건 없어요. 지문 인식해 놔서 풀기도 쉽진 않을 겁니다."

"아… 그나마 다행이네요."

"어쨌든, 공장에 전화를 걸어 보니 한참 전에 서지우 사원이 일을 끝내고 갔다고 하더라고요. 숲에 들렀다 간다고 했다고 해서 그곳에도 갔는데…….."

"어머! 어머! 거기 가셨어요? 진짜 대박 아름답죠. 그 숲길 완전 좋더라고요."

"걱정돼 죽겠는데, 그게 눈에 들어오겠어요?"

팀장님이 나를 보고 눈을 흘겼다.

"에이, 제가 애도 아니고… 연락 안 되면 호텔로 오겠지 하시지…….."

"하도 덜렁대야 말이죠. 사람 걱정되게. 애 같아요. 물가에 내놓은 애."

팀장님이 다시 한번 눈을 흘겼다. 나는 그 이야기에 입술을 몽땅 입 안으로 넣어 합죽이를 만들었다.

그간 덜렁댄 전적이 한두 개가 아니었으니.

"어쨌든, 오늘은 내가 연락이 안 된 거였으니까… 이렇게 오게 해서 미안해요……."

"아유, 전 괜찮아요."

나는 그에게 미소를 지어 보였다.

혜성은 이제야 안도의 한숨을 내쉬면서 해맑은 지우를 바라보았다.

그는 숲에서 돌아와 초조한 마음으로 호텔 주변을 오르락내리락거리며 그녀를 기다리고 있었다.

설마 어디서 길을 잃고 헤매는 건 아닌지, 아님 납치라도 당한 건지 여러 생각이 들면서 한시도 가만히 있지 못하는 수준이었다.

참다, 참다 안 되겠어서 경찰서에 연락을 해서 지우를 찾으려 전화를 걸려던 그때, 까만 밤을 뚫고 귀여운 여인이 저 멀리에서 모습을 드러냈다. 지우였다.

터덜터덜 들어오는 지우의 모습에 달려가 그녀를 왈칵 안아 버린 것은 당연한 일이었다. 지우를 다시 보지 못하면 어떡하나 지레 겁을 먹기까지 했으니 말이다.

'다행이다. 진짜 다행이야.'


팀장님과 나는 호텔 한식당에서 간단하게 저녁을 먹고 룸으로 향했다. 룸에 들어오자, 하루 있었던 곳이라고 너무 반가웠다.

반가움도 잠시, 몸도 마음도 긴장했던 하루라 너무 피곤했기에 얼른 씻고 피곤한 몸을 편안하게 누이고 싶었다.

"팀장님, 그럼 쉬세요……."

"네. 서지우 사원도 쉬어요……."

우리는 각자의 방으로 들어갔다.

따뜻한 물로 몸을 씻고 잠옷을 입은 다음 침대에 벌러덩 누웠다.

'아, 진짜 좋다.'

푹신한 침구, 따뜻한 실내 공기, 기분 좋은 향. 개운한 몸!

이곳이 지. 상. 낙. 원!

팀장님이 없는 나만의 방이라고 생각하니 더없이 마음이 편했다. 제주도에서의 마지막 밤이라는 게 좀 아쉽기는 했지만.

2박 3일이 이렇게나 짧게 지나가다니.

똑똑똑-

눈이 스르르 감기려는 찰나, 누군가 노크를 했다.

누군가는 팀장님이겠지.

이 룸에 사람이라곤 나 아니면 그일 테니까.

"네……!"

나는 잠옷 위에 겉옷 하나를 더 급히 걸치며 대답했다.

"…왜요?"

끼익-

팀장님이 방 안의 고요한 적막을 깨고 열린 문틈으로 모습을 드러냈다.

"무슨 일……."

"아무래도 안 될 것 같아서."

"네? 뭐가요?"

"어제처럼 또 그렇게 소리 지를까 봐."

"아……."

"그거 좀 오싹했거든요. 그 생각 하니까 도통 잠이 안 와서."

"에구… 본의 아니게 죄송하게 됐네요."

어제 내가 악몽 탓에 자다가 무의식중에 지른 소리 때문에 팀장님이 단단히 놀라셨던 모양이다.

나야 잠든 후에 일어나는 일이라, 어느 정도인지 감은 안 오지만 꽤나 호러스러운 것이 분명했다.

참 난감했다.

내 잠버릇이 이 정도였을 줄이야. 지아 언니가 나 때문에 귀마개를 하고 잔다는 것은 정말 오버한다 싶었었는데, 아니었나 보다.

"아… 어쩌죠……. 룸을 아예 다른 곳으로 잡고 잘까 봐요."

"호텔에 오늘 빈 룸이 없어요. 제주도는 4월도 성수기니까."

"……."

"같이 자요. 내가 옆에서 자니까 소리 안 지르더라고요."
"네? 그래도 그건 좀……."
"어제 그 소리 때매 잠도 제대로 못 자고 얼마나 피곤했는지 압니까?"
"……!"
이거 인신공격처럼 느껴지는 건 왜지?
"그냥 옆에서만 잘게요. 서로를 위해서 그게 좋을 것 같은데."

도무지 빠져나갈 구멍이 없어 보였다. 자꾸 팀장님 앞에서는 사고뭉치 서지우가 되어 버린다. 내 이미지 원래 안 이런데.

사실 우린 법적으로 정식 부부가 되었다. 한방에서 자는 것이 아무렇지 않을. 하지만 우리는 사랑해서 결혼한 부부가 아니었다.

그렇기에 머뭇거려지는 마음. 아니, 팀장님이 뭐 어떻게 하자는 것도 아닌데 이러고 있었다.

그런데, 팀장님이 옆에서 잔다면 내가 소리를 지르지 않는다고 했다. 그 말인즉, 내가 악몽에서 벗어난다는 이야기다.

그간 악몽으로 잠을 자는 것조차 두려워했던 것을 생각하면 나도 반길 만한 일이었다.

나를 악몽에서 구할 자가 나타난 것인가.

팀장님이 용감한 기사가 되어 나를 구하는 유치한 상상 하나가 머리에 떠올랐다.

"언제까지 문 앞에 나를 세워 둘 겁니까."

나의 대꾸가 길어지자 팀장님의 표정이 안 좋았다.

아아- 저러다가 팀장님께 두통님 오실라.

"아… 알겠어요. 최대한 침대 끝과 끝에서… 같이 자요."

헛, 알겠다고만 할 걸 굳이 왜 같이 자요라는 말을 덧붙였는지. 그리고 이 문장이 이토록 요염했던가.

순간, 팀장님은 아무렇지 않은 데 반해 나 혼자 얼굴이 화끈 달아올랐다.

팀장님은 그제야 내 침대로 성큼성큼 걸어와 기다란 몸을 뉘었다.

푹신한 베개를 베고 눈을 감는 팀장님을 보고 나도 침대 끄트머리에 누웠다.

다행히 침대는 꽤 넓었다. 한 침대에 누워도 팀장님과 나 사이의 빈 공간이 크게 생길 만큼.

팀장님은 눕자마자 잠이 들었는지 쌔근쌔근 숨소리가 들렸다. 하긴 오늘 얼마나 피곤했을까…….

물론, 나도 마찬가지였다.

너무 많이 걸어 나야말로 베개를 대자마자 잠이 들 것 같았는데, 팀장님 옆이라서 그런지 도통 잠이 오지 않았다.

숨 쉬는 것, 침을 삼키는 것마저 신경 쓰였다. 온 신경이 곤두선 느낌.

"호칭은… 호칭은 생각했습니까?"

"어? 잠드신 줄 알았는데……."

"금방 잠들 줄 알았는데, 생각보다 잠이 안 오네요."

살짝 보니 팀장님은 여전히 눈을 감은 채 이야기를 이어 갔다.

"음… 혜성 오빠-로 할까 봐요. 뭐, 자연스럽게 부르기까지 시간은 좀 걸리겠지만요."

아까 호텔로 들어오는 길에서 팀장님이 건넸던 말이 있었다. 나를 걱정했다는 말. 사실, 그때 정했다. '오빠'라는 칭호를 붙여 주기로.

"훗."

팀장님이 여전히 눈을 감은 채 소리를 냈다. 감고 있는 눈이었지만 그의 입꼬리가 올라가 웃는 표정이라는 것을 알 수 있었다.

"지우라고 할게요. 나는. 지우야, 잘 자……."

나는 또 한 번 침을 꼴깍 삼켰다. 팀장님의 목소리가 너무도 달콤했다.

친해지면 안 된다고, 우리.

"네에… 팀장님. 아니, 오빠도요……."

갑자기 불안한 마음이 들었다. 팀장님과 결혼을 약속한 후 처음으로 든 감정이었다. 만에 하나, 아니 십에 하나, 팀장님이 좋아지면 어떡하지…….

이미 결혼을 했는데 짝사랑을 하는 아내의 이야기는 내 평생 들어 본 적 없었다. 그거… 생각만 해도 너무 불쌍해 보이는데…….

이제 결혼한 지 겨우 이틀째.

그렇게 되면 나, 이 남자와의 결혼 생활 잘 버틸 수 있을까.

팀장님은 잠이 든 것 같은데, 나는 이리저리 조심히 뒤척이며 어지러운 생각들과 싸워 나갔다.

지우가 고른 숨을 내쉬며 꽤 늦은 밤 잠이 들자 혜성이 그제야 눈을 떴다. 그리고 일어나 그녀 곁으로 다가갔다.

"후… 잘 자네, 서지우. 하… 아까 내가 얼마나 걱정했는지 아니…….'

차마 그녀와 눈이 마주치면 주책맞게 눈물이라도 나올 것 같아 감은 눈으로 대화한 그였다.

"진짜 잃어버리는 줄 알고… 수명이 줄어든 기분이었다고……. 다음에도 또 이러면 혼난다…….'

혜성이 잠든 그녀를 보며 나지막한 목소리로 중얼거렸다.

"안 돼요. 그러지 마…….'

그런데 갑자기 그녀가 감은 눈을 찡그리며 투덜댔다.

"헛, 또 악몽 꾸는 건가?"

그는 깜짝 놀라 얼른 침대로 올라가 그녀를 뒤에서 꼭 안았다.

"그냥 악몽일 뿐이야… 내가 옆에 있으니까 무서운 생각은 그만……. 좋은 꿈 꾸길……."

혜성은 용기를 내 그녀의 목덜미에 얕은 뽀뽀를 남겼다. 그리고 그대로 자신도 모르게 스르르 잠이 들었다.

10.

케렌시아

 잠깐 눈을 감고 뜬 것 같은데, 방 안에 햇살 한 줌이 새어 들어왔다.

 아침이 밝았다.

 머리가 맑았다.

 잠을 잘 잔 느낌.

 악몽 따위는 없었다.

 '거참, 신기하네.'

 근데 뭔가 답답한 마음에 눈을 비비고 기지개를 켜려는데, 팔이 움직이질 않았다. 내 몸은 팀장님의 팔에 포박된 상태였다.

 일명 백허그.

'헛- 또 안겨 잔 거야?'

"팀장… 아니 혜성 오빠. 어휴."

불러도 반응이 없었다. 팀장님의 얼굴이 보이지 않았지만 아직 꿈나라인 것이 분명했다. 비집고 나오려고 해도 그의 팔 하나가 천근만근인 양 무거워 쉽지 않았다.

"흐읍!"

내가 뒤척이는 걸 느꼈는지, 그는 나를 더 꼭 안았다.

더 이상은 안 될 것 같았다. 의식이 돌아온 이상 이런 자세로는 심장이 나대서 더는 무리였다.

자고 일어난 지 얼마 되지 않아 온몸에 힘이 별로 없었지만, 안간힘을 써 그의 품에서 빠져나왔다.

'후…….'

그는 그제야 몸을 편안히 풀고 누워 쿨쿨 잠을 잤다.

백허그를 나만 목격해서 다행이라고 생각했다. 안 그랬다간 정말 민망할 거야.

'아무래도 단단히 꼬였다……. 서지우, 정신 줄 잘 잡고 있자. 자칫 잘못하다간 넘어가겠어. 팀장님은 그저 H푸드홀딩스 주식 때문에 나와 결혼했다고. 나를 좋아해서가 아니라.'

거실에 나와 커튼을 젖혀 보니 제주의 오늘은 여전히 푸르렀다. 그리고 눈물이 날 만큼 아름다웠다.

오늘 아침 비행기로 팀장님과 나는 서울로 돌아가야 한다.

아쉽지만, 출장 그리고 신혼여행은 여기까지.

＊

 지우가 밤에 잠을 자면 악몽에 시달리는 바람에 두 사람은 불가피하게 한 침대를 쓰게 되었다. 신기하게도 소리를 지를 참에 토닥이면 편안하게 자는 지우였다.

 그것을 신경 쓰느라 잠을 자는 건지 마는 건지 모를 정도였지만, 혜성은 그렇게라도 그녀 곁에 있는 것이 좋았다.

 티 없이 맑은 지우의 얼굴엔 아직 아기처럼 귀여운 솜털이 있었고, 감은 두 눈에 그려진 눈썹이 참 그림처럼 길고 예뻤다. 그리고 조그맣고 귀여운 코와 앙증맞은 핑크빛 입술.

 그런 얼굴을 하고 코 잠든 그녀의 모습이 예뻤다. 숨소리마저 사랑스러웠다.

 분명 아까만 해도 푸른 바다가 넘실거리고 먼지 없는 푸른 하늘이 드높았던 제주도에 있었는데, 배경 판이 금방 서울로 바뀌었다.

 마치 한바탕 꿈이라도 꾸고 난 기분.

 "우리 집으로 가죠."

 "부암동이요?"

 "네."

 우리… 집.

 엄마와 언니가 있는 집이 아니라 혜성 오빠와 함께 지낼 그 집으로 돌아가야 한다.

뭔가 묘한 기분이 들었다.

엄마 집이 아니라, 우리 집.

셋이 살아도 혼자 사는 것 같은 집이 아니라, 존재만으로도 집이 벅찰 것 같은 그와 나의 집.

김포공항에 내린 우리는 팀장님의 차를 타고 부암동 신혼집으로 이동했다. 집으로 가는 동안 여러 생각이 들었다.

이제 매일 팀장님과 한집에서 지내는 거네…….

'참, 지난번 비어 있던 그 방은 어떻게 되었을까?'

여러 궁금증을 안고서 괜히 발그레 미소가 지어지는 빨간 지붕 이층집에 도착했다.

팀장님과 함께 자그마한 마당을 거쳐 현관문을 통과해 2층으로 올라갔다.

"궁금했죠? 이 방."

지난번에 비어 있던 그 방 앞에 두 사람이 섰다. 문고리를 잡는 팀장님의 얼굴에 설렘이 비쳤다.

화려한 카메라 앵글이 방 구석구석을 비추기 직전의 러브하우스 진행자처럼. 기대해 보시오! 짜잔!

대체 뭐지. 궁금해서 미쳐 버리겠네.

"어어……."

팀장님이 뜸을 들이고 있는 사이 방문에 붙은 자그마한 문패가 보였다.

⟨Querencia⟩

케렌시아?

언젠가 읽은 적이 있다.

마지막 일전을 앞둔 투우장의 소가 숨을 고르는 장소.

그의, 그를 위한 안식처.

케렌시아.

가슴이 뜨거워졌다.

잠시 머뭇거리는 사이 팀장님이 문고리를 비틀었다.

케렌시아의 방은 기어코 열렸고, 단번에 내 눈을 사로잡았다.

햇빛이 쏟아지는 커다란 창문, 그 앞 작은 발코니에 놓인 폭신해 보이는 1인용 의자와 탁자. 발코니를 벗어난 방 안에는 더 푹신해 보이는 소파와 그 옆 장식장 위에 블루투스 오디오와 스피커. 한쪽에 놓인 책상, 그 위에는 노트북, 잡지, 만화책을 비롯한 다양한 책 다발.

다른 한쪽 선반에는 빈티지한 포트와 미니 오븐. 그리고 벽에 붙어 있는 파란 바다 그림. 귀여운 3단 트롤리에 가득한 주전부리.

오 마이 갓.

다, 다 내가 너무 좋아하는 것들이다.

"우와… 우와… 대박이다, 진짜."

"큼. 뭐, 나는 지우가 크리에이티브한 기획자가 되길 바라서. 그럼 우리 H푸드에 도움이 되는 인재가 되……."

"너무너무 예뻐요."

감탄을 연발하던 나는 나도 모르게 팀장님의 말이 끝나기도 전에 그를 반짝 껴안았다 놓아주었다. 아무래도 신혼여행 여파가 있는 것이 분명했다. 아주 조금 가까워진 것 같은.

"고생 많이 했습니다. 꾸민다고. 이렇게까지 했는데 마음에 안 들면 섭섭할 뻔했네요."

"네. 여기 진짜 제 방 맞아요?"

"지우가 쉬고 노는 방이라 해 두죠. 잠은 같이 자야 하니까요. 어젠 소리 안 지르고 잘 자는 바람에 푹 잘 잤네요."

순간 싸한 느낌이 등골을 스쳤다.

'헐, 이 방에 침대가 없구나!'

"나는 옷 갈아입고 회사 좀 들어가 볼 겁니다."

2층 방 구경을 마치고 난 뒤, 시계를 슬쩍 보던 팀장님이 말했다. 출장 휴가는 분명 오늘까지인데, 가야 할 이유가 있으신 것 같았다.

"네. 저는 짐 정리도 좀 하고 청소도 좀 하고 그러고 있을게요."

신혼여행을 다녀온 사이 내 짐이 집에 도착해 있었다. 그래 봤자 박스 몇 개뿐이지만. 그래도 정리는 해야지.

"아, 참. 일주일에 두 번 청소랑 세탁이랑… 뭐 반찬 등…

살림을 도와주실 분이 왔다 가실 겁니다."

"어휴! 뭐하러요. 제가 해도 되는데."

다른 사람 드나드는 거 불편해!

"일하면서 어떻게 살림까지 신경 써요. 회사 있는 동안 일해 놓고 가실 테니, 마주칠 일은 거의 없을 거예요. 암튼, 그러니까 그런 거 신경 쓰지 말라고."

"너무 돈 낭비 같은데……."

"경제를 선순환시키는 일자리 창출이라는 좋은 말이 있습니다."

말이나 못 하면!

"그거 되게 포장 같은데요?"

"흠흠. 암튼 늦지는 않을 겁니다."

"다녀오세요!"

팀장님과 이런 대화를 나누고 있자니 정말 같은 집에 사는 것이 조금 실감이 났다.

팀장님이 서둘러 나가고 빨간 지붕 이층집에 나만 덩그러니 남겨졌다.

덩그러니 남겨진 건 맞는데…

갑자기, 나 왜 이렇게 신이 나지?

"꺄! 내 세상이다!"

팀장님과 함께 있으며 긴장되었던 마음을 마음껏 풀어 보리라.

'케렌시아 방으로 가자.'

서지우를 위한, 서지우에 의한, 서지우의 안식처.

"일단, 좀 편한 옷으로 갈아입자."

나는 옷 박스 하나를 들춰 홈웨어를 꺼냈다. 족히 5년은 입은 것 같은 면 원피스.

낡을 대로 낡고, 닳을 대로 닳아 버린 원피스지만, 이 옷만큼 편한 옷이 없다.

옷을 갈아입으니 마음은 더 홀가분해졌다.

독립이라면 독립이었다.

엄마와 언니의 그늘에서 벗어나는 독립.

난생처음으로 하게 된 독립이다.

이 새로운 세상이 내게 설렘을 선사했다.

그리고 음악을 틀었다. 자고로 청소나 정리는 음악과 함께.

박스를 풀어 놓고 막 신나게 정리를 하려는데, 목이 좀 말랐다.

나는 1층으로 후다닥 내려갔다. 주방으로 들어가 냉장고를 열어 보니 생수와 탄산수가 가지런히 놓여 있는 것이 보였다.

배열이 어찌나 칼인지, 입이 떡 벌어질 정도.

이렇게 모든 것이 완벽한 집이 1년 동안 내가 살 집이라니!

순간 하루아침에 모든 게 달라져 버린 이 느낌이 조금 낯설게 느껴졌다.

그래도 케렌시아 방이 있으니까…….

스스로 긴장을 풀듯 살짝 미소를 지었다. 그리고 나는 배열이 흐트러질까 봐 생수 한 병을 두 개의 손가락을 벌려 살며시 뺐다.

주방에서 걸어 나오며 생수 뚜껑을 열어 쭉 마시려는 찰나였다.

끼익-

'뭐지?'

생수병을 입에 댄 채, 당황한 내 눈동자가 현관을 향했다.

"아, 뭐 좀 놓고 가서."

범인은 팀장님이었다. 현관문을 열고 급히 집으로 막 들어오는 팀장님이 나를 위아래로 훑어보았다.

'악- 내 홈웨어!'

팀장님 오시기 전에 좀 말짱한 거로 갈아입으려고 했단 말이다.

근데 딱, 걸려 버렸다.

나를 본 그가 말없이 미간을 살짝 찌푸렸다.

'하… 잘생긴 얼굴이 저런 표정 때문에 다 버린다!'

그는 놓고 갔다는 무언가를 가지고 빠르게 나가 버렸다.

나는 내 모습을 쭉 훑어보았다.

"옷이 심하게 후졌나?"

그래도 포기할 수 없는 나의 홈웨어였다. 입을 비쭉이며 다시 2층으로 향했다.

가지고 온 옷 몇 가지를 옷장에 걸고, 책은 책장에, 화장품은 화장대에. 이제 이 집 군데군데 익숙한 내 물건들이 놓였다.

짐이 많지도 않은데 그거 조금 정리했다고 피곤이 몰려왔다. 2박 3일 여행도 다녀왔으니 여독이라는 것도 좀 있었을 테고.

"조금만 쉴까……."

케렌시아 방 소파에 잠시 몸을 기댔다.

회사에서 일을 마치고 집으로 돌아가는 혜성의 마음에 설렘과 들뜸이 있었다. 누군가가 집에서 자신을 맞아 줄 거라는 생각은 참 기분 좋은 일이었다. 그런데 그 누군가가 지우가 될 예정이니 더욱 행복한 느낌이었다.

"다녀왔습……."

인기척을 내며 현관에 들어서는 그.

'어라? 왜 이렇게 조용하지?'

집 안까지 들어가 보지만 맞이하는 건 고요한 적막뿐이었다. 한껏 들떴던 마음이 실망으로 가라앉는 순간이었다.

혜성은 괜히 불안한 마음으로 집 안 구석구석을 돌아다니며 지우의 행방을 찾았다.

똑똑-

그는 1층에선 어디에도 없어 2층으로 올라가 케렌시아 방 앞에서 문을 두드렸다.

여전히 대답이 없었다.

살짝 문을 열어 보니 소파에서 곯아떨어진 지우의 모습이 눈에 들어왔다.

"푸흡-"

괜히 흐뭇한 미소를 지으며 그녀 곁으로 다가가 코를 살짝 꼬집어 보았다.

"잠꾸러기네, 완전."

깨워 보려고 했지만 얼마나 깊이 자는지 일어날 기미가 보이지 않아 혜성은 그녀를 번쩍 들어 안았다. 그리고 그대로 두 사람의 방으로 직행했다.

그는 지우를 침대에 조심히 눕히고 나서야 씻고 편한 옷으로 갈아입고 나왔다.

여전히 잘 자고 있는 그녀 곁에 누워 한참을 물끄러미 바라보았다.

"귀여워……."

혜성은 지우의 입가에 살짝 흐른 침을 닦아 주었다. 그리고 사랑스러운 그녀 모습을 바라보며 잘 오지 않을 것 같은 잠을 애써 청했다.

"흐아암……."

시간이 얼마나 지난 걸까.

여긴 어디지?

꿀처럼 달콤한 낮잠을 즐긴 후 눈을 떠 보니, 내가 낯선 곳에 누워 있는 게 아닌가!

좌우를 살펴보니 이곳은 침대 방이었다.

언제 이곳으로 옮겨졌는지도 모르겠고, 세상은 온통 깜깜했다. 안과 밖 모두 어둠이 깔렸다.

유추하건대 깊은 밤인 것 같았다. 아니면 새벽…….

흐음, 흐음-

뭐야?

낯선 소리에 화들짝 놀라 보니 내 옆에서 혜성 오빠가 자고 있는 것 같았다.

"헉-"

어둠에서 눈을 밝혀 자세히 보니 그가 맞았다! 잠이 깊이 들었는지 거친 숨소리를 내며 자고 있었다. 엊그제 그랬듯, 어제 그랬듯.

나는 반듯이 누워 있던 몸을 아예 혜성 오빠 쪽으로 돌렸다.

무드등 하나 켜 있지 않은 깜깜한 방 안이었지만, 점점 눈이 어둠에 익숙해져 그의 얼굴이 점차 또렷이 보이기 시작했다. 게다가 낮잠을 잘 자고 난 뒤라 정신은 그 어느 때보다 말짱해 내 눈은 초롱초롱 빛날 지경이었다.

'잘 자네…….'

 엊그제 한 침대에서 팀장님을 발견할 때만 해도 어서 이 자리를 벗어나야 한다는 생각밖에 없었는데, 3일째라고 좀 익숙해졌나 보다.

 어쩌면 팀장님께 길들여지는 것일까.

 그런데, 어린 왕자에게 길들여진 여우가 그랬지,

 길들여진다는 것은 눈물을 흘릴 각오를 하는 것이라고.

 오빠… 나 각오해야 하는 걸까?

 나도 모르게 손을 올려 팀장님의 머리를 쓰윽 쓸어내렸다.

 '헛, 나 미쳤나? 이런 대담한 손길을.'

 아무래도 한 침대에서 자는 건 바람직하지 않아!

 나는 정신을 차려 내 손을 얼른 거두려 했다.

 '헛-'

 그런데 더 큰일이 일어났다.

 팀장님, 아니 혜성 오빠가 자신의 머리에 가 있는 내 손을 부드럽게 잡아 버렸다.

 두통이 있다고 할 때부터 알아봤어야 했다. 예민한 남자라는 걸.

 온 신경이 릴렉스하지 않고, 긴장하는 사람.

 두통은 그런 사람에게 찾아오는 법이다.

 아니, 옆 사람이 깼다고 깰 게 뭐야?

 나 같으면 잘 때 누가 잡아 가도 모르는데.

푹 좀 자지, 왜 이렇게 피곤하게 사시는 거야.

아아, 그나저나 어쩌지.

심장이 평소보다 두 배는 빨리 뛰었다.

눈을 감은 채 내 손을 끌어당겨 자신의 목에 턱 얹는 혜성. 그의 목에서 손을 살며시 떼려는데 그의 한쪽 팔이 침대와 내 허리 사이에 쑥 들어오고 다른 팔은 내 허리를 위에서 감쌌다.

악-

'안 돼! 허리는 예민하단 말이에요!'

깜짝 놀라 허둥지둥하는 바람에 이불이 살짝 들리자 웃통을 벗고 자는 팀장님의 상체가 보였다. 아니, 이거 너무 예의 없는 거 아니오! 그냥 옆에서만 자기로 해 놓고 웃통은 왜 벗고 잔답니까.

거, 나, 시험하는 겁니까?

근데, 이거 오빠 말투 아닌가?

하, 길들여졌네, 길들여졌어.

"도저히 안 될 것 같아."

설상가상 팀장님이 나지막하게 의미심장한 말을 내뱉었다. 그러나 그의 눈은 여전히 감겨 있었다.

도대체 뭐가 안 될 것 같단 말인가.

응? 뭐요?

완전히 잠에서 깨 버린 나는 눈을 깜빡거리며 그의 행동을 주시하고 있었다.

그의 손이 나의 허리를 좀 더 끌어당겼다.

본의 아니게 끌려가는 바람에 한껏 긴장하며 혜성이 이상한 짓을 하면 어쩌나 조마조마하고 있었다.

그러다 그의 얼굴이 점점 내 얼굴 앞으로 다가오고 있었다.

안 돼! 설마 이렇게 첫날밤을 치르는 건가!

쪼옥-

그가 몸을 들썩이더니 내 이마에 입을 맞췄다.

순간, 내 몸 전체를 보이지 않게 감싸고 있는 솜털들이 모두 쭈뼛 서는 느낌이 들었다.

몸의 감각들이 깨어나는 느낌.

온몸을 통과하는 전기가 흐르는 방향을 감지할 수 있을 만큼 짜릿한 느낌.

고작 이마 뽀뽀 하나에.

이 쑹~~맥!

"냄새가 좋아… 안고 잘 거야."

마치 옹알이를 하듯 종알종알거리며 애교 섞인 말투라니.

나에게 악몽이 있었다면, 팀장님께는 잠꼬대가 있는 것일까.

그래, 차라리 꿈결이면 좋겠어.

나만 말짱한 거로 합시다.

그가 나를 바짝 당겨 안았다.

내가 입고 있는 옷은 낡아빠진 면 원피스였다. 낡고 낡은 홑껍데기 같은 이 옷은 오빠와 나 사이의 살결에 거리감을 두지 못했다.

문제는 싫지 않았다…는 것.

그렇게.

나는.

그대로.

뜬눈으로 밤을 지새우다 도저히 알 수 없는 미지의 시간에 스르르 눈이 감겨 버렸다.

'아함… 잘 잤다…….'

커튼 사이로 들어오는 빛 때문에 아침인 걸 알아차렸다. 그런데 분명 어제 옆에서 자고 있던 혜성 오빠가 온데간데없었다.

밤인지 새벽인지 모를 시각에 일어난 일을 생각하면 아침에 눈떠서 그를 어떻게 바라보나 싶었는데, 차라리 없어서 다행이다 싶었다.

휴대폰을 확인해 보니 7시.

설마. 벌써 출근하셨나?

출근 준비는 나도 해야 하니까 몸을 쭉 펴 기지개를 켠 다음, 몸을 일으켜 침대 밖을 벗어나려고 했다.

끼익-

"헛- 아… 안녕히 주무셨어요?"

방문이 열리더니 팀장님, 아… 아니 혜성 오빠의 모습이 드러났다. 쭉 폈던 내 팔들과 함께 고개가 어색하게 굽혀졌다.

"출근할 사람이 세상모르고 자네요. 이제 깼습니까?"

"앗, 하하하. 제가 출근 준비는 5분이면 하거든요. 모름지기 잠은 충분히 자 줘야 힘이 나죠. 근데 어떻게 제가 여기서 잔 거예요?"

"어제 옆방 소파에서 불편하게 자고 있기에 안아서 옮겼어요. 근데 정말 잘 자던데. 누가 업어 가도 모르겠습니다, 아주."

"진짜요? 어쩐지 피로가 싹 풀렸네요."

"잠깐만."

내가 일어난 걸 확인한 그가 갑자기 방문 밖으로 나갔다.

그가 잠깐만이라는 바람에 나는 움직이지도 못한 채 얼음이 되어 버렸다.

딸그락거리는 소리와 함께 들어온 그의 손에는 트레이가 들려 있었다.

"자-"

따뜻한 커피와 토스트였다. 하나가 아닌 두 개씩.

아직도 벗어나지 못한 침대 위에 트레이가 놓였다. 그것을 사이에 두고 그와 내가 마주 앉았다.

"대박이다. 이런 건 언제."

"나 혼자 먹으려다가 딱 먹으려는데 깨는 바람에, 뭐."

"제가 먹을 복이 좀 있거든요. 후훗."

빨간 지붕 이층집에서 맞이하는 첫 아침이었다. 창밖에는 햇빛이 쨍 떴고, 하늘은 파랬다. 내가 제일 좋아하는 날씨.

그리고 자꾸만 마음이 기울어지게 만드는 그가 모닝커피를 건넸다.

"어제 짐 정리는 다 한 겁니까?"

"네. 짐이 많지는 않아서……."

"참, 내가 케렌시아 방 붙박이장에 옷가지 몇 개 넣어 놨는데."

"네? 방에 그런 게 있었어요?"

어제 종일 그 방에 있었는데, 붙박이장이 있었던가?

"방을 제대로 구경하긴 한 겁니까. 이 덜렁이."

덜렁이? 이거 애칭이야? 놀리는 거야?

"거기서 옷 골라서 입고, 같이 출근합시다. 미리 준비해 뒀던 건데, 어제 급히 사다 놓은 것도 있고."

"같이요? 사람들이 알아보면 어쩌려고요?"

"근처에서 내려 줄게요. 여기서 대중교통 이용하려면 아침부터 힘 다 빠져서 일도 제대로 못 할 테니."

무뚝뚝하게 건네지만 속은 살가운 오빠의 말 한마디 한마디가 자꾸 마음을 간질였다. 그리고 이렇게 침대 위에서 도란도란 먹는 아침.

이거 결혼의 로망이잖아.

혜성 오빠, 너란 남자… 정말 위험해.

우리는 아침을 다 먹고 각자 출근 준비에 나섰다. 다행히 화장실이 1층에 하나 2층에 하나 두 개가 있었다. 팀장님은 1층을 쓰시고 나는 2층을 쓰기로 서로 합의를 봤다.

씻고 난 다음, 케렌시아 방으로 갔다.

도대체 붙박이장이 어디야?

나는 보물찾기라도 하듯 방을 구석구석 살폈다.

"이건가……."

드디어 베란다 양쪽 옆으로 붙박이장처럼 보이는 무언가를 발견했다. 슬쩍 보았을 때는 그냥 벽장식이려니 했는데, 손잡이가 있는 걸 보니 붙박이장이 맞았다.

나는 손잡이를 휙 잡아당겼다.

"어머!"

순간 두 손으로 입을 가렸다. 그리고 쪼르륵 달려 반대쪽 붙박이장 문도 열어 보았다.

"헐."

처음 열어 본 붙박이장에는 깔끔하고 모던한 세미 정장이 걸려 있었다. 아래쪽 선반에는 정장과 함께 입을 스타킹과 구두 몇 켤레가 있었다. 다른 붙박이장에는 캐주얼한 옷과 홈웨어로 보이는 옷 몇 가지가 걸려 있었다.

정장과 캐주얼한 옷을 보며 감탄해 마지않고 있다가 홈웨어처럼 보이는 옷을 보고는 조금 기분이 좋지 않았다. 어제 급하게 준비했다는 것이 어쩌면 이것이겠구나 싶었다.

"어제 내 옷이 그렇게도 후져 보였나."

시한부 결혼 생활에 뭘 이렇게 신경을 쓰는 것일까. 그래도 아는 사람들은 아는 결혼 생활이기에 팀장님에게 맞는 품격이라는 것이 이런 식으로 필요한 것일까.

갑자기 복잡한 생각이 들었다.

그가 먼저 차에서 기다리고 있겠다고 했다.

붙박이장 문을 다 닫고, 내가 늘 입던 옷을 입으며 급히 출근 준비를 마쳤다. 그리고 잠시 주방에 들렀다.

결혼 전에 오빠와 약속했던 것 때문에.

이내 나는 텀블러를 들고 현관문을 나섰다.

차에 앉자마자 따가운 시선이 느껴졌다.

"옷……."

"아, 전 제 옷이 편해요."

나를 동정한 것인지, 아니면 그의 필요에 의해서인지 알 수 없는 그런 과한 선물에 대해 살짝 상한 마음은 내비치지 않았다.

"왜… 마음에 안 듭니까?"

"아니… 그런 거라기보다 제 옷들도 저에게는 괜찮아요."

"기분 나빴습니까?"

"......"

"다른 여직원들은 매일 꾸미고 출근하기 바쁜데, 지우는 매일 같은 옷만 돌려 입고, 스타킹도 보풀이 생길 정도로······."

이 오빠가 갑자기 이런 말을 하니 낯설어도 너무 낯설었다. 그런 것까지 눈여겨볼 것이라고는 생각지 못한 일이었다.

"그런 게 왜요. 그게 왜?"

"뭐, 어쨌든 호적상 내 와이프 아닙니까. 그냥 내 여자가 더 빛났으면 해서."

"빛나는 데 비싼 옷이 필요한가요? 그런 건 중요하지 않다고 생각하는데요?"

순간 욱한 마음에 뾰족하게 말이 나왔다.

"물론 그렇지만··· 나는 그래도··· 흠······."

그가 한껏 주눅 든 목소리로 말끝을 흐렸다.

출근하는 길인데 너무했나 싶은 생각에 또 마음이 쓰였다.

"뭐··· 그래도 성의를 생각해서."

그래도 뭐, 나 좋으라고 한 일이니까.

"······?"

"내일은 입어 보든지 할게요."

"고마워요."

그는 그제야 심각했던 얼굴을 풀고 차에 시동을 켰다. 생각보다 단순하네!

"참, 이거요."

나는 텀블러를 컵 꽂이에 꽂았다.

"아- 고마워요."

바랐다. 오늘도 그가 두통 없이 편안한 하루가 되길.

주말까지 더해져 무려 5일 만에 사무실에 들어섰다. 그런데 어쩐지 인테리어가 낯설었다.

"어? 뭐지? 왜 이렇게 바뀐 거야? 준영아! 이게 무슨 일이래??"

사무실 한쪽에 유리문으로 꾸며진 방 하나가 생긴 것을 보고 의아해하며 먼저 출근한 준영에게 물었다.

"어, 팀장님 방. 50층에서 내려오신대."

"뭐?"

나도 모르게 너무 큰 소리로 되물었다.

"그래서 주말부터 어제까지 내내 공사한 거."

"헐, 왜? 왜 내려오시는 거래? 갑자기?"

나한테는 한마디도 안 했는데, 별안간 이게 무슨 소리인지 머릿속이 혼란스러웠다.

"팀 프로젝트가 많다 보니 소통할 일이 많아져서 아무래도 아예 내려오신 것 같아."

"아……."

50층을 포기하면서까지 내려올 정도인가, 그 일이? 흠… 좀 의문이 들었지만 신경 쓰지 않기로 했다.

"아, 참. 제주도 출장은 잘 갔다 왔어?"

"어? 그으럼. 자- 이거."

내내 깜박하고 있다가 공항에서 산 감귤초콜릿을 그에게 내밀었다.

"맛있다."

받자마자 한 개 뜯어 입에 넣은 그의 표정에 행복이 가득했다.

"오빠 선물 안 사 올까 봐 걱정했다."

"어떻게 안 사 올 수가 있냐. 메시지 폭탄을 남겼는데!"

"워낙 덜렁이니까."

덜렁이? 오빠도 그러던데… 아무래도 정신 바짝 차리고 살아야겠다.

"그래도 잊지 않고 내 생각 했네."

그가 내 머리를 살짝 흐트러뜨렸다.

"근데 선물 이게 다야?"

"아니. 이렇게 많지."

내가 종이봉투에 가득한 초콜릿을 가리켰다.

"뭐야? 다 초콜릿이야?"

"너만 줄 수 없지. 팀원들이랑 다 같이 먹으려고."

"아주 기획팀 사랑이 남다르다. 쳇!"

준영은 자기 것만 사 온 줄 알고 좋아했다가 실망한 눈치였다.

"후훗-"

"팀장님이랑 제주도 출장 일정이 겹쳤었다며? 거기서 혹시 만났어?"

"어? 어머. 팀장님도 제주도 출장 가셨었대? 어머나."

아, 거짓말도 쳐 본 사람이 친다고 거짓말하는데 양심에 찔려서 죽을 것 같았다.

"다들 요즘 팀장님이 좀 변했다고 난리더라."

"뭐가 변해?"

준영이 말에 긴장한 마음으로 침을 꼴깍 삼키며 물었다.

설마 들킨 건 아니겠지?

"웃음기 하나 없던 분이 자주 웃고 사람이 좀 유해졌다나 봐. 여직원들 더 난리 났어, 아주. 이제 5층 오시면 더할 것 같아."

"아… 그래? 자… 잘됐네."

그제야 한시름을 덜었다. 그래도 뭔가 개운하지 않은 느낌이 들었다.

"다들 그렇게 좋아하는데… 넌? 팀장님 어때?"

"뭐? 캑캑!"

갑자기 생각지 못한 준영의 물음에 화들짝 놀라 뒤늦게 먹은 초콜릿이 목에 걸려 버렸다.

"뭐야, 왜 이렇게 깜짝 놀라는 거야. 괜찮아?"

"아, 아니, 티… 팀장님 진짜 내 스타일 완전 아니지. 어떻긴……."

나도 모르게 큰 소리로 외치듯 말해 버렸다.

"좋은 아침입니다."

때마침 팀장님이 나타났다.

아까 나를 내려 주고 늘 하던 대로 50층에서 운동을 마치고, 사무실로 온 것 같았다.

'헐… 설마 못 들었겠지?'

나는 심장이 괜히 두근두근했다.

그나저나 회사에서는 비밀로 하기로 철석같이 약속하고 한 결혼이었다. 그나마 사무실이 다르니까 충분히 가능하리라 여겨졌던 것이었다. 그런데 별안간 방을 통째로 옮기실 줄이야.

사무실 분위기는 살짝 들떠 있었다. 팀장님이 내려오신 것 때문인지 부쩍 다른 부서에서 사람들 방문이 잦았고, 팀원들도 긴장하고 있는 것 같았다.

"하- 그러거나 말거나다!"

나도 자꾸 신경 쓰이는 팀장님을 애써 잊고 일에 몰두하려 노력했다.

"지우 씨, 출장 업무 보고서 왜 이렇게 늦어집니까."

잠시 나갔다 들어오신 팀장님이 호령을 했다. 팀원들이 다들 걱정 어린 눈으로 나를 바라보았다. 그도 그럴 것이 팀장님이 내려오기 전까지 사무실에서는 큰 소리 한번 나지 않았을 만큼 온화한 분위였기 때문이었다.

"넵. 다 했는데, 팀장님이 안 계셔서요. 오셨으니까 바로 보고드릴게요."

우려의 눈빛을 보내는 팀원들에게 미소를 띠며 팀장님 방으로 향했다.

후, 아침만 해도 세상 다정한 남자였는데, 회사에 오니 옛날이랑 똑같네. 변하긴 뭐가 변했다는 거야.

"여기 있습니다."

팀장님 책상에 보고서를 내려놓았다.

"지우 씨?"

"네?"

"페퍼민트 차 너무 잘 마셨어요."

"아… 네……."

굳이 지금 이 얘기를…….

"이따 집에 갈 때는 어떻게 갈 겁니까."

"집에요? 버스 타고 갈 건데요."

아니, 보고서 얘기는 안 하고…….

"아, 내렸던 데서 만나서 같이 타고 가면 되겠네요. 저녁 차려 먹으려면 괜히 번거로우니까 밖에서 먹고 들어가도 좋겠고."

보고서 얘기는 한마디도 안 하고 딴소리 시전 중인 팀장님. 나는 더 안절부절못해졌다.

"팀장니임… 누가 들으면 어쩌시려고 이러시는 거예요?"

나는 복화술로 간신히 이야기를 했다.

"내 방 방음 처리 잘 돼 있습니다. 내가 약속은 잘 지키는 사람입니다. 막 티 내고 그러지 않아요."

"네에……. 암튼 그럼 그렇게 믿고 저는 이만……."

"지우 씨."

급히 팀장님 방을 나서려는데, 팀장님이 또 불렀다.

"네?"

"이따가 점심… 맛있게 먹어요. 오후에도 열심히 일하려면."

헛. 뭐야. 왜 안 하던 짓을 자꾸 하시는 겁니까? 사람 참 헷갈리게 하네.

이윽고 팀장님이 맛있게 먹으라던 점심시간이 되었다. 내내 같은 공간에 있는 팀장님이 신경 쓰여 입맛이 하나도 없었다.

"지우야, 밥 먹으러 가자."

준영이 팔을 끌었다.

"나는 속이 좀 안 좋아서, 그냥 카페나 갔다 올까 봐."

"왜? 체했나? 왜 그러지?"
"조금 있으면 괜찮아질 거야."
"걱정이네……."

절친 준영에게도 '결혼' 사실, 그리고 지금 속이 안 좋은 이유에 대해서도 얘기할 수 없어 마음이 참 불편했다. 비밀이라고는 하나도 없던 친구인데…….

1년이 얼른 지나야 이 위태위태한 상황들에 종지부를 찍지.

후…….

이마에 식은땀이 주르륵 흘렀다.

11.

만에 하나 그렇게 되면

"사장님!"
"어머, 지우야. 너 진짜 너무했어. 얼굴 다 까먹겠당."
"헷, 죄송해요 정말 너무 바빴어요……."
"H푸드 진짜 너무하다. 왜 이렇게 굴리니, 사람을. 근데……."
"네? 근데 뭐요?"
"예뻐졌네?"
"네에?"
"지우, 나 몰래 연애하는 거 아냐?"
"아… 아니에요……."
연애 아니고 결혼이요.

사장님이 이 사실을 알면 얼마나 놀라실까. 그때 그 속옷 준 그 팀장님과의 결혼이라고 하면 대박을 백번 외칠 사장님이었다.

"그래서, 잘 지내긴 한 거지?"

사장님은 진하게 커피를 타 건네며 물었다.

"그쵸… 뭐……. 아, 참! 이거요. 출장 갔다가 사 왔어요."

감귤초콜릿을 이곳에도 풀었다.

"어머! 제주도 갔다 온 거야? 우앙, 좋아겠다, 애!"

"에이… 일 때문에 간 건데요, 뭘…….."

"하긴 일로 가는 건 그게 어디라도 싫더라. 호호. 어쨌든 잘 먹을게, 지우야."

"그나저나 사장님, 참 사람 마음이랑 일은 알다가도 모를 일이에요……."

이제야 털썩 앉아 긴장했던 몸을 풀었다.

"응? 그게 무슨 말이야."

"아니 글쎄… 친구가… 회사 팀장님이랑 계약 결혼을 했대요……."

"계약 결혼? 도대체 왜? 얼마 동안?"

"1년간… 뭐… 돈 때문이라는데… 좋아하는 건 아니라면서도 자꾸 상대가 눈에 들어오나 봐요……. 그 사람은 아무 감정도 없다는데……."

거짓말해서 죄송해요. 제 얘기예요.

"완전 드라마 스토리인데, 이거? 그래서 방은 같이 쓴대, 안 쓴대?"

다짜고짜 방부터 확인하는 사장님이었다.

"방… 방이요? 음… 그야… 아마 같이 쓰는 거 같은데……."

쓴대요. 빼도 박도 못하게 쓰게 됐대요.

"그럼 말 다 했지."

사장님이 눈을 내리깔며 팔짱을 꼈다.

"네?"

"지우야, 사랑이 뭐 별거니. 자주 보고 같이 밥 먹고 그러면 없던 감정도 생기는데, 한방이면 그건 끝이야."

"끝?"

"뭐 문제 있는 남녀 아니고서야, 매일 그 방에서 응? 응?"

"응? 응?"

"살 부대끼고 자다 보면 정들고 다 그렇지, 뭐……. 원래 그러는 거야. 계약 결혼이 그냥 결혼 되는 거 그게 로맨스의 결말이라고."

나는 괜히 얼굴이 붉어졌다.

감귤초콜릿을 다시 의미심장한 눈으로 바라보는 사장님.

"지우야… 혹시… 네 얘기 아니야? 이거?"

사장님의 촉은 놀라우리만큼 정곡을 찔렀다.

역시, 장기 연애 경험과 더불어 드라마로 배운 사장님의 연애의 촉들이 생생하게 살아 있는 듯했다.

"지우… 너… 얼른 제대로 불어라. 궁금해 죽겠으니깐."

사장님이 질문에 말문이 막혀 대답도 못 하고 있는 나를 들쑤셨다.

말이 나와서 말이지, 나도 정말 답답했던 것이 사실이다. 대나무 숲에 가서 소리라도 지르고 싶은 심정이었다. 그래, 이왕 이렇게 된 거 사장님한테는 털어놓자 싶었다.

"사장님……."

나는 사장님에게 비장한 눈빛을 발사했다.

"제 대나무 숲 돼 주실 거죠?"

"대박, 진짜구나. 완전 빽빽한 대나무 숲 돼 줄게. 유후, 소리 질러~"

"큭큭."

"얼른 얘기해 봐, 지우야. 이게 도대체 무슨 일인지……."

"그 썩은 미소남이자 팀장님이자 재벌 3세이신 그 고귀한 분께서… 글쎄……."

나는 사장님께 그간 있었던 일을 상세히 고했다. 그리고 현재 내 감정이 요동치고 있다는 것도.

"지우야, 이건 진짜 한 세기에 한 번 있을까 말까 한 희귀한 정략결혼이다."

"그죠. 진짜 황당하다니까요. 꿈에나 생각했겠어요, 제가. 이런 일을! 휴, 할아버지들도 참……."

"완전 감사하지."

"네?"

"부럽다, 부러워. 나는 왜 그런 할아버지가 안 계신지. 나 같으면 덥석 고맙다고 하겠고만."

"사장니임… 저 진짜 심각해요."

"지금 네가 그 사람을 좋아하잖아."

내가? 혜성 오빠를?

"나이를 먹을수록 좋아하는 사람 찾는 게 더 힘든 거 아니? 누굴 좋아해서 힘든 것보다 그게 더 힘들다니까."

"에에?"

"그리고 들어 보니 그 사람도 너한테 마음이 없진 않은 것 같은데……."

"에이… 아니에요……. 워낙 사람이 철저하고, 열심인 성격이라… 저한테도 최소한의 예의를 지키는 것 같은 느낌이에요……."

"과연……? 난 이거 그린라이트라고 본다."

"그린라이트요?"

"응. 미리 축하해. 훗. 걱정하지 말고 이 상황을 즐겨! 그리고 마음 열고 잘해 봐. 중간중간 상황 보고하고."

회사로 돌아와 자리에 앉아 사장님이 한 말을 다시 한번 떠올려 봤다. 내가 혜성 오빠를 좋아하는 거라고? 그리고 오빠도 나에게 호감이 있어 보인다고?

만약, 만에 하나 그렇게 되면 우린 진짜 어떻게 되는 걸까.

Rrr-

책상 위에 놓은 휴대폰의 진동이 요란하게 울렸다.

'어? 엄마네.'

나는 휴대폰을 들고 사무실 밖으로 나가 인적이 드문 비상계단 쪽으로 향했다.

"어? 엄마……."

-지지배, 엄마한테 왜 이렇게 연락도 없니? 잘 지내고 있는 거야?

"으응… 일이 너무 많아서… 미안……. 근데 무슨 일 있어요?"

-아니… 갑자기 노파심이 들어서 말인데…….

"응? 무슨 노파심?"

-그 주식… 1년 후… 그러니까 이혼하고 받기로 했다고 했지?

"으응……."

-그래서 말인데, 혹시라도… 네가 혜성이를 좋아하기라도 하면 어쩌나 하는 생각이 드는 거야…….

"……."

-그럼 말짱 도루묵 되는 거 아냐. 혜성이는 마음도 없는데 네가 구질구질하게 매달리면 이도 저도 안 되는 거잖아.

"……."

-뭐, 만에 하나 혜성이도 널 좋아한다고 해도… 그럼 완전

그 집 사람 되는 건데, 그럼 우린 어떻게 되는 거냐고…….

"엄마… 팀장님이 그럴 리 없어…….."

-그니까, 잘 생각하라고. 이런 결혼 싫다고 한 건 너였잖아. 그니까 1년 후에 잘 챙겨서 나오자고… 알겠지?

"으응… 걱정 마…….."

-참, 엄마가 부쩍 피부가 안 좋아져서 그러는데. 요새 무슨 LED 마스크 팩? 이런 게 나왔더라. 그거 좀 하나 주문해 주고…….

"네…….."

잠시나마 오빠와의 핑크빛 미래를 꾸었던 나에게 차가운 물이 끼얹어졌다.

맞다.

잠시 잊고 있었다.

이 결혼의 이유, 그리고 목적.

만에 하나 서로를 마음에 두고 있다면 어떻게 될 거냐는 질문에 답은 필요치 않은 것이었다.

마음이 참 쓸쓸해졌다.

사무실로 돌아가기 위해 비상계단 문을 열려는 찰나,

"지우 씨?"

누군가 비상계단 아래쪽에서 나를 부르는 소리가 들렸다. 나는 고개를 돌려 소리가 나는 쪽을 바라보았다.

"이 과장님."

"무슨 중요한 전화 했나 봐요?"

"아, 아니에요… 엄마랑……."

"아… 근데 팀장님 얘기가 나오길래요……."

"네?"

뭐야? 엿들은 거야?

나는 머리를 굴려 엄마랑 통화를 하며 무슨 얘기를 했는지 곱씹었다.

'팀장님이 그럴 리 없어…….' 정도?

다른 건 없는 것 같았다. 설마 엄마의 목소리가 새어 나오진 않았겠지.

"혹시 팀장님이랑 무슨 사적인 관계가 있나요?"

"어휴, 아뇨. 그럴 리가요."

상황은 더욱 곤란하게 이어졌다. 아무도 없는 비상계단에 이 과장님과 둘이 있는 게 심장이 벌렁거리고 숨이 막힐 지경이었다.

"혹시라도 팀장님과…….'

이 과장님이 나에게 한 발 더 다가오며 무슨 이야기를 꺼내려는 순간이었다.

"이 과장님."

나와 이 과장님은 비상계단 위를 쳐다보았다. 그곳에 팀장님이 서 있었다.

"그런 사적인 질문이 왜 필요한지 모르겠군요."

"티… 팀장님."

"업무 시간에 신입 여직원에게 사적인 질문을 건네는 이 과장님 태도가 상당히 위험해 보이는데요? 그것도 이런 장소에서."

"아… 저는……."

"앞으로 이런 일 없길 바랍니다."

"넵……."

"그리고 내가 대답하죠. 서지우 사원과 나, 상사와 부하직원 그 외의 어떤 관계도 아닙니다."

"알겠습니다. 죄송합니다."

이 과장님은 서둘러 비상계단을 벗어났다.

그리고 팀장님과 나도 아무 말 없이 그곳에서 나왔다.

자리로 돌아와 다시 모니터를 보다 말고 슬쩍 이 과장님 자리를 쳐다보았다.

무슨 일인지 자리가 비어 있었다. 아까 비상계단에서 보았던 그의 모습이 평소와는 좀 다르게 여겨져 마음이 좀 이상했다. 그리고 잊고 있었던 지난번 늦은 시각 텅 빈 사무실 내 책상에서 무언가를 보고 있던 그의 모습이 다시 떠올랐다.

"뭐지……."

고개를 좌우로 흔들며 괜한 생각을 떨쳐 내려 했다.

"뭐가."

어느새 다가온 준영이 혼잣말을 받아쳤다.

"어? 아니야. 왜?"

"속은 좀 어때? 괜찮아?"

"어. 뭐, 조금 나은 거 같기도 하고. 괜찮아. 신경 쓰지 말고 일해."

"아까 박 대리님이랑 밥 먹으러 갔다가 원 플러스 원 하는 거 하나 얻어 왔다. 속 괜찮아지면 먹으라고. 퇴근하려면 한참 남았잖아."

그가 속이 꽉 찬 샌드위치를 내밀었다.

"어? 대박이다. 이런 걸 원 플러스 원 했다고? 고마워, 준영아."


퇴근 후, 지하철을 타고 가다 한참을 걸어서 마을버스를 탔다.

[혜성 오빠, 저 오늘은 집에 따로 갈게요.]

아까 비상계단의 충격이 사그라지지 않았던 터였다. 아무래도 따로 가는 편이 안전할 것 같았고, 마음도 더 편할 것 같았다. 그래서 퇴근 전에 메시지를 보냈었다.

[그렇게 해요. 그럼.]

그가 내 메시지에 짧은 답을 보내왔다. 진정 따로 갈 생각이었지만, 간결한 저 답이 왠지 따갑게 느껴졌다. 굳이 같이 가자고 할까 봐 걱정이었는데, 필요 없는 걱정이었다.

아무튼 오늘은 더 이상 아무 생각도 하고 싶지 않은 날이었다.

그래서 퇴근 후, 북적이는 거리가 그리고 만원 지하철이 오히려 더 마음을 편하게 했다. 마을버스는 좀 한가로웠다. 자리도 있어 앉아서 갈 수도 있었다.

그러고 있자니, 또 스멀스멀 생각이란 놈이 기어 나왔다.

그래······.

난 좋아할 수도 없고, 좋아해서도 안 되는 거야.

날 좋아하지도 않고, 좋아할 수도 없을 거야.

난, 맨정신이면서 주사를 부리듯 중얼중얼거렸다.

이윽고 동네에 다다랐다. 버스에서 내려 집으로 가는 방향으로 몸을 틀었다.

"어! 혜성 오빠······."

그곳에 그가 있었다. 순간, 반가운 마음이 들었다. 아까 먹었던 마음과 다르게.

그는 머리에 후드도 쓰고 편안한 트레이닝복 차림으로 나타났다.

아무래도 이마에 송골송골 맺힌 땀을 보니 조깅을 하다 온 모양인데, 조석으로 운동이라니. 이쯤 되면 운동 중독 아닌가 싶었다.

"설마, 저 기다리신 거예요?"

"설마. 여기가 조깅 코스라서. 아주 우연히랄까. 훗-"

피- 그럼 그렇지. 나 기다린 줄 알고 나도 모르게 좋아했네.

"이왕 이렇게 된 거 같이 가죠. 뭐, 마침 같은 방향이니까 말이죠."

그와 나는 집으로 향하는 오르막길에 나란히 발걸음을 놓았다.

"으음… 아까 많이 놀랐죠."

아까는 아무 이야기 없더니, 이제야 이야기를 꺼내 놓는 그였다.

"조금요. 뭐, 괜찮아요."

"요즘 회사 승계 문제가 민감하게 대두되는 시기라 아무래도 나와 사적으로 친분이 있어 보이면 다른 사람들이 관심을 가질 수 있어요."

"아…….."

"내 위치가 좀 그렇다 보니 귀찮은 일도 걸리적거리는 일도 있을 수 있을 겁니다."

"네. 알겠어요. 더 친해 보이지 않아야겠다."

어쩐지 그의 짐이 무겁게 느껴져 나는 옅은 미소를 띠며 말했다.

나 또한 H푸드홀딩스 주식을 받기로 되어 있는 상황이기에 1년간 견뎌야 할 무게라면 받아들이기로 생각했다.

이런저런 이야기를 하다 보니 어느덧 빨간 지붕 이층집에 도착했다.

보기만 해도 기분이 좋아지는 집.

그리고 나의 케렌시아가 있는 곳.

집으로 들어가 우리는 흩어졌다. 팀장님은 1층에 씻으러 가셨고, 나는 2층에서 씻고 케렌시아 방으로.

"와, 좋다······."

난 씻고 난 다음 케렌시아 방의 안락한 소파에 몸을 뉘었다. 하루 종일 우울했던 감정들이 조금은 씻기는 기분이었다.

그나저나 저쪽 방으로 어떻게 건너가지?

어제야 자다가 팀장님에게 옮겨졌다지만, 오늘은 말짱한 정신으로 그곳으로 가려니 좀 망설여졌다.

그냥 또 여기서 자 버릴까… 싶었지만, 피곤한데도 잠은 오질 않았다.

그래서 음악도 듣고, 책도 뒤적이며 약간의 휴식 시간을 갖고 있었다.

똑똑-

"네."

문이 스르륵 열리며 혜성 오빠가 얼굴을 쑥 비쳤다.

순식간에 동안으로 만드는 앞으로 축 처진 젖은 머리를 하고선.

"더 늦으면 내일 출근에 지장 있을 것 같은데······."

"그죠. 아무래도 이제 자야 할 것 같아요."

혼자 그냥은 도저히 못 갈 것 같았는데, 그가 이렇게 왔으니까 굿 타이밍이다 싶었다.

난 졸래졸래 옆방으로 자리를 옮겼다.

그리고 먼저 이불을 들추고 조심히 쏙 들어갔다. 사실, 케렌시아 방 소파도 정말 안락하지만, 이 방 침대만은 못했다.

이것은 구름 위에 누운 것 같은 기분 그 자체였다.

어차피 서로 좋아할 수 없는 사이라는 나만의 결론이 난 이상 이렇게 함께 눕는 것도 한결 더 편해졌다.

뭐, 악몽에서나마 벗어나게 해 주는 게 어디냐 싶었다. 그럼 오빠도 잘 잘 수 있으니까.

우린 그렇게 이성적이고, 실리적인 이유로 함께 자는 것뿐이라고 되뇌고, 되뇌었다.

그런데, 이 오빠 또 갑자기 윗옷을 훌러덩 벗었다. 헐. 조각상이 따로 없는 몸매.

그리고 그대로 침대로 기어 들어오려고 하는 것이었다.

"헛, 뭐예요? 아나, 왜 자꾸 위에 옷을 벗고 주무시는 거예요?"

"아. 나 원래 잘 때 속옷만 입고 잡니다. 그나마 지우 때문에 아래쪽은 입고 자는 거라고요. 이렇게라도 안 하면 불편해서……."

후… 하…….

원래 잘 때 그런다고 하니 할 말이 없다. 사실 나도 잘 때는 속옷은 벗고 잠옷만 입고 자는데, 지금은 어쩔 수 없이 다 갖춰 입고 자는 거니까…….

그 불편함 나도 잘 알고 있었다.

그 정도는 이해를 해 주자. 다 벗고 자는 것도 아니고.

"흠, 저기 여기 이만큼을 기준으로 이 선 넘어오시면 악몽이고 뭐고 그냥 옆방에서 잘까 봐요."

이해는 해도 할 말은 해야 할 것 같아 그에게 별안간 지키지도 않을 것 같은 말을 내뱉었다.

"나랑 자는 거 많이… 신경 쓰입니까?"

그가 눈썹을 살짝 위로 치켜떴다 내렸다.

"안 쓰일 수는 없죠. 뭐, 조금 쓰이는 정도요."

조금이라니! 저렇게 웃통까지 벗고 자는데 온 신경이 쓰이지!

그래도 그렇게 말하기는 자존심 상하니까.

나는 돌아누워 대답을 하는 둥 마는 둥 하고 나서 눈을 감고 잠을 청해 보았다.

그런데 눈은 감았는데, 심장 소리는 밖으로 튀어나갈 것처럼 뛰었다. 'go on' 사장님의 이야기가 귓가에 자꾸 맴도는 건 또 왜인지.

'문제 있는 사람들 아니고서야……'

일단, 나는 문제가 없다.

그건 사실이다.

하루 종일 결심하고 결단했던 감정들이 그가 옆에 누움과 동시에 다 무너져 내리는 것 같았다.

이건 두근거림이야… 오빠를 향한.

"잠이 안 옵니까?"

"……."

내가 살짝살짝 뒤척이는 것을 느꼈는지 그가 말을 걸어왔다. 질끈 감았던 눈을 스르르 떴다. 그러나 대답을 해야 할지 말아야 할지 고민이 되어 머뭇거렸다.

"옛날 얘기 해 줄까요?"

"옛날 얘기요?"

호기심을 자극하는 이야기였다. 나는 등을 진 채로 그의 얼굴을 보지도 않고 되물었다.

"응. 지우는 기억이 안 난다는 꼬마 지우랑 꼬마 혜성이 이야기."

"아."

그가 던진 이야기의 주제는 참으로 귀를 솔깃하게 만드는 것이었다.

그 시절 나는 어떤 모습이었을까.

어떤 짐도, 어떤 걱정도 없었겠지…….

그저 어린아이였을 뿐이니까. 궁금했다. 오빠와 나의 꼬맹이 시절 이야기.

"듣고 싶습니까?"

그도 내 쪽으로 몸을 틀었는지 목소리가 더욱 가깝게 들렸다. 나도 몸을 살짝 틀었다. 마주 보긴 어색해서 아주 조금만.

"등 보고 얘기할까요? 아님 팔뚝? 그래도 사람이 이야기하는데 얼굴을 봐야 하지 않을까요?"

그의 이야기에 마지못해 몸을 틀었다.

봐도 봐도 적응 안 되는 잘생긴 얼굴이 코앞에 와 있었다.

그냥 등 보고 이야기하라고 할걸…….

하… 그냥 모든 걸 체념하고 그의 얼굴을 똑바로 바라보았다. 아까 호기롭게 말한 보이지 않는 선은 있었지만, 그와 나 사이의 거리는 약 30센티쯤으로 매우 가까웠다.

결혼 전에는 2미터쯤 되었는데, 참 많이도 좁혀졌다. 좁혀진 거리 때문에 그의 얼굴이 꽤 자세히 보였다.

잔근육이 불끈불끈하는 몸매에 비해 곱상해도 너무 곱상한 얼굴이었다.

표정이 없을 때는 세상 차가워 보이는 얼굴이지만, 이렇게 부드러운 표정을 지을 때면 심장이 녹아내릴 듯 따뜻한 얼굴이었다.

"궁금하긴 하네요. 한번 풀어 보세요. 기억하고 있는 이야기들."

"유치원에 아이들이 많았어요. 다 잘나간다는 집안 아이들이었는데, 우린 할아버지 두 분이 워낙 친하셔서 끝나고 자주 놀았거든요."

빨간 지붕 이층집 침대방에서 나긋나긋한 그의 목소리가 까만 밤을 수놓았다.

"보통 우리 집 마당에서 놀았어요. 지우는 그네 타는 걸 참 좋아했어요."

"어머, 지금도 가끔씩 놀이터를 지나가면 그네 한번 타고 가야지, 이러는데……."

"여전하네……. 나는 그네를 무서워해서 잘 못 탔거든. 근데 지우는 앉아서 타다가 서서 타다가 줄을 뱅글뱅글 꼬았다가 놓으며 타고… 기술이 보통이 아니었어요."

"하하, 그네 하나로 완전 재밌게 놀았네요."

"맞아요. 꼬마 지우는 정말 대담하고 씩씩하고 재밌는 아이였어요. 그리고 나보고도 그렇게 타 보라고 해서 내가 진땀을 어찌나 뺐던지……."

"뭐야. 오빠, 완전 겁쟁이였잖아……."

나도 모르게 이야기에 빠져 오빠의 가슴을 툭툭 두드리고 말았다.

"이 선 지우가 넘지 말라고 한 것 같은데?"

그가 정색을 하고 나섰다.

"어머! 죄송해요. 저도 모르게……."

"하하."

그가 웃음을 참지 못하고 터뜨렸다.

"흠… 근데 참 서운하고 아쉽네요."

갑자기 웃음기를 거둔 오빠가 다시 말을 이었다.

"뭐가요?"

"이런 추억들을 나만 기억하고 있어서……."

"하, 저도 안타까워요. 그런 재미난 기억을 다 까먹어 버렸다니."

그 기억이 있다면, 오빠와 좀 더 어색하지 않게 친하게 지낼 수 있을까?

"뭐 다시 시작되고 있으니까, 이번엔 잘 기억해 두면 뭐."

두면 뭐? 언젠가 추억이 될 오늘을 기억하자는 말일까? 이 말 뒤 그의 진심은 무엇일까. 그리고 내 마음은.

"아함, 졸리다. 먼저 잘게요."

함께 있는 이 시간들이 과연 훗날 행복한 추억이 될지, 아픈 추억이 될지 그건 이 결혼의 결말이 말해 주지 않을까…….

나는 입술을 꾹 닫고 말았다.

"잘 자요… 내가 옆에 있으니까……."

오늘은 꼬꼬마 지우와 혜성이 노는 꿈을 꾸었으면 좋겠다. 행복한 꿈이 악몽을 대신하게.

아마 그럴 거야…….

어머니의 호출로 퇴근 후, 잠시 혜성 오빠 본가에 들렀다. 들를 때마다 느끼지만 대기업 총수의 집답지 않게 인테리어가 화려하지 않고 간소했다.

"오호호, 지우 왔니?"

환한 얼굴로 반갑게 맞아 주시는 혜성 오빠의 어머니. 오빠와 참 많이 닮은 모습이었다. 부드럽고 인자하신 얼굴. 나중에 자신도 늙게 된다면 닮고 싶은 얼굴이었다.

"네, 어머니. 잘 지내셨어요?"

나도 모르게 배시시 웃으며 어머니께 안부 인사를 전했다.

"그럼. 못 본 사이 더 예뻐졌네? 혜성이랑은 잘 지내고 있지?"

"네. 오빠가 참 잘해 주셔서 불편한 거 없이 지내고 있어요."

부부는 아니지만 생각보다 참 좋은 룸메이트예요, 정말…….

어머니는 내 손을 잡고 인자한 미소를 지으며 나를 주방으로 이끄셨다.

"너네 결혼식을 간소하게 치러서 내가 늘 마음에 걸려."

"아. 괜찮아요… 어머니."

곧 끝날 결혼인걸요. 크게 할 필요가 있나요.

"아무리 아버님 유언 때문에 분란의 소지가 있어서 그렇다고는 해도 난 이렇게 하고 싶지는 않았거든……. 동네방네 이렇게 예쁜 며느리 자랑도 하고 싶은데……."

"에고… 어머니……."

예쁜 며느리라니 괜히 몸 둘 바를 모르겠다.

오빠의 부모님은 1년 후 끝날 결혼이라는 거를 모르시니 더욱 민망할 뿐이었다. 두 분에게 죄짓는 것 같아서 가슴 한구석이 찔리기도 했다.

"응… 안 그래도 혜성이를 눈독 들이는 재벌가 자제들이 많았는데, 이렇게 갑자기 결혼을 하게 되면 아무래도 기업 간 협력 문제도 좀 있고……."

"네. 아무래도 그렇죠……."

"조용히 치르고 나중에 기회를 봐서 공개한다고 하니까… 우리도 그렇게 하는 게 좋겠다는 생각이었어. 워낙 아버님 돌아가시고 나서 갑작스러운 결혼이기도 했고……."

"네……."

나는 나만 이 결혼을 비밀로 하길 원한 줄 알았는데, 오빠와 오빠의 집안을 위해서도 그게 좋은 거였구나……. 하긴 나처럼 비루한 집안 자녀와 결혼했다는 게 알려지면 충격이 클 것이었다.

"근데, 그게 괜히 지우를 서운하게 만드는 건 아닌지 마음이 쓰이네……."

"어머! 아니에요, 어머니."

오히려 제가 더 비밀로 하자고 했는걸요.

"참, 그리고 지우가 당당히 공채로 들어왔는데 엄한 오해를 사면 안 된다고 혜성이가 어찌나 이야기를 하던지. 귀에 못이 박힐 정도였단다……."

어머니가 주방에서 손을 바쁘게 움직이시며 말씀하셨다.

"아… 오빠가 그랬어요?"

그 애길 했었구나…….

"응. 그럼~ 자, 이거."

혜성 오빠의 어머니는 무언가가 잔뜩 담긴 고급스러운 용기 몇 개를 건네셨다.

"어머니, 이게 다 뭐예요?"

"요즘 주꾸미랑 장어가 제철이라잖아. 자연산 장어는 귀한 분이 선물로 보내 주셨는데, 이거 너희들 먹으면 정말 좋을 것 같아서."

"와. 주꾸미랑 장어요? 완전 맛있겠는데요. 감사해요."

"내가 다 손질해서 양념해 놓은 거니까 가서 구워 먹기만 하면 될 거야. 혜성이는 분명 정말 좋아할 텐데 우리 지우 입맛에도 잘 맞았으면 좋겠네."

미소를 띠고 나를 바라보는 혜성 오빠 어머니. 그 친절에는 진심이 묻어났다. 진짜 시어머니라면 이보다 더 좋은 분은 없을 것이라는 생각이 들 정도.

"혜성이랑 지우랑 이렇게 다시 만난 게 참 신기해……."

어머니가 건넨 꾸러미를 드는 찰나였다.

"네? 아, 왜요? 어머니?"

"난, 할아버지가 멋대로 유언에 쓰신 줄 알았는데, 혜성이 말로는 자기가 원해서 그렇게 된 거라고 하더라……."

"네? 오빠가요?"

오빠가 아무래도 포장을 너무 많이 한 것 같다는 생각이 들었다.

"자기가 지우를 많이 사랑한다고 하더라고… 운명이라나 뭐라나. 호호. 난 걔가 그렇게 로맨틱한 앤 줄 처음 알았네."

"오빠가 진짜 어머니한테 그렇게 얘기했어요?"

운명? 포장이라기에는 좀 과하다 싶은데?

"응……. 걔도 주책이지. 엄마한테 그렇게 자기 와이프 얘기나 하고. 호호. 그래도 난 너무 행복하더라고. 아들이 행복해하니까. 지우에게 참 고맙고. 암튼 둘이 그렇게 행복하게 살면 엄마는 더 바랄 게 없어."

"아… 네… 어머니……. 감사해요."

오빠는 참 행복한 사람이네. 어머니의 말씀을 들으니 절로 그런 생각이 들었다.

그나저나 저렇게나 우리를 아껴 주시는데, 나중에 느낄 배신감을 어떻게 감당해야 할지 벌써부터 걱정이 되었다. 이렇게 다정한 분께… 후…….

"에고, 혜성이 눈 빠지게 지우 기다리겠다. 일하고 나서 피곤한 사람을 내가 너무 오래 붙들었지? 내려가면 차 대기하고 있을 거야. 그거 타고 들어가렴."

"벌써요? 더 있다 가도 되는데……."

너무 금방 왔다 가는 것 같아 민망한 마음이 들었다.

"아니야. 혜성이 기다릴 텐데 어서 들어가 보렴."

"네. 알겠어요, 어머니."

온 지 얼마 되지 않았지만, 어머니는 나에게 조금의 부담도 주기 싫으신지 챙겨 주실 것만 주시고는 얼른 집으로 돌려보내셨다.

본가 앞에 대기하고 있던 검은 세단은 나를 금세 빨간 지붕 이층집 앞에 데려다주었다.

이제 부암동 풍경은 꽃밭이 막을 내리고 푸르름이 제2막을 열었다. 옅고, 짙은 집 주변의 나무들이 만드는 푸른 풍경이 참 싱그러웠다.

볼에 스치는 바람은 인제 완연한 초여름 바람이었다. 춥지 않고 시원한 바람.

이 가운데 있는 우리 집.

나는 얼른 들어가 주방에 보따리를 풀었다. 인기척이 나니 혜성 오빠가 2층에서 내려왔다.

"왔어요?"

"네. 혹시 저녁 전이시죠? 어머니가 이것저것 많이 싸 주셨어요."

나는 어머니가 주신 것들을 가리켰다.

"아… 내가 가려고 했는데, 엄마가 지우 보고 싶다고 하셔서……. 불편하진 않았어요?"

"아, 전~혀요. 어머니 너무 좋으신 것 같아요."

"흠, 다행이군요."

"음… 주꾸미랑 장어 싸 주셨는데, 발코니에서 구워 먹을까요? 날씨도 좋은데."

"뭐, 좋을 대로."

말은 시크하게 해 놓고 분주히 구워 먹을 준비를 하는 그였다. 그의 수고 덕분에 발코니에 작은 캠핑장이 차려졌다. 발코니에만 잠시 나온 건데도 마치 소풍을 온 듯 새로운 기분이 들었다.

참, 매력적인 집이었다.

"엄마가 별다른 이야기는 안 하시던가요?"

장어를 한 점 먹으며 그가 물었다.

"네… 뭐……. 근데 좀 걱정이에요."

"응? 뭐가 말입니까?"

"어머니가 오빠가 요즘 너무 행복해 보인다고… 나한테 고맙다고 하시는데 마음이 너무 찔렸거든요."

"아… 훗-"

"왜 웃으시는 거예요?"

나는 진지하다고!

"그런 이유라면 괜찮아요."

"엥? 참, 그리고 내가… 운명이라고 하셨다면서요? 굳이 그렇게까지… 연기하지 않으셔도 되는데…….”

"으음… 그거 연기 아닌데?"

자꾸 그가 알 수 없는 말을 반복했다.

"연기가 아니면요?"

잘 구워진 주꾸미 하나를 집어 들고 대가리부터 씹어 먹으며 물었다.

"그거… 진심입니다."

"푸흡흡! 풉! 네?"

그의 말에 주꾸미 대가리에 가득 든 쌀알같이 생긴 알이 입 밖으로 튀어나왔다.

나 지금 제대로 들은 거 맞아? 혹시 환청이 들리는 건가?

"으악! 다 튀었다. 죄송해요."

"괜찮아요."

그의 옷에 튀긴 주꾸미 알을 닦으려 물티슈를 뽑으려던 참이었다.

"지우가… 옛날 내가 좋아했던 꼬마 지우라는 걸 알았을 때, 그때 느꼈어요. 사람에게 운명이라는 것이 있구나."

꼴깍거리는 소리가 바깥까지 들릴 만큼 침을 크게 삼켜 버렸다.

"나…….”

그가 다시 말을 이으려는 찰나, 나의 온몸에 위기의식이 감겨지는 것이 느껴졌다. 어쩌면 바랐던 일일지도 모르겠으나

수습할 수 없는 그 이야기가 그의 입에서 나올 것만 같았다.

"팀장님! 우리! 약속, 했잖아요. 우리 H푸드홀딩스 주식을 받고 깔끔하게 헤어지기로."

내가 그의 말을 먼저 막아 버렸다. 차갑도록 단호하게.

그는 가만히 내 눈을 바라보았다. 그 눈빛이 내가 생각하고 있는 이야기가 진짜라는 것을 이야기하고 있었다.

후… 어떡해. 어쩌면 좋아.

사실, 나도 오빠에게 좋은 감정이 싹트고 있는데 지금 불을 붙이는 말을 하지 말아요. 제발.

그리고 우리 서로 좋아하지 않기로 해요보다 조금 더 강한 말이 내 입에서 나올 예정이었다.

"저는 1년 뒤에 진짜 이혼할 거예요. 사실, 우리 이러기로 하고 시작했잖아요."

"엄마 때문인가요?"

"……."

아니라고는 말할 수 없지만, 그렇다고도 말할 수 없는 상황이었다. 그리고 말하면서 느꼈다. 나는 왜 이 결혼을 했으며, 왜 이혼하려 하는 걸까. 나에게 오빠는 무엇일까. 그리고 오빠에게 나는.

"그럼 더 안 될 것 같은데."

"그게 무슨 말씀이죠?"

대답을 하려는 그의 표정이 무척 비장했다.

"사실, 나는 그렇게 시작 안 했어요."
"네? 그게 무슨……?"
"지우 지켜 주려고."
아, 심장아, 나대지 마.
"내가 좋아해요. 우리 지우를."

2권에 계속